講談社文庫

えんじ色心中

真梨幸子

講談社

目次

えんじ色心中

プロローグ　（一九八九年）

私は昭和二十四年、神奈川県の川崎市に生まれ、早くに父を亡くしましたので母ひとり子ひとりの、いわゆる母子家庭という環境で育ちました。

私たちは当時、川崎市鹿島田《かしまだ》の市営アパートに住んでおりました。母は川崎駅付近で焼き鳥の屋台を出しておりましたが、なにしろ女の細腕、生活は楽なほうではありませんでした。とはいえ、地域の民生委員のSさんに親切にしていただき、その方の働きによって市から手当ても受けておりましたので、人並みの生活は営んでいたと思います。市営アパートに入ることができたのもSさんのおかげだと、母はいつも感謝しておりました。

Sさんとはその後も交流が続き、このような事件を起こしてしまった今でも、変わりなく、私たち親子に慈悲をおかけくださります。私たち親子が、貧しいながらも、人様に後ろ指さされない生活を送ることができましたのも、Sさん、そして地域の皆様のお助けにほかなりません。

母は、「受けた恩をお返ししなくてはならない」と口癖のようにいつも申しておりました。私の心にもいつしかそれがしっかりと刻まれ、とにかく、正しく真面目に生きることが恩返しだと思うようになりました。

母は、さらに、「出世」というのを密《ひそ》かに願っていたようで、私に対する教育には人一倍熱心だったように思います。苦しい家計をやりくりし、小学校の頃から私を塾に通わせ、当時では珍しかった私立中学の受験にも挑戦させたほどでした。母は、私に一廉《ひとかど》の人物になってほしいと願っていたようです。しかし、私は母が思うほど頭の出来はよくなく、中学校は地元の公立、高校も県内で下のほうにランクづけられている公立にようやく入れたような有様でした。

それでも私は商才には恵まれていたようで、高校を卒業後は母の屋台を手伝っていたのですが、一軒の店を持つことができました。私が二十三歳のときです。学業には恵まれませんでしたが、自分の店を持つことができた私に、母は心から喜んでくれました。

店は、なかなか繁盛いたしました。二年後には、小さい規模ですが、四階建ての自社ビルを建てることもできました。一階に私どもの焼き鳥店、二階は貸し店舗、三階が私たちの居住空間、そして四階に地域の皆様の集会場を作りました。まさに、至福のときでした。私は、二十五歳にして、人生のピークを味わってしまったのかもしれません。

当時の私はまさに慢心しておりました。私にできないことなどないと、自惚《うぬぼ》れておりました。しかし、そういうときにこそ、魔は付け込むものです。その頃私は、それまでは場違いだと近寄らなかったキャバレーに通うようになっていました。川崎駅前映画館通りの先にある〇というキャバレーで、芸能人などもよく出入りしていた高級キャバレーです。店の常連さんに誘われて行ったのがきっかけですが、そこでホステスのNに出会い、いつしか毎日のように通いつめるようになっていました。はじめのうちは、Nのかわいそうな身の上話に同情し、なにか助けにならないかと思い通っていたのですが、いつしか男女の仲になり、子供ができ、Nと私は結婚しました。私が二十七歳のときです。しかし、Nと母の折り合いが悪く、喧嘩が絶えず、Nは、息子を出産後まもなく、乳飲み子を置いて家を出て行きました。その頃から私の周辺もいろいろと騒がしくなり、私は原野商法詐欺にひっかかり、自宅の抵当権を得体の知れない業者に押さえられ、資金繰りもうまくいかず、自宅を手放すことになりました。その後はまた屋台の生活に逆戻り、鹿島田の小さなアパートで、母と息子のA、そして私の三人でひっそりと生活するにいたりました。

母は、孫であるAに、私が叶《かな》えられなかったことをすべて託そうという気持ちだったのでしょう。「いい大学に入って、国家公務員か弁護士か、とにかく世間や景気に惑わされない確固たる地位についてもらいたい」と、常日頃、Aにいい聞かせておりました。老体に鞭打ち、焼き鳥屋の仕事のほかにマンションの掃除婦を掛け持ち、Aの教育費を捻出《ねんしゅつ》しておりました。私にも母の気持ちが伝染したのか、「Aには、自分のような失敗はさせたくない」と強く思うようになり、小学校四年生の頃からAに家庭教師をつけ、小学校五年になると、池袋にあるU塾にも通わせました。U塾は新興の学習塾でしたが、名門X中学校合格率ナンバーワンで、U塾に通わないとX中学校には合格できないとまでいわれていました。母と私は、X中学校にこだわりました。なぜなら、X中学校にさえ入れば、Aの人生は安泰だと信じていたからです。X中学校、X高校、そしてT大学。これが、私たちが思い描いた目標でした。

目標達成のためにも、なにがなんでも、AをX中学校に入れたい。私たち家族はU塾本校がある池袋近くに居を移し、Aがおもいきり勉強に専念できるように、生活のすべてを中学受験一本に絞りました。暇を見つけては西日暮里駅までAを連れて行き、X中学校の生徒たちを親子でいつまでも眺めていました。Aもいつしか、あの詰《つめ》襟《えり》に憧れを抱くようになり、「必ずX中学校に行く」と、羽ペンと剣の校章を自分で描き、勉強机の前に貼っておりました。

私たち親子のX中学校かぶれはU塾でも有名で、あるとき塾長に呼ばれ、「テレビのドキュメンタリーに出てみないか」といわれました。話を聞くと、あるテレビ局が、加熱する中学校受験の実態を追ってみたいと、U塾に打診してきたということでした。塾長によれば、テレビカメラが追い続けることでモチベーションも上がり、合格する率も上がるかもしれない、とのことでした。実は、息子Aは当時合格ラインぎりぎりで、それどころか、落ちる確率のほうが高いといわれていましたので、私は、これはひとつの賭けだと思い、テレビの件を承諾しました。

テレビの取材は、入学願書頒布《はんぷ》の十月から合格発表の二月まで、約五ヵ月にわたりました。常時カメラが回っているという緊張感からか、息子の成績はぐんぐん上がり、果たして、X中学校にみごと合格、あの瞬間を思い出すと、私は今でも身が震える思いでございます。

しかし、私の人生というのは、ピークを迎えてはその上り坂と同じ角度、いやその数倍の角度で滑り落ちるという定めなのかもしれません。

X中学校に入学後しばらくして、Aの様子が変わりました。入学早々行われた実力テストに失敗したのがきっかけだったのかもしれません。

いつでもいらいらして、学校から帰ると、靴も脱がずいきなり部屋で暴れだすようになったのです。Aはまず、自分の祖母である、私の母に対して、その暴力を向けるようになりました。か弱い母はろくに抵抗もできず、髪の毛を焼かれ、むしり取られ、今、母の頭部にはほとんど髪が残っていません。皮膚も剝かれた状態です。

Aの暴力は、もちろん私にも向けられました。しかし、力はまだまだ私のほうが上で、私が殴ると、Aはとりあえずおとなしく、部屋に引きこもります。しかし、そのあとが大変で、壁やカーテンを包丁で切り刻んだり、部屋中に灯油をまいたり、火事騒ぎになったのも一度や二度ではありませんでした。挙句《あげく》、Aの暴力は小動物に及ぶようになり、私が家に帰ると、これみよがしに、猫や犬の死体が転がっていました。

中には、近所の方が大切に飼っていたペットの死骸もありました。

私は、Aのこの残虐性が人様に向けられたらと、思うようになりました。実際、Aは、人を殺したい、八つ裂きにしたい、とうわごとのようにつぶやき、ナイフやかなづちを持ち歩いていたのです。また、Aは、自分の日記をわざと私の目につくところにおき、私にそれを読ませました。日記帳には「殺人の記録」とタイトルがつけてあり、残虐な殺人の有様が、淡々と記してありました。もちろんそれは架空のものでしたが、私にはとてもリアリティがあり、恐ろしく感じられました。その年は、幼児連続殺人M事件や女子高生監禁殺人事件があった年で、Aは明らかに、それらに感化されていました。そして、自分がそれらの犯人であるかのように、事件をなぞる形で、日記は綴《つづ》られていました。Aは、特に女性に対して、異常なまでの関心と敵意と殺意をもっていたようで、日記の殺人ターゲットには、近所の女の子の名前が数人書かれていました。

私は、恐怖しました。

仮に、Aが、女の子を誘拐して自分の部屋に監禁したとして、陵辱《りょうじょく》を重ねたとして、私は、それを止められるだろうか。例のふたつの事件で、親の存在がひどく希薄であったように、私もまた、Aの行動に蓋をしてしまうかもしれない。私は、Aを怖れていました。そんな自分の弱さにも恐怖しました。

我が家は恐怖で一杯になりました。恐怖の猛獣に支配されているようでした。

母は、すでに限界を迎えていました。Aの顔色をうかがいながら、怯《おび》えながらの生活に、体が悲鳴を上げていたのです。それを見かねた母の知人が、Aを病院に入院させては、といいました。私も、もはやそれしか方法はないだろうと、地域活動でお世話になっていたWさんに相談し、Wさんのご提案で、私は、Aを東京のH市にある病院に連れて行くことにしました。十月十四日のことです。しかしその道中、Aは何かを察したのか、いきなり泣きじゃくり、そして、カッターナイフを振り回しながら暴れだしました。私とWさんでAを取り押さえましたが、AのカッターナイフがWさんの目を傷つけ、私はそのとき、もう駄目だと思ったのです。

その夜、私はAを連れてなんとか家に戻りましたが、Aの狂気はおさまらず、「皆殺しにしてやる、みんな殺してやる」と、暴れだし、私を蹴りつけ、殴りつけ、仏壇をめちゃくちゃにしました。

私はそのとき、Aは本当に人を殺すだろう、と思いました。だから、私が殺すことにしたのです。Aがあのような狂気にいたったのは、私にも責任があります。Aにこれ以上、罪を重ねて欲しくない。Aを殺して私も死のう。そして、私は、Aの首に手ぬぐいを巻きつけました。

時間は、正確には覚えていません。家に戻ったのが夜の八時頃でしたので、それか

ら計算すると、十時頃ではないかと思います。いえ、もっと遅かったかもしれません
し、早かったかもしれません。とにかく、時間など確認している暇も余裕も、私には
ありませんでした。死ぬことだけを考えていました。
　私は、死に場所を探して、家を出ました。タクシーを拾って伊豆方面に向かいまし
た。以前、Aが温泉に行ってみたいといっていたことを思い出したからなのですが、
そういえば、一度も家族旅行をしたことがなかったと思い当たり、急激にAが不憫《ふびん》に
なり、そして残してきた母のことも心配になり、このままひとりで死んでしまうのは
あまりに自分勝手ではないかと、タクシーの運転手に行き先変更を告げ、まず自宅に
戻り、そして警察に自首した次第です。

（西池袋事件、被告人供述より）

二〇〇五年、　あるいはその十六年前

一

人は、どうして生きるの。
どうして、死んではいけないの。
どうして、殺してはいけないの。
生きる意味って。死ぬ意味って。殺す意味って。

君は、そういって、あの年代特有の勝気な視線で、僕を挑発した。「生きる意味」。それさえ口にすれば、すべての大人が口ごもる。「死ぬ意味」。それをいえば、世間を負かした気になれる。「殺す意味」。それを問えば、完全に君たちの勝利だ。

言葉の武器を手に入れたばかりの、恥ずかしい年頃。言葉の武器を知ったばかりの、あの、怖いもの知らずの年頃。

君たちは、臆面《おくめん》もなく馬鹿馬鹿しくも痛々しいほどに武器を振り回して、世界を制覇できるつもりでいる。でも、君たちは、知るんだ。いつかは、その武器は、自分たちに向かって振り下ろされる。

僕も、いい歳になった。でも、いまだに分からないよ、生きる意味なんて。死ぬ意味なんて。殺す意味なんて。今もとりあえず生きているけれど。毎日毎日が、可でも不可でもなく。苦痛でもなく。きっと、君は、それを分かっていたんだろうね。

『所詮、どんなに遠くに行ったとしても、どこにも行かないのと同じなんだ』

『何万年たっても、ここから一歩も踏み出せない』

だから、あんなに急いでいたんだ。


「……つまり、全体的に見直して欲しいと」

遠い空の向こうで、雲が光った。僕は、うつむいたまま目玉だけをそっと動かして、窓の外を眺めた。三十四階の眺望。雑多なビル群に、場違いなほど光り輝くえんじ色の雲が、地上に向かって重く重く垂れ下がっている。

雨が、やってくる。

「おっしゃるとおりですね、見直しが必要かもしれません」僕は、スイッチを入れられたからくり人形のように顔を上げると、陽気に答えた。

「いや、基本的にはね、いいと思うんだよ、でも、何かが足りない」

「インパクトが足りなかったですかね」

「そう、インパクト。こう、ぱあっとして、ぐっときて」

「はいはい、ぱあっとして、ぐっときて」

「とはいえ、品を失っては困る」

「品は大切です」

「そうそう、品がありながら、なにか突き抜けた斬新《ざんしん》さ」

「なるほど、なるほど」

僕は、素直にうなずいた。そして、テーブルの上の原稿に、『斬新』『インパクト』『突き抜けた』と大きく赤を入れた。しかし、僕の意識は、相変わらず雷雲を眺め続ける。池袋あたりは、もう雨がきているだろうか。……面倒くさい。

「つたく」

右側の頬が、僕に無断で本音を吐き出す。左脚も、僕の意図《いと》とは関係なしに、かくかくと細かく揺れはじめた。

「え?」

テーブル向こうの、少し前に僕と同じ歳《タメ》だと自己紹介した担当者が、半笑いの顔で、眉山をぴくつかせた。しかし、その眉はすぐにもとの位置に戻り、僕を突き放すように、あるいは、僕の不機嫌をなだめるように、それとも、僕の暴走を塞《せ》き止めるように「インパクト、インパクト」と繰り返す。

「とにかく、インパクト。今までにない、まったく新しい、というのを盛り込んで。ターゲットは女性で。あれ？　いってなかった？　あ、そうか、悪い悪い、一昨日《おととい》、決まったの。女性ですよ、女。とりあえず、ここを狙っておかないとってね。事業部長の鶴の一声。躯《く》体《たい》のデザインも、ちょっと変えるから」彼もなにかスイッチが入ったのだろうか。僕の相槌《あいづち》さえ邪魔だとばかりに、次々と言葉を並べ立てる。

「……分かる、分かる、いいたいことは分かりますよ、また、おんなこどもかって思っているんでしょう？　なにが『今までにない、まったく新しい』だよって。うんうん、分かる、分かる、うんざりしているんでしょう？　そんなことといって、新しいものなんて、ないもんな、ホント、ないもんな、嘘だもんな、そんなこと、分かってんだけどさ、みんな分かってんだけどさ、でもさ、もう後には引けないでしょ、分かっていますって、新しいものなんて、そうそう出てくるわけないですもん。新しいつもりでいて、でも実は、とうの昔からあった……なんていうことばかりだもんな。僕もですね、その昔、自主映画なんかをかじっていた頃がありましてね、自分では新しいすごいことをやっていたつもりで自信満々で『誰もやったことがない新しい感性で勝負する、自分にはそれができる』なんてね、大きなことをいっていたんですけれどね。だって、仕方がないじゃあないですか、温故知新、そんな言葉すら知らずに、自分の感性こそが唯一なのだという思い込みで、若いときは突き動かされているもんじゃないですか、それが原動力なんだよな、あの頃の。でも、すぐに知るんですよね。唯一無二の自分の感性が、実は手垢《てあか》まみれのものだったって。たとえば、僕の場合、学校の図書室でそれを知った。あの小さな図書室に、自分たちがオリジナルだと信じて造り出そうとしているありとあらゆるものが、まるで先取りサンプルのように陳列されていることを知っちゃったんですよ、自分たちが考え付いた突拍子もない斬新な思想は、とっくの昔に年寄りたちが実行済み、その事実を叩きつけられちゃって、泣いたな。いや、もちろん、その場でおいおい泣きはしませんよ。胸の深い深いところがね、ばりばりとね、壊れただけですよ。その日、今まで撮りためていたフィルムをね、ハサミで切り刻んでばらばらにしてしまいました。そのあと、日記を書きました。……完全な創作《オリジナル》というものは有り得ない、創造の時代はとうの昔に終わっているんだ、僕たちはなんと不幸な時代に生まれたドン・キホーテか。僕たちに残されているのは、偉大なる創造の過程で捨てられた素材の削りカスだけだ。僕たちは、限られたカスを血眼《ちまなこ》になって奪い合い、拾い集めて、つなぎ合わせ、捏《こ》ねくり回しているだけだ。リサイクルだ、リサイクル、再利用で地球に優しく。悪いことではない、むしろ健全だ、でも、それを知らないでいたい。せめて、モラトリアムの枠の中にいる間は、夢を見ていたい、自分こそがこの世の創造者と匹敵するほどの、いやそれ以上の大した人物だという夢に溺れていたい。なのに、その夢心地に水を差すのが、図書室なのだ。…………。

今思えば、あれが、僕の青春の終焉《しゅうえん》かな。ちょっとカッコよすぎました？　っていうか、ははは、ちょっと、余計なこと、しゃべり過ぎました？　はははは、恥ずかしいな、もういい歳なのに、なんか、青少年のように熱くなっちゃいましたよ、はははははははは、あれ？」

僕と同じ歳《タメ》の男の唇は、ようやく止まった。過剰な運動に耐え切れなかったのか、細かい筋がじわじわと、赤い溝を作っていく。

「光りましたね。雨がさますね、傘、大丈夫ですか？」

「ええ、大丈夫です」僕は、ぎこちなく、笑ってみせた。

「……ということで、明後日《あさって》の午前中までに、なにか形がほしいのですけど。仮原稿《ラフ》と目次構成案でいいので。その日、午後から会議があってね、そこで開発チームに見せておきたいんですよ」

「分かりました。明日中には、ＰＤＦとテキストを御社のサーバーにアップしておきます」

「明日の午後一《いち》ぐらいは？　僕のほうでもう一度チェックしたいんで、それをフィードバックさせたものを、明後日の朝一にってことで」

「分かりました。では、明日の昼過ぎには……」

「明日の昼はランチ会議が入っているんで、もしかしたら、昼過ぎは席にいないかもしれないなあ、できたら、十二時前にくれる？」

「……、はい、分かりました」

この人は、必ず出世するだろう。あるいは、その強引さが裏目に出てはじきだされるかもしれない。……いや、やっぱり、出世するだろう、そこそこは。だって、結局は、自分の都合に僕を引きずり込んだ。七日後の週明けに仮原稿《ラフ》案提出というのが、そもそもの条件だった。先週の電話では、そうだった。新製品の仕様書と企画書をPDFで送るから、それを軽く確認して、とりあえず基本コンセプトと企画案をさくさくっと作ってくれない？　ホント、手書きの簡単なものでいいから。で、週明け、とりあえずそれを元にいろいろと話し合おう。

そして、今日。あれよあれよというまに、明日の午前中までに仮原稿《ラフ》を提出ということになってしまった。ラフとはいえ、新規六十ページの原稿、僕がこれみよがしにため息を吐き出したとして、誰が責めることができるだろう？

「この仕事をはじめて、どのぐらいなの？」

男は、ひび割れた唇にペットボトルの口を当てた。『体脂肪が気になる人へ』と印刷されたラベルが高く掲げられたかと思うと、それはすぐにテーブルに落とされた。

「やっぱり、お茶は苦手だな。コーヒーがいいよ、コーヒー。コーヒー、飲んじゃおうかな、砂糖もちょっとだけ入れて——、で、何年？」

「えっと、この仕事をはじめて——、十年は経ちます。最初に勤めた会社がコピー機メーカーで、そこで仕様書の整理をしていたのですが、ついでにマニュアルも書くようになって。そのあと、そのメーカーに出入りしていた制作プロダクションの社員になって、そのあとは、フリーで」

「フリーは、大変でしょう？」

「と、いっても、まったくのフリーというわけでもなく、こうやって制作会社のお世話になっているわけですが」

「ふぅうん」男は、質問しておきながら僕の回答にはあまり興味がないらしく、力ない鼻息をふたつ続けて吐き出した後、再びペットボトルで唇を濡らし、「僕は、この春に、この部署に異動してきたばかりで」と、話を続けた。

「本当はマニュアルのこととか、よく分かんないんだよね。でも、マニュアル部門の部長待遇として配属されたからには、いいものを作りたいと思っているの。今までにない、マニュアル。ぱあっとして、ぐっとくる、インパクトありありの取扱説明書。だから、今回は、今まで使っていた業者はきっぱり切って、あなたたちをお呼びしたわけで。実は、事業部長がマニュアル大賞、欲しいなっていうんですよ。F社が去年、獲っているでしょう？　で、ネットでいろいろ調べて、コンペに参加してもらって、いろいろ検討した結果、おたくの会社に白羽の矢が立ったと。Ｆ社のマニュアル、おたくらが作っているんでしょう？」

「ええ、そうです」それまで僕の隣で相槌だけで済ませていた吉沢《よしざわ》さんが、勢いをつけて身を乗り出した。「今までにも、大賞二回、特別賞一回、デザイン賞三回、いただいております」

「いやいや、しかし、吉沢さんとは縁があるんだな。僕が広告部にいたとき、営業マン用のパンフレット、一度作ってもらったよね？」

「はい、ちょうど、一年前です」

「あれも、なかなか評判だったんだよ」

「ありがとうございます」

「今回も期待しているから」

そして、男は、ペットボトルを飲み干すと、それを左手で押しつぶした。

「大丈夫？　明日までだけど」吉沢さんが、僕の顔をのぞきこんだ。「でも、あちらから提示されている仕上がりページ数は六十ページだったっけ？　なら、なんとかなるか」

エレベータホール、僕は、満杯のリュックの中にさらに煉瓦《れんが》を押し込まれた気分になっていた。

「クライアントから支給された仕様書、見ました？」僕は、吉沢さんの視線から逃げながら、いった。

「え？　ああ、まあ、ちらっと」なのに、吉沢さんの視線は僕につきまとう。

「あれ、ちゃんと説明すれば二百ページにはなる製品ですよ。それを六十ページで説明しろってことですから、普通に説明するより、大変ってことですよ？　しかも、ぱあっとして、ぐっときて、インパクト。マニュアルでそれを表現するっていうのは」

エレベータが到着した。吉沢さんがまず、乗り込む。一歩遅れて、僕も乗り込んだ。

「だよね。でも、大丈夫だよ、久保《くぼ》くんには期待しているから」

吉沢さんの指が、１Ｆのボタンを押す。前とは違う爪の色。爪の先には、きらきら光る花模様。爪にすべての神経を注いでしまったのか、スカートの裾の綻《ほころ》びにはいまだに気づいてないようだ。一週間前と同じところに、同じ長さの糸が、ゆらゆらとぶら下がっている。

「うんもー、そんなに深刻に考えないでよー、ハッスル、ハッスル」吉沢さんは両手で拳を作るとそれを軽く振り回し、「久保くん、駄目だよ、わたしの前ならいいけど、クライアントにまで、そんな顔を見せちゃ。わたし、あせっちゃったんだから、もう、取り繕《つくろ》うのに、大変だった」

「すみません」僕は、小さく、とりあえず、謝ってみた。

「それにしても、あの部長さん、会う人会う人に、まず自分の年齢を話題にするんだって。わたしのときもそうだったし、うちの課長が挨拶しに行ったときもそうだって。今年二十八歳。なんでも、あの社では異例のスピード出世だって。一番若い部長さん、二十代の部長。それを自慢したくて仕方ないのよ。うちの課長なんて、四十五歳だもんね、それはそれは、気まずかったってさ。肩書き部分を指で隠しながら名刺交換したって。でも、二十八歳か、久保くんとタメだよね。わたしより、一つ年下。信じられないよ、あの貫禄。出世は早くても、三十を前にしてあんなに老《ふ》けちゃうのはどうだろって思う。その点、久保くんなんか若いもんね、あの部長とのツーショット、なんかまるで、就職課のおじさんと学生って感じだったもん」

きっと、吉沢さんと僕のツーショットも、やり手のキャッチセールスウーマンと、それにひっかかった哀れなしょぼくれ男と映っているんだろう。

僕たちは、JR新宿駅西口に続く地下道に来ていた。吉沢さんは、ためらいなく、動く歩道へとその擦《す》り減ったヒールを進める。ベルトコンベアに載ってもその足は止まることなく、それどころか、スピードが上がる。他の人たちも同じで、何に急《せ》かされているのか、誰もが、駆け足寸前の早足で、前へ前へと進むベルトコンベアの上を、さらに前へ前へと歩き続ける。僕もスピードを上げた。風景が、後ろへ後ろへと追いやられていく。

「ここ、きれいになったよね。何年か前は、ホームレスの集落ができていて、それはそれは香ばしいにおいが」

半歩前を行く吉沢さんが、背中で笑った。

「もう、十年になるかな。ここのホームレスが追い出されたのは。十年。……確か、そう。わたしがまだ学生の頃だった。ニュースで見たの、ぼんやり覚えている」

「そうですか」

「それからしばらくして就活がはじまって。久しぶりにここに来たら、なんかすっごくキレイになっちゃって。

……就職活動、氷河期まっただ中だったから、大変だったな。それでも、一応、有名企業に入社したのよ。カスタマーサービス部門の窓口。でも、契約社員だったから、三年で追い出されちゃった。勤務成績次第では総合職の正社員に登用ってあったから、ものすごく頑張ったんだけど、結局、正社員に登用されたのは男性ばかりだったな。それでも、契約社員っていう立場に甘んじれば、継続もできたんだけど、無性に腹が立って、飛び出した。

でも、すぐに後悔。だって、そのあとがなかなか見つからなくて。年齢も、二十五歳過ぎていたし、自慢できるスキルもなかったし。ようやく入社した会社が怪しいところで、詐欺ぎりぎりの飛び込み営業をやらされて、あの手この手でおばあちゃんやおじいちゃんを騙《だま》しては、必要もない健康器具を買わせて、なんだか良心が痛んですぐに辞めて、そのあとに入った会社がこれまたマルチ商法の会社で——」

　吉沢さんは、もう何度もこの不幸自慢を繰り返しているのだろう、話のリズムは妙に小気味よく、よく練りこんだネタのようだ。ネタは、どんな落ちに向かって転がっていくのだろう。僕は、ちょっぴり期待しながら、吉沢さんの話に注目した。

「……でね、一度なんか、警察に連行されそうになったんだから。大学まで出て、なんで警察のお世話にならなくちゃいけないんだって、母親が大泣きしてね、せっかく教職の免許持ってんだから、学校の先生にでもなれって。わたしが考えていたこととまるきり同じことをズバリいうもんだから、こっちも意地になってね、学校の先生だけにはならない！　って断言して。そのあと、派遣会社に登録して、今の会社に派遣されて、ようやく正社員。カタギの会社だけど、でも、給料がね……、しゃれになんないぐらい、低い、……久保くんたち外注さんにもいろいろと迷惑かけちゃって、ホント、悪いと思っているのよ。わたしも、上にはいろいろといっているんだけど、このままじゃ、外注さんに逃げられるよって、でもね……こんなご時世だし、……ホント、ごめんなさいね」

　落ちは、そこか。

　なるほど、そうきたか。先手を打たれた。「ごめんなさい」と先にいわれたら、こっちは「いいえ、不景気はお互い様ですから」ぐらいしか、言葉は残されていない。でも、僕はあえて、言葉にはしなかった。それが功を奏したのか、吉沢さんは、慌《あわ》てて、言葉をつなげた。

「でも、今回は、ちょっと色をつけられるかもしれない、今、見積もりを出しているところだけど、たぶん、通ると思う」

　それでも、仕上がりページ単価千円ぐらいだろう。出来上がるまでに三回ほど校正があって、そのたびに仕様変更による赤がたっぷり入り、そのたびに一から書き直し。この一ヵ月丸まる、それに費やされるのだろう。開発部門にも何回かは出向かなくてはならないだろう。確か、開発部門は日野のほうにあったはずだ。その交通費のことを考えると、今回も大赤字だ。

　もう、そろそろ潮時かもしれないと思う。いつも思う。もうずいぶん前から思っている。なのに、いまだにぐずぐずとこの状況に甘んじているのはなぜなんだろう……と思う。足がむずむずする。それは、じきに、僕の全身を覆うのだろう。そしてついに言葉となって、唇を裂いて、噴出してしまうのだ。

ちくしょう、ちくしょう、やめてやる、やめてやる、必ず、やめてやる。もう、たくさんだ！　吉沢さん、悪いけど、抜かせてもらうよ。

僕は、さらに、スピードを上げた。

しかし、それはいつでも突然やってくる。背中を激しくどつかれたように、僕の体はみっともなくつんのめり、放りだされた。足がもつれるように浮く。一瞬の無重力。

僕の足は、ベルトコンベアから投げ出され、なんの変哲もない、固い地面に着地した。

風景は、いつもの速さに戻った。そして吉沢さんは、二歩ほど、僕の前にいた。二歩先に立つ吉沢さんが、愛想笑いを浮かべながら僕の到着を待っている。僕は、大股一歩で、その距離を縮めた。

「で、明日、大丈夫？」

吉沢さんが、もう一度、僕の顔をのぞきこんだ。僕より、拳ふたつ分ぐらい下にある吉沢さんの顔は、いつもより化粧が念入りだ。

「はい、なんとか……、やってみます」僕は、彼女の眉毛を見ながら、答えた。眉山と眉墨の境が、不自然な鋭角だ。

「期待しているからね。マニュアル大賞、獲ろうね。……ああ、もうこんな時間なんだ」
吉沢さんが、左手を持ち上げた。薬指に金色のリング。リング両脇の肉の盛り上がりからいって、昨日今日の気まぐれでつけたアクセサリーではない。たぶん、もうずっと前からそのリングは吉沢さんの左薬指にはまっていて、これから先何年もその指にとどまることだろう。

そうだ。……、吉沢さんは結婚しているんだっけ。ああ、そうだった。

しかし、僕は、明日になったらそのことを忘れるのだろう。そして、近い将来の同じような瞬間に、「あれ」と小さく再確認するのだろう。なんだか、僕の最近の日常は、そんなことばかりだ。見ているはずなのに、見ていない。気がついているはずなのに、気づいていない。追いついたはずなのに、追いついていない。

「わたしはこのまま会社に戻るけど、久保くんは？　山手線だよね？」

ＪＲの改札で、吉沢さんは少々声を張り上げた。いつのまにか、吉沢さんは僕のずっと先を歩いている。

「いえ、僕、これから新宿《こっち》に用があるんで、ここで」僕も、声を張り上げた。

「なに？　掛け持ち？」

「ま、そんなところです」

「うちの仕事も忘れないでね、明日、よろしく」というと、吉沢さんは僕の返事も待たずに、自動改札に自分の体を滑り込ませた。

僕は、しばらくは、そんな吉沢さんの後ろ姿を眺めた。鮮やかなスカーレットレッドのフレアスカート、しかし、スカートの裾から糸が一本、やっぱりぶら下がっている。

雨は、まだやってこない。

東口に回った僕は、早速、キャッチセールスの女性に捕まった。僕は、どうしても、この人たちに捕まってしまう。僕は、そんなに、カモ顔なのだろうか。今日のキャッチの人は、まるで知り合いかのように、「はーい、おにいさん、こんにちは」と声をかけてきた。「メンズエステ、聞いたことあるでしょう？　今の時代は、男性も磨かなくちゃ駄目なのよ、あなた、いいお顔立ちしているんだから、磨けばステキなイケメンに大変身よ、お金のほうは大丈夫、そんなに負担はないわよ、ローンを組めば、一ヵ月、八千円よ、八千円で、あなたはイケメンの幸運を手に入れることができるのよ。人生が劇的に変わるのよ、八千円、一日コーヒー一杯我慢すれば出せる金額よ」

そうか……コーヒー一杯分か。って、そもそも、コーヒーなんて飲まないじゃん、自分。女性を振り切ると、僕は、紀伊國屋《きのくにや》書店を目指した。入り口前で、青いクリアファイルを持った男と待ち合わせている。しかし、そこは、相変わらずの人ごみだろう。見つけられるだろうか。

「うちの社名ロゴが大きく入ったクリアファイルですから、たぶん、すぐに見つかりますよ」

昨日の電話で、その男は自信たっぷりにいった。でも、案の定、見つけることができない。入り口いっぱいにレイアウトされたワゴンには色とりどりの話題の新刊があふれ、それを売る店員も、それに群がる客も、僕から『青いクリアファイル』というキーワードを隠してしまう。その喧騒から、僕の体は自然とはじき出される。僕のやる気は、とたんに弱腰になる。帰ってしまおうか。

「久保さんですか？」

僕の体を引き戻したのは、青いクリアファイルだった。

「久保さんですよね？　すぐに分かりましたよ、写真とおんなじだ」

青いクリアファイルは、今度は僕を、エスカレータ奥の階段に引きずり込んだ。いつものカレーの香り。

『紀伊國屋っていうと、カレーだよね』

誰がいった言葉だったろうか。……ああ、君だ。

「紀伊國屋っていうと、カレーですよね」

青いクリアファイルも、同じことをいう。

「えっと、私、くろさきとしあき、と申します」

青いクリアファイルは、僕に名刺を差し出した。

黒崎利晃。

「えっと、では、少し歩きますが、行きましょうか」

青いクリアファイルを鞄《かばん》に仕舞いながら、黒崎さんは歩き出した。僕も、それに続いた。紀伊國屋書店のワゴン前は、さらに人であふれている。例の話題の新刊が発売されたのか。それとも、例の賞を獲った若い作家のサイン会か。それとも。

軽い吐き気が、喉をよじ登ってくる。僕は、自分の頸《くび》を左手で押さえた。一、二、三。いつものおまじないで、呼吸を整える。

ワゴンを離れても、人ごみははるか前方まで続き、僕の首は自然としおれる。あちこちとうごめく無数の靴、この無秩序さは、顔のない殺意？　彼らは何を探している？　標的？　それは、僕だろうか？　白いスニーカーが、僕の前で止まった。大人と子供のはざまをうろつく、まだまだ小さいけれど自己主張だけは一人前の。君か、また、君たちか。

『本屋に来るといつも思い出す、梶井《かじい》基次郎《もとじろう》』

『梶井基次郎……？』

『ほら、前に貸してあげたじゃない』

『檸檬《れもん》？　だったら、丸善だろう？』

『だから、漠然と本屋ってこと』

『梶井基次郎っていったら、あの肖像写真は、どうしても落書きしたくなる顔だよな』

『それ以前に、怒りがこみ上げてくる』

『なんで？』

『小説の内容と、あまりにイメージが違う』

『だから、落書きするんだよ。こう、鉛筆で頰に陰を入れて、げっそりとさせてやるんだ。テロリストは、やっぱり、シャープでなくちゃ』

『梶井基次郎は、テロリストなの？』

『だって、丸善を爆破させようとしたんだぜ？　檸檬は、つまり、手榴弾だろう？』

『ただのいやがらせだよ。書店員だったら、キレるよ、高価な画集をあんなめちゃくちゃにして、しかも、その上に檸檬。ワケ分かんない。ある意味、万引きよりタチ悪い。片付けが大変』

『でもさ。本屋に行くと、めちゃくちゃにしてやりたくならないか？　おれはしたくなる。もう、こっぱみじんに』
『こっぱみじんにしても、結局、同じだよ』
『だよね。梶井基次郎もおれらも、この気詰まりから一歩も遠くには行けない』
『でも、わたしは違うから。わたしは、絶対、もっと遠くへ行く』

僕の半歩先を歩く黒崎さんが、ちらっと僕を見る。あ、そうか、ネクタイ。僕は、首元にそれがないことに、ようやく気づいた。

「いや、今日は大丈夫ですよ、ラフな格好でOKだといってましたから。でも、他のときは気をつけてくださいね。一応、スーツというのが基本ですから」

「すみません、もう一本、仕事をしてきたものですから」

僕は、小学生のように言い訳をした。

「ああ、そうですよね、久保さんは、フリーでもやってらっしゃるんですよね。……ああ、そうだ、先方に行く前に、ちょっと確認しておきたいことがありますので」

新宿三丁目あたりにさしかかったとき、黒崎さんはそれまでまっすぐ進めていた靴を、ひょいと、右側に向けた。横断歩道はちょうど青信号で、黒崎さんは相変わらず僕をちらちらと気にしながら、新宿御苑方向に進路を定めた。

「確認しておきたいのは、キャリアシートの記載内容です」

新宿御苑の開放散策路、黒崎さんに促《うなが》されて、僕もベンチに腰を落とした。

「えっと。これが、久保さんのキャリアシートです。これで、間違いありませんか？」

黒崎さんは、Ａ４の用紙を僕に差し出した。僕は、見慣れたそれに、形式上、視線を滑らせた。僕のこれまでの仕事が、項目ごとにきれいに並んでいる。僕の八年の歴史、たった一枚の用紙で収まる。

「先方には、まず、自己紹介とともに簡単に経歴をアピールしてください」黒崎さんも、形式上、マニュアル通りの説明を続ける。「……なんて、私がいちいちいわなくても、久保さんのほうが詳しいでしょうが」

黒崎さんは、僕のキャリアシートを、いまさらのように、念入りに確認しはじめた。きっと、出がけに、シートだけをその青いクリアファイルに挟み込んできたのだろう。そのシートをデータベースからひっぱりだし、所定の書式に整え、プリントアウトしたのは、アシスタントの若い女の子に違いない。さっきもらった名刺には、アシスタントの女の子の名前が二人、記されていた。小野《おの》さんと上田《うえだ》さん。昨日、僕に電話をくれたのは上田さんのほうだ。上田さんは、きびきびと早口で、仕事の説明をしてくれた。「六月中旬までの二ヵ月間のお仕事です。シフト勤務が可能です。久保さんは、フリーでお仕事をされているということですが、お時間的にはいかがでしょうか？」「午後から夜までのシフトでしたら」「たぶん、そのお時間で大丈夫だと思います。先方に確認後、改めて正式にご紹介させていただきます。詳細は、営業担当から説明させていただきます。今夜にでも、担当からお電話さしあげますので、もうしばらくお待ちください」それから一時間後に電話があり、そして、今日、その営業担当の黒崎さんがやってきた。昨日の電話の声だと落ち着いた中年の雰囲気だったが、実際に会うと、今風のおしゃれなヤングサラリーマンだ。眼鏡《めがね》は流行《はや》りのオーバルスタイル、髪は栗色に染められ、ワックスで念入りに固められたその毛先は、いい具合にルーズだ。きっと、思うより若いのだろう。

「ああ、久保さんと私、ほぼ同年代だ」黒崎さんは、僕の履歴シートを取り出して、いった。「へー、もっと若いかと思いました。うん、うん、……久保さん、優秀だな、へー、へー、中学は御三家のうちのひとつ、へー、まさに、エリートコース。高校も……、あああ」

「高校は中退、そのあとはお決まりの専門学校ですけれどね」黒崎さんが飲み込んだ言葉を、僕はいった。

「いやいや、そんな」

「しかも、マイナーな学校。自分の名前さえ書ければ入れるような」

「いやいや、結局、仕事ができればいいんですよ。いい大学出たって、ろくに電話番もできない人もいますからね。その点、久保さんは専門スキルを持っていますし、うちで行ったスキルテストでも、満点に近い高得点。クライアントは、こういうデキる人を欲しがっているんですよ。私、思うんですけれどね……」そこまでいいかけて、黒崎さんは、我に返ったように腕時計を確認した。「ああ、もう、そろそろ時間だ。先方には、面接は三時半で約束しているんです」

そして、黒崎さんは、ベンチから腰を浮かせた。

僕も、それに従う。空気が、じっとりと重い。でも。

雲は、深く深く沈みこんでいるだけで、雨は、まだやってこない。

新宿御苑から新宿三丁目方面に戻り、靖国通りに出て四谷方向に約三分、交差点を右に折れてさらに二分、築浅《ちくあさ》の雑居ビルの前で、黒崎さんは足を止めた。

随分、歩いたな。新宿駅は、はるか後ろだ。

「新宿からだと結構歩きますから、地下鉄を使って新宿三丁目で降りたほうがいいかもしれませんね」

黒崎さんは、全然関係ない方向を見ながら、いった。

昨日の上田さんの話では、新宿駅から徒歩五分……、ま、いつものことか。そんな小さな虚偽にいちいち腹を立てても仕方がない。僕は、「地下鉄を使うと、かえって遠回りですから」と、軽く嫌味を飛ばしてみた。でも、すぐに、「新宿駅から歩きます、いい運動になりますし」と、無難な答えを付け加えた。

面接で通勤時間を聞かれたときも、僕はそう答えた。

「JR新宿駅からのほうが、結局は便がいいんです」

「お住まいは、どちらなんですか？」

面接官は、三十代後半と思われる女性だった。もっとも、女性の年齢は、そうそう当たるもんじゃない。三十代後半かと思っても、実は三十歳前だったりする。でも、頸と手の甲で、だいたいの見当はつく。頸と手は、女の年輪だ。どうやったって、隠しきれるもんじゃない。

「池袋です」僕は、女性の頸にからまる銀のチョーカーを眺めながら、答えた。

「池袋のどこなんですか？」

「西池袋です。池袋駅から、歩いて十五分ぐらいでしょうか」

「なら、通勤は心配ありませんね。仕事が深夜に及ぶこともありますが、大丈夫ですか？」

「終電に間に合えば」

「さすがに、それは大丈夫でしょう」

女性は、僕のキャリアシートに、もう一度視線を走らせた。すでに僕は、自分の経歴と現状を、自己紹介とともに彼女に伝えていた。

「体は丈夫ですか？」

女性は、突然、そんなことを聞いてきた。体のことを聞かれたのは、はじめてだ。

今日の僕は、なにか心配されるような印象なのだろうか。「とりあえずは、持病はありませんが」僕は、語尾を少し上げてみた。

「うちの仕事は、そんなに大変なものではありません。ただし、今は繁忙期なので、その日発生したデータは、その日にすべて処理しなくてはなりません。ですから、突然の欠勤とか遅刻とか早退とかは、困るんです。気になるのは、久保さんはフリーで仕事をしてらっしゃるという点なんですが」

ああ、そういうことか。

「切り分けはできると思います」僕は、なるべく歯切れよく答えた。

「そう、それなら、安心だ」

それまで、置物のように心ここにあらず状態で女性の隣に座っていた五十代ぐらいの小男が、突然、自分の存在をアピールしておかなくちゃとばかりに、口を挟んできた。でも、僕は、さっきからこの男に釘付けだった。男は、たいがいは置物のようにじっとはしていたが、時折、思い出したかのように耳の溝にたまった垢を人差し指でかき集め、垢がつまった爪をじっと見詰めていたかと思ったら、それをテーブルの縁に擦《なす》り付けた。それを、繰り返すこと三回。

「……ここだけの話、フリーだけじゃ、やっぱりやっていけないんですか？」耳垢おやじは、今度は、くだけた口調になった。

「は？」

「スタッフの中に数人いるんですよ、フリーで他の仕事を持っていて、で、午後から、うちで仕事っていう人が。その逆もいますよ。朝から夕方までうちで仕事をして、それから本業に戻る人」

「ま……、正直、フリーだけじゃ、食べていけませんね。ですから、こうして、派遣に登録して、短期の仕事をもらっているんです。お給料も確実にもらえますし」

「ふ……ん」

なら、どうしてフリーなんかやっているの？　それじゃ、フリーターだろう？　フリーターなんて、日雇いと変わらないじゃないか、そんなんじゃ、彼女なんてできないね、結婚も無理だね、完全な負け組だ。どうして、わざわざそんな社会の底辺にへばりついているんだ？　奇特な男だな。耳垢おやじの頬がそう語る。

でも、僕らのような奇特な人種を、必要なときに必要な数だけ集めて、「効率化」を図っているのはアナタたちじゃないですか。もちろん、僕も声にはしなかった。

「……こちらからは以上です。久保さんから、なにか質問はありますか？」銀チョーカーの女性が、いった。

「服装は……、こんな感じでいいんでしょうか？」

僕は、ネクタイをしてこなかった心細さを、今更ながら言い繕ってみた。女性の視線が僕の襟元をずっと監視しているようで、居心地が悪かった。

「服装ですか？」

女性が、僕の襟元をつくづく眺める。僕の哀れな薄緑のカラーシャツの襟が、いよいよいぐったりとうなだれる。

「社員《プロパー》はビジネススタイルが基本ですけれど、スタッフさんはジーンズでも構いませんよ。ラフな格好でどうぞ」

なるほど。そうだよな、所詮は、使い捨てのスタッフ《弾》なんだよな、どんな服装だろうが、お構いなしってことだよ。なにを気にしていたんだか。

僕は、いつになく自虐的に、「ありがとうございます」と、頭を深々と下げた。しかし、女性の注目はすでに僕の背後にあるようで、

「では、のちほど、派遣会社を通じて、面接結果をお知らせいたします」

と、そわそわと矢継ぎ早に、僕の面接を締めくくった。

僕の後ろのパーティションに、人の気配《けはい》が複数ある。僕と同類の弾たちなのだろう。「結果はあとでお知らせします」ともったいぶりながら、僕を含め、パーティシ

ョン向こうの彼ら全員を同じフロアにぶちこむのだろう。そして僕たちはなんの連帯もモチベーションもないまま、終了時間だけを気にしながら、黙々とルーチンワークを追いかけるのだ。

だからといって、それが不満なわけじゃない。

『だって、わたしたち、所詮は、ここから一歩も遠くにはいけないんだ』

「もう、桜はすっかり散ったな」

伊勢丹前の交差点、黒崎さんは、首を左右にこきこきと鳴らすと、いった。「今年、お花見しました？」そして、僕のほうを見た。

「いいえ」と僕も、首をほぐしてみる。

「ですよね。今年の桜はなんだかあっという間でしたもんね。通勤途中に小さな公園があるんですけれど、そこの桜を見たきりです。っていうか、ここ数年、お花見は行ってないな。気がついたら、葉桜。毎年毎年、新宿御苑の桜をゆっくりと見てみたいとは思うんですけれどね。だって、ほら、ニュースとかでよく取り上げるじゃないですか、桜のシーズンになると。でも、私、新宿御苑の中にすら入ったことないんですよね。いつも、あの散策路止まり。入園料は、……確か、二百円だったかな。たったそれだけなのに、なかなか、あの門をくぐる機会がなくて」

黒崎さんは、一時間ほど前に後にした新宿御苑の名残りに浸っているのか、そこにはない門を、右の親指をくいくいと動かして、指し示した。

「門の前でぐずぐずと躊躇《ちゅうちょ》する、それが私の癖なのかもしれません。さっさと行けばいいのに、なかなか、そこに向かわない。うちの奥さんにいわせると、私がキドり屋だからですって。どこかで花見を馬鹿にしている、本当はみんなと混じってワイワイやりたいのに、いろいろと難癖をつけて、斜に構えているんだそうです。……、私、キドってますかね？」

「……いや、特にそんなふうには」

「葡萄《ぶどう》ときつねでしたっけ？　イソップ物語の」

黒崎さんの突然の饒舌《じょうぜつ》に、僕はどぎまぎする。なんで、ここでイソップ物語？　何か、途方もない喩《たと》え話をはじめるつもりだな。

僕は、身構えた。

僕は最近思う。女より男のほうが、実は言葉を吐き出したくてしかたないんじゃないかと。でも、うまく吐き出せるか自信がない、下手に吐き出して引かれるのは勘弁だ。そんな葛藤でとりあえずは自重しているものの、たとえば、僕のような通りすがりに近い、これから先何度会うか分からない、自分の生活にはさして影響力を持たないであろう、その場限りの付き合いの人物には、それまで堰《せ》きとめていた言葉を一方的に放出するのかもしれない。だけれど、残念ながらそれは大概、みょうちきりんな理屈だったり蘊蓄《うんちく》だったり思い過ごしだったりするので、放出されてしまった側は、ただただ、間抜けな相槌を打つしかない。だから、僕は、唐突に飛び出した「イソップ物語」の話に面食らいながらも、「ああ、知ってます、知ってます」というふうに、頷《うなず》いておく。

「えっと、心理学的にいえば、合理化でしたっけ？」

黒崎さんは、小鼻を膨らませた。

「本当は葡萄に未練たらたらなのに特別努力もせずあきらめて、『どうせあの葡萄はすっぱいに違いない』と、自分の能力のなさを棚に上げて、葡萄のほうをけなすことで、自分を納得させる。

あの話の教訓を習ったとき、私は、きつねは正しいと思ったんですよ。だから、先生にもそういい張った。だって、そうでしょう？　人間あきらめが肝心だっていうじゃないですか。どんなに欲しくても、望んでいても、手に入らないものがある。なのに下手に希望を持たせて無駄な努力をさせるよりは、『どうせあれはまずい葡萄だ』と、言い訳を見つけてあきらめることを選んだほうがいいときもある。頑張ったってどうにもならないことのほうが多いじゃないですか、世の中。固執して頑張った末にストーカー扱いされたり、変人扱いされたり、実際に頭がおかしくなったりしたら、目も当てられない。だったら、屁理屈でもなんでも、理由をつけてあきらめたほうがいい。

でも、今になって思うんですけれど、やっぱりきつねはもう少し頑張ったほうがよかったかもしれないなって。本当は欲しかったものなのに、きっちりとした決着をつけずに逃げ出してしまったら、もう、あとが惨《みじ》めだ。そのことばかり考えて、それを卑《いや》しめて、それを手に入れた人を無闇《むやみ》に恨んで妬《ねた》んで、かえって、頭がおかしくなる。

私、思うんですよ。あの頃に戻ることができたら、……つまり、小中学生の頃の自分です、あの頃の自分に言い聞かせたい。今のうちに勉強しろ、とにかく、何も考えず勉強しろ、粋がっている場合じゃない、生意気いっている場合じゃない、人生のすべては、この入り口で決まるんだ……ってね」

僕たちは、すでに、スタート地点の紀伊國屋書店の手前まで来ていた。往来の殺気はさきほどよりひどく、何度も小突かれ、進行を邪魔され、僕は疲労とともに、少々の苛《いら》つきを覚えていた。しかし、黒崎さんの話は、まだ終わりそうになかった。

「本当に、もっともっと、馬鹿みたいに勉強しておくんだった。今になって、親の言い分がよく分かる。この世の中は、スタートでほとんどが決まるって。世の中、そう甘くはないって。特に、私のような凡人はとにかく勉強しておけってね。凡人は、努力できるときに努力しておかないと、自分が希望する職業にすらつけない、十人並みの生活すら、手に入らない。最近は、ますますその傾向が強くなってきてますよね。いや、違うか、昔からそうなんですよ、大昔から。怠け者っていう立場が許されるのは、特定の才能を持った人たちだけだ。……タイムスリップして、昔の私にそう説教したいですよ、本気で。

でも、駄目ですね。具体例を挙げてどんなに力説しても、ガキの私はきっと理解できないんでしょうね。あの頃はね、もしかしたら世界征服もできるかもしれない、自分は特別なのかもしれない、……なんていうライトノベルな世界にどっぷりとつかっているわけですから……、でも、今日、ちょっと考え直しました。大切なのは入り口だけなのではなく、それを持続することだって、そうでしょう？」

黒崎さんの長い長い話は、どうやら、僕に向けた喩え話だったようだ。

「私も狙ってたんですよね、あの中学校。でも、駄目だったな、無理だったな。見事に、惨敗。あの悔しさに耐え切れなくて、いろいろ理屈をつけて、自分の失敗を合理化しようとして、ずっとずっと、言い訳し続けながらやってきた、今まで。これでいいんだ、これでいいんだよ、いくら名門に入ったとしても、勉強しすぎて頭が変になるやつだっているんだ、学歴だけがすべてじゃない、いつか、学歴を覆《くつがえ》すような一発逆転をしてやる、だから、これでいいんだ」黒崎さんは、拳を作って、それを胸の辺りで小さく振り回した。「でも、今の自分の体たらくを思うたびに、心がじくじくするんですよ。あの頃、もっと、死ぬ気で勉強していたら？　って。でも、……あれ？　なんか、光りまし……」

黒崎さんがいよいよ話にオチをつけようとしたとき、それを大音響が飲み込んだ。灰色の地面がたちまち黒い点で覆われ、立ち込める水蒸気のような水しぶきが見る見る僕たちの足元を消していった。

「……とうとう、来まし――」

黒崎さんの声が、猛スピードで遠のいていく。黒崎さんは、僕に向かって唇は動かし続けているようだが、僕はその断片すら捉えられない、黒崎さんの姿を追いかけることができない。黒崎さんの姿は、白いフィルターの向こう側だ。向こう側で、黒崎さんが手招きしている。

「いやー、参りましたね」

黒崎さんの声と姿が、元の質感に戻った。僕たちは、紀伊國屋書店のビル内に避難していた。同じ目的の人々で、すでにそこは人の息で溢れ返っている。黒崎さんのおしゃれな眼鏡が、真っ白にくもる。

「でも、すぐにやむでしょう、しかし、すごい雨だな、なんにも見えませんよ」

黒崎さんは、眼鏡のくもりもそのままに、どこか楽しげに、雷雨でぼやけた風景を眺める。

　間が持たない。

　僕は、この人と、いつまで、こんなふうにここにいるのだろうか。たぶん、雨がやむまでだと思うのだが、それは、いつだろうか。こういう状況は好きじゃない。きっと、この間を埋めるために、余計な会話が展開され、僕は、答えたくもないことを答えるハメになるんだろう。

「久保さん、池袋にお住まいなんですね」

　ほら、来た。

「西池袋でしたっけ？　あの辺、変わったでしょうね」

「まぁ、そうですね、いや、それほど」

「西武線沿いにあったU塾って、ご存知ですか？　池袋駅を出てすぐのところにあった」

「ああ、ありましたね」

「U塾のあの看板。なくなってましたね。前に西武線に乗ったとき、あれ？　って思った。気付きました？」

「……さあ」

「つぶれちゃったみたいですね。しかし、まさに、諸行無常の響きあり……って感じですよね。あのU塾が、つぶれちゃうなんて。一時は業界トップで、恐いものなしって感じだったのに」

「……そうですね」

「久保さんも、やっぱり、U塾に通っていた口ですか？」

「……まあ、少しの間」

「ですよね。首都圏に住んでいて、私立中学を目指そうって人なら、U塾にお世話にならないわけがない。しかも、久保さんの中学は、名門中の名門だ、すごいな。偉いですよ、いや、ホント、尊敬します」

そう、確かに、人生の入り口では、あなたは成功を摑んだんですよ、でも、あなたには持続が足りなかった。残念でした。……黒崎さんのいう「尊敬」には、そんな意味あいが滲《にじ》んでいる。僕は、特に頷きもせず、黒崎さんの話に耐え続けた。

「さっきも話しましたけど、私も一応、あそこを目指していたんですよ、ま、お恥ずかしいことに、途中で挫折しちゃいまして、公立に行っちゃいましたけれど。……あ、私ね、あの塾の土日講座に通っていたんですよ。小学校六年生のとき。でも、授業についていけなくて、半年でやめちゃいました」

黒崎さんは、眼鏡越しに僕と雨の風景を交互に見、その話をしようかどうか少し迷ったあとで、やはり雨はやみそうにもないと、話を続けた。

「西池袋事件って、ご存知です？　あの事件の当事者、U塾の生徒だったんですよね。あれ、結構、騒ぎになりましたよね。実は私、その子と同じ教室だった時期があって、事件後、雑誌の覆面座談会ってやつに参加したことあるんですよ。友人たちが語る、西池袋事件の真実、とかなんとか、そんなお題で。でも、友人っていっても、ほとんどしゃべったことないんですけれどね。っていうか、事件が発生するまで、その子の存在も知らなかった。私はそういってはじめは取材をことわったんですけれど、マスコミにしてみれば、被害者とちょっとでも関係していればよかったようで。私もマスコミの取材ってやつに好奇心がありましたので、協力してしまいました」
　黒崎さんにとっては、『西池袋事件』は、すでに持ちネタになっているようだった。もう何度も、このネタは使用されているのだろう。つるつると滞《とどこお》ることなく、その話は五分ほど続いた。

少年Aがぼくたちに残したもの
〈座談会メンバー〉

a　（塾仲間）
b　（塾仲間）
c　（小学校の同級生）
d　（中学校の同級生）

司会　〈西池袋事件〉が発生してすでに半年が経ちます。この事件についてみんなにいろいろと話してもらいたいと。単刀直入に聞くけど、あの事件が起きたとき、みんなはどう思った？

a　どうって、別に。

c　家庭内暴力なんて、今にはじまったことじゃないし、Aの事件だけじゃないし。

b　あの事件を、マスコミはなんで殊更《ことさら》注目するのか、全然分かんない。あれですかね？　X中学の生徒だから？　やっぱり、X中学の影響力ってすごいな。いやいや、すごい、すごい。

d　茶化さないでくれよ。X中学だって、普通の中学校と変わらないよ。

b　またまた、そんな、ご謙遜を。

d　だから。……ま、いいや。で、Aが殺されてどう思ったか？　ですよね。――そうですね、「ああ、やられる側になっちゃったか」って思いましたね、正直。

司会　「やられる側」？　それは、どういうこと？

d　Aはよくね、いってたんですよ。「僕は暗殺者になる」ってね。ま、コリン・ウィルソン（※）の読みすぎだろうとは思いますけど。彼、肌身離さず、コリン・ウィルソンの本を持ち歩いていましたから、本の中に出てくる有名な殺人者とかにかなり傾倒していた。もうね、本は付箋《ふせん》だらけマーカーだらけ、すごい、かぶれてた。

司会　コリン・ウィルソンを読みはじめていたのは、いつ頃から？

d　さあ。X中学に入学したときには、もう持ってましたよ。

司会　じゃ、小学校の頃から？　cくんどう？　小学校では同じクラスだったよね？

c　読んでいたかな？　ちょっと記憶にない。ただ、Aは、いつも何か本を読んでた。

a　それが、コリン・ウィルソンだったんじゃないの？

c　そんなの、分かんないよ。コリン・ウィルソンって名前も、今はじめて聞いたし。とにかく、なんか、難しそうな本。でも、よく分かんない、Aは、オレらとは、まったく違う世界って感じだったから。なんで、あまり話すこともなかった。授業中も、なんだかひとりで、違う勉強していたし。先生も、「Aは特別だ」みたいな感じの扱いで。

司会　クラスで、私立受験を目指していたのは、Aくんだけ？

c　うん、そう。学年全体でも、五、六人だったんじゃないかな。とにかく、Aはひとりの世界を作っていて、オレらのことは眼中にない感じ。っていうか、見下してたんじゃないかな。だから、オレらも、Aの存在をときどき忘れてた。

司会　Aくんは、小学校四年生のときに川崎から転校してきたよね？　**c**くんは、四年生、五年生、六年生と同じクラスだけど、Aくんのひとりの世界っていうのは、転校当時頃から？

c　ううん、違う。はじめは、普通のヤツだった。普通に、オレらと遊んでた。漫画を回し読みしたり、タレントの物真似《ものまね》したり。でも、影は薄いほうだったかな？　ひとりの世界を作りはじめたのは、五年の終わりぐらいかな？

a　まあね、五年になったら、本格的に受験勉強がはじまるからね。ぼくもそうだったけど、受験勉強がはじまったら、はっきりいって、学校に通うのもタルくなる。そんな暇があったら、塾に行って勉強したいってね。

b　だよな。ひとりの世界、ひとりの世界っていうけれど、おれらから見れば、公立小学校で、のんびり勉強しているヤツらのほうが、なんか、別世界だったよな。

c　なんか、おんなじようなこと、Aもいっていたよ、そういえば。

司会　おんなじようなことって？

c　公立で満足しているなんて、人生投げているようなもんだよ、とかなんとか。

a　だって、それ、正論じゃん。公立なんかいったら、ろくなこと教えてもらえないぜ？　だって、教師の質が悪すぎるもん。でもしか教師の集まりだぜ？　組合に参加して自分らの権利を主張することだけは一人前で、生徒のことなんか、ろくすっぽ分かってないぜ？　女子生徒に手だしているエロ教師もいるしな。その点、私立や塾は、ちゃんとしたプロの教師を揃《そろ》えている、ちゃんと生徒に教えようっていう気概が感じられる。うちの親なんかも、学校の担任より、塾の講師のほうを圧倒的に信頼しているもんな。

司会　でも、**a**くんは、今は公立の中学校だよね？

a　まあね。志望校落ちちゃったからね。でも、高校は必ず、受かるよ。

司会　**a**くんと**b**くんは、Aくんとは同じ塾に通っていたわけだけど、塾ではどんな感じだった？

a　どんな感じって……。

b　ま、普通って感じだったよ。可もなく不可もなく。あまり、目立たない感じ？　でも、Aの場合は、お父さんが強烈だったよな。だから、塾でもちょっと目立ってた。

a　そうそう、『合格必勝』鉢巻をして、塾に来てたよな。

b　西日暮里にも通ってたってさ、あの鉢巻して。

d　西日暮里って、まさか、X中学に？

a　そうそう、X中学の生徒を見にね。知らなかった？

d　初耳。

b　テレビでも映ってたじゃん。「親子鷹、今日も西日暮里に降り立つ」みたいなテロップつきで。

a　あれ、最高に笑えたよな。

d　へー、見てみたかったな。おれ、その番組見てないんだ。

a　マジ？　あの番組は傑作だったよ、でも、あの番組があったおかげで、Aはみごと合格したって感じだけど。

司会　その番組って、Aくんの受験生活を追ったドキュメンタリーだよね？　あの番組のおかげって？

b　Aは、それまで、Dクラスだったの。つまり、ボーダーラインぎりぎり。もっといえば、X中学は無理だろうあきらめるなら今だぞクラス。でも、あの番組の取材がはじまったとたん、なんか、Aの成績めきめき上がっていって。カメラが回っているせいなのかな、なんか、実力以上の力を出している感じがした。

a　うん、なんか、毎日が受験の本番って感じの緊張感だったよな。ぼくらにしてみれば、いい迷惑だったけど。いっつも、テレビスタッフがうろちょろしてさ。

司会　ところで、Aくんの家庭内暴力は、知ってた？

a　知らなかった。

b　右に同じ。

司会　小学校のとき、そんな噂《うわさ》もなかった？

c　ない、ない。

司会　やっぱり、X中学に入学してからかな。中学校生活に、何か理由があるのかな？　X中学で同じクラスだった**d**くんはどう？

d　うーん、それまでのAがどんなヤツだったのかは分かんないけど、とにかく、ネクラな感じがした。さっきもいったけど、コリン・ウィルソンにかぶれていたり。っていうか、正確には、コリン・ウィルソンの本の中で紹介されている殺人者なんだけど。

司会　学校で暴れたり、意味不明な行動をしたりとかは？

d　うーん。どうだったかな。Aはあまり目立たなくて。それでなくても、他人には無関心なところあったし。

司会　勉強で忙しくて、級友のことなんか注目している場合じゃない？

d　そういう、ステレオタイプな捉え方は困るんだけど。X中学に限らず、どの学校だって、所詮、他人には無関心でしょう？　自分のことで精一杯じゃん。一応、それなりの人付き合いはするけれど、表面だけでしょう？　本当に人のことまで考えているヤツって少ないよ。他人を意識するっていったら、あいつはどれだけ成績が伸びたかとか、あいつはどれだけ勉強しているか、とか。

c　あいつにはもう彼女できたかな、とか。

b　エッチは済ませたんだろうか、とか。

a　あいつのチンチンにはもう毛が生えているんだろうか、とか。

d　だろう？　結局はそういうことなんだよ、自分と比較しての、相手。自分があっての、相手。そういう意味では、ものすごく他人が気になるけれど、でも、基本は無関心。

司会　なるほどね。でも、それじゃ、虚しくない？　やっぱり、十代というのは、友情が必要だと思うんだよ。

d　いっちゃ悪いけれど、学校の教室に閉じ込められた者どうしで、どうやって友情を築けっていうの？　無理だよ。日常生活を円満にするための愛想笑いや義理の付き合いは生じるけれど。でも、それって、ただの近所づきあい。方便。

司会　でも、いくら教室に閉じ込められたどうしでも、気の合う友だちっていうのはいるでしょう？　好きなものが同じとか、趣味が同じとか。

a　まあね、気の合うヤツはたまにはいるよ。でも、それだって「あの何々はいいよなー」「それより、この何々がいいよー」とか、パッと見、盛り上がってんだけど、よくよく聞いてみると、自分が好きなことしかしゃべってない。そういうもんだよ。

d　ま、そのぐらいの付き合いが、一番安全だよな。近所づきあいもほどほどにしないと、金使いすぎたり、変な道に引きずりこまれたりするから、おれは、ちょっと距離を置いているけれど。

a　いえてるな。ま、中には、「友情を育《はぐく》まなければ」と、親友作りに励む熱いヤツもいるけれど。でも、そういうヤツがお手本にするのは、少年漫画の熱血スポ根ものとかで、「おれたち、何でも相談しあおうぜ、親友なんだから」って。バカじゃん、って思う。そういうヤツらって、たいがい、悪いことやっちゃうんだよ。「友情」を過信するのはヤバいよ。そういうヤツに限って、パシリになったり、金づるになったりするんだ。

司会　Aくんは、どうだったのかな？　イジメとか、パシリとか、金づるとか、そういう被害に遭っていたということは？

c　小学校のときは、特になかったと思うけど。

d　中学校のときも、特になかったよ。ただ、夏休みが終わって、学校にあまり来なくなったので、どうしたのかな？　とは思ったけど。

司会　Aくんの遺品の中に、殺人シナリオが発見されたけど、それについては？

d　ああ、月刊Fに掲載されたやつね。読んだよ。でも、どうってことなかった。あの程度のものなら、書いているヤツ多いんじゃないの？　実際、おれも書いたことあるよ。

司会　殺人シナリオを？　他には、そういうの書いたことある人いる？

a　うん、書いたことある。っていうか、今も時々書いている。

b　一種の憂さ晴らしだよな。騒ぎにすることじゃないよ。誰でも、頭ん中じゃ、人を皆殺しにしたいとか考えてんじゃないの？　今日もこの取材会場にくるとき、駅がすごい混んでて。で、おやじの集団がタバコすぱすぱ吸って、偉そうにのったりのったり歩いてんの、機関銃があったら、撃ち殺してやりたかったよ。

司会　さて、そろそろ時間が迫ってきたわけだけど。他には、どう？　他に、Aくんについて、印象的な思い出とかは、ないの？

c　今、思い出したんだけど、「あ、なんか変だ、あいつ」と思うことがあって。年末のことなんだけど。それまで、ひとりの世界で勉強ばかりしていたあいつが、ぼぉっとしていることが多くなって。で、時々机に突っ伏して、しくしく泣いてんだよ。受験に行き詰まってんのかな？　と思ったんだけど。あとで、そのドキュメンタリー番組を見て、「ああ、これが原因か？」と思い当たるシーンがあって。

司会　それは、どんなシーン？

c　別れた母親に会いに行くシーン。Aのお母さんは、すでに再婚していて、で、子どももいる。その母親っていうのが、なんだかでっぷりとしたおばちゃんで、それまで母親と再会することを楽しみにしていたふうのAが、お母さんを見たとたん、寡黙《かもく》になって。しかも、そのお母さんは、赤ん坊にお乳をやっていて、Aはそれがすごくいやだったみたいで、逃げ出しちゃうんだよね、カメラが回っているのに。

d　それ、分かる気がするなー。おれにも歳の離れた弟がいるんだけど、母親が弟に乳をやっている姿は、正直、いやで仕方なかった。挙句、「あんたも小さいときは、こうやってオッパイを吸っていたのよ」なんていわれて。どうしようもなく、いやだった。

a　だいたい、かあちゃんの垂れ乳なんて、見たかないよな。そんなの、日常的に見せられるのは、ある意味、性的虐待だよ（笑い）。

b　垂れ乳ならまだいいよ。おれなんて、お袋が隠し持っていたレディコミ見つけちゃってさ。ものすげーエロなの、もう信じられないぐらい。それ以来、お袋を見る目が変わった。一時は、お袋が触るものすべてが汚く思えたもんな。

※コリン・ウィルソン
１９３１年イギリス生まれ。16歳で学校をやめ、職業を転々とするかたわら大英

図書館に通い、『アウトサイダー』を書き上げた。「意味を求める生物である人間の充足感」をテーマとし、「現代社会ではアウトサイダーが増加している」として、哲学、オカルト、殺人等を題材に、多方面にわたる執筆活動を続けている。

（月刊グローブ／平成二年四月号「少年たちの事件」より）

「もう、十六年も前の話なんですよね。平成の初めに起きた事件。中学一年の、二学期。光ＧＥＮＪＩの曲を聴くと、あの頃を思い出すんですよ。当時、やたらと耳にしたから」

黒崎さんは、喉を細かく震わせながら、鼻歌をはじめた。短いフレーズ、聞き覚えのある。

「あの事件、いまだ解決してないんですよね」フレーズを五回繰り返したところで、黒崎さんはいった。「確か、父親が、裁判で突然無罪を訴えて。どう思います？　他に犯人なんているんと思います？」

「さあ」僕は、答えた。

「他に犯人がいるとしたら、誰なんでしょうね。なんの雑誌だったかな、事件を検証している記事を読んだことあるんですけれど、なんか、『謎の友人』というのが怪しいとかなんとか。仮に他に犯人がいるとして、どうして父親は自分が殺したなんて、自供したんでしょうね。二時間ドラマなら、誰かをかばって……なんていうオチなんだろうけど」

雲は、またたくまに東に逃げていった。現れた西日はすでに赤みを帯び、見慣れた新宿の風景をえんじ色の光で晒《さら》していく。

間の抜けた着信音が、響いた。黒崎さんが、慌てて、鞄を探る。そしてディスプレイだけ確認すると、それを元の場所に戻した。

「ところで、久保さん、携帯は？」

「いえ、持ってないんです」

「ああ、そうですか。フリーなら、携帯ないと、なかなか不便じゃないですか？」

「ええ、まぁ……、いえ」

「分かりました、なら、今日の結果は、固定電話のほうに入れておきます」

「お願いします」

雲に置き去りにされた名残りの霧雨が、きらきらと、カーニバルを彩るラメ色の紙ふぶきのように、僕の視界をいっぱいにした。

眩《まぶ》しすぎて、僕は目を開けていられなかった。
でも、ここで目を閉じちゃいけない。閉じれば、また君がやってくる。僕のほんのちょっとした隙をついて、君は、やってくる。こういう、どうしようもなく、感傷的な風景を狙って、君はいつでも、やってくる。

『ね、それ、おいしい？』

二

「ね、そのバーガー、おいしい？」

僕が、期間限定の和風チキンバーガーを食っていたら、後ろから声をかけられた。

聞き覚えのない声だ。その上、『バーガー』の部分になんともいえないイヤミな抑揚がある。

誰だ？

僕は、振り向いた。

……誰？

そこには、見覚えのない野郎がいた。

「うー、お腹空いてきちゃった、ねっ、それって、あそこのロッテリアで買った？買ってこよう……かな、まだ特訓、はじまんないよね？」

なんだよ、うるせー野郎だな、腹へったんなら、黙って買いに行きゃーいいだろうが。

僕は、再び参考書に目を落とした。

だって、僕たち、瀬戸際にいるんだろう？　ハンバーガーどころじゃないだろう？　六年生のゴールデンウィーク、ゴングはとっくに鳴ってんだぜ？　あとは、夏休み、冬休み、もうたったそれしかない。あっというまだよ。ゴングはいつだって、僕たちの神経に直接響くんだぜ？　ほら、ワイヤレスマイクのハウリングだ。特訓がはじまる合図だ。講師がワイヤレスマイクをシャツの胸ポケットに取り付けようとしているんだ。三百人余りの野郎たちの視線が一つに集まる。……、あれ、でも……。

僕はどういうわけか、さっきの腹ペコ野郎のことを思い出した。ヤツの気配は、背後にない。

あのバカ、ホントに買いに行きやがったんだ。

そして僕は、残りの和風チキンバーガーを無理やり口に突っ込んだ。だけど唾液がそれに追い付かなくて、咀嚼《そしやく》するのに手間取ってしまって、なかなか食道に流れていかなくて、僕はそれが苦しくて、ちょっとだけ咳《せ》き込んでしまった。だけど、特訓はもうはじまっちゃったよ。甘辛いソースの味は口中に充満しているのにさ。でも、僕はそんなことはとっとと忘れて、特訓に没頭しなければならない。

だから、僕は腹ペコ野郎のことはもうとっくに忘れていた、……はずなのに、野郎が、また僕に声をかけてきた。次の特訓がはじまるほんの少し前。

「あのバーガーさ、ちょっと甘くなかった？」

腹ペコ野郎は、今度は僕の机の横に立っていた。

相変わらず、『バーガー』の発音がなにやらこそばゆい。

「ねぇ、ソースがさ、ちょっと、甘くなかった？」

そんなことないよ、いい味だったよ。

「もっと、スパイスきかせてほしいよね」

和風なんだから、そんなにスパイスきかせなくてもいいんじゃねえの？

「チキンもさ、もっと歯応えがほしい」

そうかな？　あのぐらいの柔らかさがちょうどいいよ。

……って、うるさいな、いちいち話しかけるなよ、気が散るだろう！

なんなんだよ、こいつ。こんな時期に、しかもこんなところで、チキンバーガーの批評をするヤツなんか聞いたこともないよ。ほら、見てみろよ、この教室の連中をさ、お互いにお互いのレベルを聞き出すのに大忙し、または僕みたいにひたすら自習。なのに、なんだって、こいつはチキンバーガーにこだわるんだ？　……という僕もかなりの間抜けな野郎だった。

「さっきの特訓、あんたいた？」

なんて、聞くんだから。そんでもって僕はそのとき、はじめて、ヤツをしっかりと両目で確認してやった。ヤツは、ずいぶんと高いところから僕を見おろしていた。ちょっとだけ、膨らんでいる。

女……？　僕は、素早く、何気なく、視線でその胸をなぞってみた。

女か。このクラスに女がいるなんて、珍しいな。そうか。今日は連休特訓、志望校に限らず、ごったまぜの特訓だった。っていうか、本当に女か？　でかすぎるぞ。

僕は気を悪くした。僕は、背の高いヤツは苦手なんだ。僕の数多いコンプレックスの中でも上位を占める、コンプレックス。チビ。なのに、そんなコンプレックス知ったことかよ、とばかりに、腹ペコデカ女は僕より高い位置から言葉をだらだらと落とし続ける。

「やっぱり、君もX中学志望？」

なんだよ、君って。そんなふうに呼ばれたのははじめてだぞ。なんか、ムカつくな。でも、紳士な僕はヤツの問いにちゃんと答えてやった。

「ここにいる男連中は、大概そうじゃん」

「ふ……ん、やっぱりそうなんだ」

「あんただって、女子御三家を狙ってんだろ？　だから来てるんだろう？　バカみたいなこと聞くなよ」

「……っていうかさ」

「なんだよ」

「わたしさ、この連休からの参加なんだよね。今まで家庭教師だけだったから。そんなだから、なんか慣れないことばかりでさ、あっ、そうだ、君、あのロッテリアにはよく行く？　わたし、土日しか来れないから、これあげる。ポイントを集めると、マグカップがもらえるって、じゃね」

ヤツは、ひとりでベラベラ喋り倒したかと思ったら、僕の机にロッテリアのサービスカードを置いていった。とたん、あのハウリングが僕の心臓を突き上げた。乱暴に教壇に登場した講師はB５のプリントをかかえている。用紙いっぱいに印刷された五十問の数式、僕たちはそれを十五分で解かなければならない。


「あ、ギザジュウだ！　これで、十三枚目っ」

「マジ？　いいなぁ、おれなんか、最近、全然だよ」

「今回も、村井《むらい》がリードか」

「ゴールの夏休み明けを待たず、村井が優勝か？」

「いや、おれが、絶対、挽回するよ」

「なにいってんだよ、おまえ、まだ一枚もゲットしてないくせに」

「おれは、ウルトラ大逆転を狙ってんだ。そのほうが、劇的だろう？」

コインダービーに興じる僕たちは、同類だよな？　塾を後にして、とろとろと池袋駅に向かう僕たち。僕たちはおなじ劣等感を抱えながら、家族と暮らし、学校に通い、塾にやってくる。だって、僕たち、負け犬だろ？　屈辱のDクラス。

『今度こそ、負けるな！』あの怒鳴り声。

『汚名返上』黒板に埋めつくされたあのチョーク文字。

僕たちの角膜には、そして鼓膜にはそれらがべったり貼りついている。それは、来年の冬まで剝《は》がれないいんだ。

「でもさ、連休特訓から、また新しいヤツが増えたな？」ガムを忙しく嚙み続ける村井が吐いた。僕は、村井から貰ったガムをクチュクチュ嚙みながら、頷いた。

「ったくよー、こんな時期から参加なんて、余裕だよなー」三島《みしま》が話題を繫げた。

「テレビだよ、あのテレビ。あれが影響してんだ。視聴率、結構よかったらしいぜ。塾にとってはいい宣伝だったんじゃない？」原田《はらだ》が、どっかのコメンテーターのように、解説する。

「なるほどなあ。それで、テレビを見たミーハーがどっと押し寄せてきたってことか。塾にとっちゃ、いいカモってところだろうな」宮本《みやもと》が、うまく、まとめた。

僕たちはそんなふうに、わだかまりをパスしあいながらダラダラと、駅までの道を歩いていく。そんな僕たちを、小さな体に不相応な鞄を抱えた三人の小学生が追い越す。「おれたち、ぜったいX中学校に受かろうぜ」あいつらの背中は、そんなことをいっている。Aクラスの連中だ。なのに、僕たちはDクラス。来年の今頃、それぞれ最寄りの、ダサい公立中学校に通ってしまっているかもしれない、Dクラス。短ラン・ピアス・タバコぐらいでイキがっているヤツ、変な臭いのリップクリームをべったり塗ったブス、Aまでいったとか Bがどうしたとか大騒ぎする連中、そんなごった煮の中に僕たちは放り込まれるかもしれない。

……そんなの、いやだ。絶対に。僕たちは、だから、あの校章をカラーにつけたあの学生服を夢想する、必ず、この手に入れてやる。

でも。

今日の実力テスト、ちょっと自信がない。チキンがさ、歯に挟まっちゃって、それが気になって、ずっと舌で突っついていた。今も、舌先で、チキンのかけらをほじっている。これが、なかなか、とれないんだ。舌はこんなにヒリヒリしてんのに。

ああ、連休も、もう半ばをすぎちゃったな。

ヤバいよな……このままじゃ。

明日こそは……チキンなんか食べないよ。

それでも、日々は容赦なく過ぎていく。もやもやと焦燥の間でうろついているうちに、連休特訓も今日で終わり。明日は特訓総仕上げ実力テスト。なのに、僕はひとりで、静まり返った教室で帰りの支度《したく》をしていた。それまでの実力テストの点数がどれもこれもあまり芳《かんば》しくなく、そういうことで、進路担当の講師にこってりとやられていたもんだから、こんな情けない状況になってしまった。

今日はひとりか。思えば、村井たち負け犬仲間とはそれほど仲がいいわけじゃないんだけれど、でも、ヤツらがいないと、やっぱり寂しい。だって、ヤツらとは同類だからね、いじけた話しかできない僕たちだけど、それでもなんとなく、気持ちが落ちつくんだ。

「ね、今帰り？」

僕の背後からだ。僕はすぐに思い当たった。

腹ペコデカ女だ！

僕は振り向いた。やっぱりヤツだ、そして、やっぱり、僕よりずっと背が高い。

「忘れ物してさ、でも、こんな時間だから、もう誰もいないかと思ったよ」

はいはい、僕がいましたよ、居残りでしたよ。

「今、サンシャインの水族館に行ってきたよ、行ったことある？」

腹ペコデカ女は、またひとりでベラベラと話をはじめた。

……僕は、この手の人間は嫌いなんだ、漫画やドラマにでてきそうな、誰とでも仲良くなってやるよと自信満々の、肩の力を抜いて楽しくやろうよと説教たれるようなな、そんなヤツ。申し訳ございませんが、わたくし、あなたのようなご立派な方とはお付き合いできませんの、なんて感じで、僕はテキストをリュックに突っ込むと、目礼だけして席を離れた。

「ね、お腹すかない？　わたし、いいとこ知ってるよ」

なのに、腹ペコデカ女は、僕の空腹に付け込んできやがった。そこを攻められたら、僕は、弱い。僕の腹が、『いいとこ』って言葉に過剰反応して、きゅるきゅる鳴く。情けないヤツだ、こんなところで、鳴くなよ、教室中に響いちゃっただろう。

「でも、そんなに金持ってないから、いいよ」なのに、僕は、強がってみた。

「すっごい、安いの。信じられないぐらい。三百円もあれば、おなかいっぱいだよ」

三百円？　……僕は、財布の中身を頭ん中で確かめてみた。うん、うん、たぶん、三百円なら、楽勝だ。

「本当に、三百円？」一応、念押ししてみる。

「うん、三百円」

それから僕たちはビックリガードをくぐり池袋駅の西側に回り、そしてくねくねと歩き続けた。

「おい、なんだよ、どこまで連れていく気だよ」

もうあれから一時間は経っている。なんだか得体の知れない大人たちがちらほら目立ってきた。

「大人たちってヒマでいいよな」と僕が八つ当たりを含めて感想を述べると、腹ペコ野郎は、「ヒマ過ぎるのも案外つらいかもよ？　この世がはじまってからこの世が終わるまで、ずーっとヒマだったらさ、地獄だよ？」と変なことをいう。

「ところで、どこなんだよ、あんたのいってた店って。おれ、腹すき過ぎて絶命しそうなんだけど」

僕は、本当に絶望的な気分だった。

なんだか、今日一日ついてなかったな、講師にはさんざんぱら嫌味をいわれるし、村井たちはさっさと帰っちゃうし、この腹ペコ野郎にはこんなふうに引きずり回されるし、今頃村井たちは明日の実力テストに向けて勉強中だろうし、僕は明日のテストもちょっと自信ないし、ああ、しかも、さっき、ゲロ踏んじゃったんだよな……、あの臭いが、まだ漂《ただよ》ってくるようだよ、もう、帰りたくなったよ、まったく。

「……、へへへ」ヤツが変な笑い方をしてこっちを見た。

「あのさ、わたしんち来る？　あのね」

なんだよ。

「わたしたち迷子になっちゃったみたい」

なんだよ、それ？

「ごはん、ごちそうするから、家においでよ」

「あんたんち、どこなんだよ？」

「えーと、立教大の近くなんだけど……、君、立教大分かる？」

なんだよ、それ！　自分ん家《ち》だろーが！


「ああ、やっとありつけたね」腹ペコ野郎が、ギョーザを頬張りながらいった。

僕は、五目チャーハンを力強く口に運びながら、ヤツに答えた。「ね、ここ、あんたん家《ち》？」

「ううん、伯母さんの家だよ」

僕たちは、西池袋のごちゃごちゃした住宅街を散々放浪したあと、やっとこの家に辿《たど》りついた。その家は木造の二階建てで、一階は一見小綺麗な美容院。でも、どこか古臭い印象で、きっと、おばちゃんグリグリパーマが専門の、しかも客なんか一日に五人も来ればいいほうの、そんな経営状態までもが瞬時に想像できちゃうような小さくて冴えない美容院だ。クタクタな僕たちはその美容院の出入り口からノソーッと入り、そして、そのまま店内を通り抜けた。店内にはモップがけをする見習いふうの女の人と、雑誌を整理する四十歳くらいのおばちゃんがいたんだけど、ヤツは「ただいま」というだけで、僕を奥へと誘った。誘われた奥には、急で狭い階段があり、僕たちは身を屈めながらそれを慎重にのぼり二階にやってきて、靴を脱ぎ、六畳の和室へと上がった。……、ここ、どんな造りになってんのかな？　僕は、ヤツが用意してくれた座布団にぼんやりと座ったきりピクリともしないでかたまっていた。僕は、どうしようもなく腹がへってたんだ。ヤツは、下と上とを行ったり来たりして、僕に麦茶を持ってきてくれたり、ポテトチップスを運んだりしてくれる。でも、僕、ポテチだけじゃ……。「出前注文したよ、二人とも五目チャーハンだよ、それとギョーザと春巻きもつけといたよ」ヤツのその言葉で、僕はほっとした。

そうして、僕たちはやっと飯にありつけたってわけなんだ。それにしても、今何時なんだろう？　もう、十時は回ってんじゃないのか？

「ね、ここ、あんたん家《ち》？」

「ううん、伯母さんの家だよ」

ヤツは、残り少なくなったチャーハンを、レンゲで器用に掻き集めながら、いった。

「わたしの家、町田のうんと奥なんだ。でも、親が土日だけでもあの塾に行かせるんだって頑張ってさ。だからわたし、伯母さんの家に泊まっていいっていうんなら行ってもいいよって、条件を出したんだ。だって、わたし、せっかくの週末まであの家庭教師とつきあうのはイヤだったから」

「ふーん。家庭教師」

「すっごく、嫌なやつ」

「家庭教師、嫌いなんだ」

「嫌い、嫌い、大嫌い」

「男？」

「ううん、女。女子大生ってやつ。あんな大人には絶対なりたくないって思う」

「女子大生なら、まだまだ大人じゃないじゃん。学割がきいている間は、おれらと同じだよ」

「そっか。そうだよね、だから、あんなに生意気なんだ」

「そいつ、生意気なんだ？」

「うん。なんだかわけのわからない理屈を並べて、わたしを言い包《くる》めようとしている。カッコいいこというわりには、サカリがついていて、オンナのニオイがぷんぷん」

「仕方ないよ、発情期だもん」

「発情期！　それ、いい、ウケた」

ヤツが、レンゲを振り回しながら、ケラケラ笑う。ウケたことが心地いい僕も、笑ってみた。笑ってみたら、なかなか止まらなくなった。レンゲが転がってもケラケラ、チャーシューのかけらが畳に落ちてもケラケラ、風がカーテンを揺らしてもケラケラ、耐え難い空腹のあとの急激な満腹感が、僕たちの神経を変な具合に捻《ね》じ曲げてしまったようだ。僕たちは、激しく、笑いあった。このまま、死んじゃうかもしれない、ってぐらいに。だって、ほんと、苦しかった。

「で、どこ、狙って、んの？　御三家、の、どれか、でしょう？」死ぬ間際の最後の言葉をひねり出すように、僕はいった。

「御三家ね……、わたし、あんまし興味ないんだよね」

ヤツの笑いは、急速にひいたようだった。畳に放り投げだされたレンゲを拾うと、続けた。

「親だって、ちょっと前までは興味なかったくせにさ」

「へー、そうなんだ」

「あのテレビだよ！　あのテレビ見て、親、変に感動しちゃって」

「先月やった、あのテレビ？」

「そう、一発逆転の見事な大団円！　あの胴上げ見て、親、その気になって」

「へー、結構、影響力あるんだ」

「あるよ！　あとね、春の業者テストのとき、まぐれですっごくいい点数とっちゃったんだ。そしたら担任がね、これなら御三家のどれにでも行けるって、無責任にハッパかけるもんだから、親たちもその気になっちゃって」

僕はちょっと冷たくなったギョーザの皮を歯で引きちぎりながら、「ふーん、すごいじゃん」と、そっけなく、いった。でも、内心、ちょっと、羨《うらや》ましかった。だって、僕も今年に入ってからいろんな業者テスト受けたけど、どれもこれもすげー悪かった。御三家どころか、……。そうなんだ。僕は、本当ならこんなところで、ギョーザなんか食べている場合じゃないんだ。

「わたしね、本当は今年中学に行くはずだったんだ、年齢からすると。つまり、君より、ひとつ上ってこと」

「ダブってんの？」

それで、僕は君呼ばわりなのか。それにしても、『君』はないよな、『君』は。時代錯誤もいいところだよ。しまいに、『給え』とかいいだすんじゃないか？

「もう気づいているかもしれないけど、日本語もちょっと変でしょう？」

「うん……、というか、なんというか」

「帰国子女ってやつ。小学一年から一昨年《おととし》まで、ずっとイギリスにいたんだ」

「へー」

正直、いっこ上だろうが、帰国子女だろうが、そんなのどうでもよかった。でも、ヤツは、とっておきの内緒話が「へー」で片付けられたことに、ちょっと落胆したようだった。

「……、あ、ね、時間、大丈夫？」そして、話題をすり替えた。

「えーと、そうだね……、大丈夫じゃないかも、そろそろヤバい」

「家、どこ？」

「……えっと。西武線」

「じゃ、わたし、駅まで自転車で送っていくよ、伯母さんのチャリだから、ちょっとダサいけど」

「いいよ、あんた、また迷うだろう？」

でも、僕は、そのあともう一杯麦茶を御馳走になると、ヤツがこぐ自転車の後ろに座り駅に向かった。

ちょっと……いや、かなり恥ずかしかったけど。だって、女がこぐ自転車に乗るなんて。僕は相当抗《あらが》ったんだけど、ヤツは、チビな僕を強引に、自転車の荷台に乗せやがった。でも、ま、いいか。どうせ、こいつ、遠くからじゃ女に見えない。髪も短いし、なにしろデカいし。傍目《はため》からは、兄と弟に見えるだろう。

あ、あいつ、X中学の生徒だ。ちくしょー、やっぱり、その制服、カッコいいな、っていうか、なにじろじろ見てんだよ、僕らは兄と弟、そう、こいつがアニキで、僕が弟。……見えるかな？　いや、見えて欲しい。僕は、そうつぶやきながら、知っているヤツに会わないことを祈りつつ、ヤツの背中に、そっとつかまった。

それにしても。

なんで僕は、こんな時間に、女とタンデムなんかするハメになったんだろう。きっかけはなんだったっけ？　チキンバーガー。そうだ、チキンバーガー。もし僕があのときチキンバーガーを食べてなかったら、コイツは僕に声をかけなかっただろうし、僕は今頃、いつものように家で問題集と格闘していたんだろう。

ってぃうか。

コイツ、なんかいい匂いすんな、なんの匂いだろう？　パーマ液とかヘアダイ薬とかの薬品のにおいなのかな？　うーん、ぜったい違うな、……そういえば、麦茶だと思って飲んだあれ、あれもなんかいい匂いがした、そうか、あれと同じ匂いなんだ、あれって麦茶じゃないのかな？　そういえば麦茶じゃなかったような気がする、色は麦茶と同じだったけど。あ、今、いい風ふいた。

ゴタゴタした池袋の街の中、それでも風は五月だな。なんだか、緑色の香りがする。

……なんてね。

ヤツが、スピードを上げた。

なんだよ、びっくりすんじゃんかよっ。おい、あんた、ハンドル持つと、性格変わるタイプ？　これじゃ、ほとんど、暴走チャリだよ！　なんだよ、赤信号だぜ、何？　突っ切っちゃうの？　ヤバいよ、とりあえず、止まれって！　冗談じゃないよ、こんなところで車に轢《ひ》かれたら、このタンデム状態をなんて説明すればいいんだよ？　だから、信号だけは守れって、もう！

そういえば、ヤツ、何て名前なんだろう？

家に帰ると、僕はそのまま、パイプベッドにダイビングした。ヤツのおばさん、ヤツのこと「えっちゃん」と呼んでいたな。ということは、エリコ、エイコ、エミコ、……、イギリス育ちっていっていたから、もっとバタ臭いかも。

エミリ、エリカ、エリー……、エリザベス？　……さすがに、それはないか。エ、エ、エ、エ。

僕は、着替えもまだなのに、そのまま寝てしまいそうだった。明日のテストの勉強もしていないのに。あっ、親が仕事場から帰ってきたみたいだ、今日、店、ヒマだったのかな？　こんなに早いのは珍しいもの。しばらくしたら、僕の様子を見にくるな、起きなくちゃ。でも、やっぱり眠いんだよ……、今日は、眠らせてくれよ。今日ぐらい、いいだろう？

でも、やっぱり。

いやだな、なんなんだよ、この罪悪感。ただ、眠るだけだよ。眠るのが、そんなに悪いことなのか？　ただ、眠たいだけなのに、どうして、責めるんだよ。いいじゃない、ちょっとだよ、ちょっと眠るだけだよ。

『だから、Dクラスなんだよ』

僕は、飛び起きた。安物のパイプベッドが、きぃきぃ鳴く。

分かったよ、やるよ、やるよ。

なんだか、僕は、まんまと調教された動物のようだ。わけの分からない罪悪感を仕込まれて、ご褒美《ほうび》ほしさに、問題集に向かう。ご褒美ってなんだろう？　充実感かな？　達成感かな？　Aクラスかな？

っていうか。誰に強要されているわけでもないのに。U塾に行きたいといい出したのは、自分だし。

僕の放課後は、小学校五年生のときから、池袋の東口にあるU塾のものだった。もちろん、X中学校の受験のため。ということは、もちろん国立T大学が最終目標なんだけど。

でも、正直いって、僕は自信がないんだ。確かに去年までは、とてつもなく成績がよかった。近所の人も親も「とんびが鷹を生んだ」って、ちやほやしてくれた。でもそれからあとは、ちょっと成績がいい程度で納まっている。でも、X中学に行くっていいだしたのは僕のほうだから、弱音は吐きたくない。それに、やっぱりT大に行きたい。

だって、学校に提出する書類に「保護者の職業：飲食業」と書くのが、イヤなんだよ。飲食業なんてカッコつけているけど、水商売だよ？　せめて、会社員がいい。できれば、国家公務員。

だって、朝昼は仕込み、夜は遅くまで片付け、店から家に戻ってくるのはいつも深夜……、なんていうハードな毎日でさ、薄利多売っていうの？　そんなに働いてもちっとも儲《もう》かっているって感じじゃないんだよね。そこらの会社員や公務員なんかよりはめちゃくちゃ働いているはずなのに、暮らし向きも世間体も一向に彼らに追いつかない。だから、いまだに借家住まい。古い古いアパート。小さな小さな庭が北側にちょこっとついてるだけの恐ろしくダサい家、なのにそれすら所有することはできないんだから、やっぱり飲食業なんてパッとしない商売なんだ。

だから、もっと上の階級に行きたいな……、とか思ってさ。親も、はじめは乗り気じゃなかったんだけど、身分不相応だって。でも最近ではなんか期待しちゃって、うちの家系から大卒がでるかもしれない、しかもT大だ、なんてね。特に親父《おやじ》が、妙にはりきっちゃって、店を開けている時間を増やして、塾代をひねり出している。でもね、僕、最近、ダメなんだよね、もう自信がなくなっちゃったんだよ。成績はどん詰まりだし。

特に、この連休特訓は最低だったよ。もう、どれもこれも、ウッソーというような点数ばかりでさ。そのせいで、今日、講師に脅された。「分かっているな？　このまま じゃ、Eクラスだから。Eクラスで、一年生からやり直すことになるから」

あの、踏ん反り返った講師の言葉が、僕の頭をぐるぐるかき回す。

Eクラス。その後ろはない。補欠クラスがあるけれど、あそこまで落とされたら、もう人間じゃない。

このまま、どこか行きたいよ、まったく。

でも、僕の行き場なんて、どこにあるんだと思う？　僕はどこに行くんだよ、どこに行けばいいんだよ？　僕は、塾からの帰り、西武線各駅に乗りながら、なんども泣き出しそうになった。急行に乗ったって、どんなに頑張っても、飯能《はんのう》までしか行けないんだ。レッドアロー号だって、秩父どまりだ。……東武線だって、せいぜい、川越あたりが限度だ。JRならもっと遠くに行けるだろうに。ったく、これが私鉄の限界かよ。……、あれ、そういえば、あの腹ペコデカ女、あいつ、町田から通っているっていってたな、じゃ、小田急線を使っているんだな。いいよな、小田急線なら、いざ

 っていうとき、箱根まで行けちゃうんだ。……、いいな、箱根。行ったことないけど。きっと、川越や秩父よりはいいところなんだろうな。だって、温泉があるんだもんな。小田原まで戻れば、海もある。

僕は、問題集に向かっていたはずが、いつのまにか地図帳を眺めていた。

……そうだ、イギリス、イギリスは……と。ああ、いいな、すっげー、遠い。ここなら、誰にも見つからないかも。……そんなことはないか。南回りだって、行くのに一日もかからない。北回りなら、半日だ。全然遠くないよな。あとは、金の問題か。そうか、結局は、そこだよな。金だよ、金。遠くないのに、金がなければ、一生行けない。

あいつ、今度の土曜日も来るのかな？　週末特訓には出るみたいなこといってたし。

来週まで、六日。イギリスより、遠い。

……、なにおセンチになってんだよ、自分。さあ、やるぞ、やるぞ、やるぞ、問題集、やるぞ！　今日のノルマ、十ページ。

よっしゃー。

三

よし。

僕は、［Ctrl］キーと［S］キーを同時に押した。

ウィンドウ下のページ表示を確認してみる。三十ページ。すごいな、自分。新宿から戻ってきたのが、七時ちょっと過ぎ。それからすぐにマシンを立ち上げ、今の今まで、キーを叩き続けた。今、何時？　1：03。……六時間も、没頭してたんだ。そういえば、便所にも行っていない。瞬きもしてないいんじゃないのか？　意識して、目を閉じてみる。じわーっと、涙が滲んできた。

涙で潤したついでに、背中も伸ばしてみる。その拍子に、プリントアウトした仕様書が、ぱらぱらと、デスクから滑り落ちた。黙ってその様を眺めていると、それらは、大袈裟《おおげさ》な音を出しながら畳に向かって、崩壊した。

あーあ。

でも、ま、いいか。とりあえず、今は小休止。何か、腹にぶち込もう。

テーブルに置きっぱなしのレジ袋から夕飯を取り出すと、ついでにテレビのリモコンの［電源］ボタンも押してみた。ろくなのやってないな。チャンネルボタンを押し続ける。

夕飯は、焼きそばパンとおにぎり。どう考えても、炭水化物ばかりだ。栄養バランスが悪過ぎ。……っていうか、何で人間は、こんなに種類を摂らないと駄目なんだろう？　植物なんて、水と土だけで、賄《まかな》っているのに。あ、そうか、あと、太陽か。いずれにしても、実に効率のいい仕様《スペック》だ。それに比べて、人間は。植物から動物まで、ありとあらゆるものが作った栄養を満遍なく摂らないと病気になるっていうんだから、他力本願的というか、パラサイト的というか、仕様的に劣っているというか、いずれにしても生物的にはかなりコストパフォーマンス悪いんじゃないか？　人間も、光合成ができればいいのに。そしたら、かなり、すっきりする。

適当に選んだチャンネルが流しているのは、ドキュメンタリーっぽい番組だった。小さい頃に母親に捨てられて、施設で育って、やっとこさ独立した青年が瞼の母を捜す……という趣旨らしい。

だから、やめとけって。幻滅するだけだからさ。美しいママンが現れて、「ごめんなさいね、私のかわいい坊や」「ああ、ママン、なんていい香りがするんだろう。会いたかった」なんていう展開を、この青年はちょっぴり期待してんだろうけど、それは、絶対ないよな。だいたい、子供を捨てる親なんて、どっかで破綻《はたん》者だ。性格か生活か、はたまた生き様が、破綻している。まともな生活を送っているはずがない。

ほら、いわんこっちゃない。探して探して探し当てたママンは、前歯のほとんどが欠落した、老女じゃないか。歳は四十歳っていってたけど、とても信じられない。男と酒とくだらない遊びで、せっかくの青春も若さも台無しにしてしまったんだろうな。

ああ、青年、顔が引きつっているよ。それでもナレーションは、感動の方向にもっていこうと、必死だ。

あのとき捨てた息子。それは若さがもたらした残酷な決断。しかし、母は、あの子宮の痛みを、一瞬でも忘れたことはなかった。この二十年間は、母にとっても、長い彷徨だったのだ。

……の割りには、このママンも、なんだか面倒臭そうな感じなんですけど。なんで、今頃？　息子？　そういえば、産んだわね、ずっと昔に。

それ以上に、息子が、戸惑っている。ママンとは目も合わさない。そりゃ、そうだよな。幻滅なんてもんじゃないだろう、これは、アイデンティティの崩壊だ。自分の存在すら、崩れ落ちる。

悪いことはいわないから、忘れろ、この女から生まれたことは。天涯孤独、いいじゃない、かっこいいよ。世間の仕組みからいうといろいろと不便かもしれないけど、血のつながりなんて、いうほど神秘的でもロマンチックでもない。どんな濃厚な関係を築いたって、人は所詮、たった独りで死んでいくもんなんだよ。

とかなんとか、文句いいながらも、一時間、見ちゃったな。もう、二時か。よし、仕事を続けるか。

あれ？　また、ドキュメンタリー番組だ。でも、これはなんだか随分、古い感じがする。フィルムだし。それ以前に、映っている風景も人物のファッションもバックに流れる流行歌も、相当年代を感じる。再放送なのかな？　ああ、やっぱり、再放送だ。一九八九年だって？　これまた、古いな。

なんで、今頃？

【タイトル】父と子の180日戦争（仮称）
【コンセプト】加熱する中学受験を通して、戦後日本の教育の現状、そして家族の絆《きずな》について考える。
【取材対象】中学受験塾の大手、株式会社U塾（設立一九八〇年、社長T・O）。該

当塾に通う小学六年生のAくん、そしてその父親。

なお、U塾とは、一九八〇年、不動産業を営むT・O氏が開設した小学生を対象とした学習塾で、業界内では後発組であったが、元テレビ局プロデューサー、証券マン、作家など異業種から講師を招き、特訓学習、受験直前ノンストップ模擬試験などドラスチックな学習法を実施、たちまちX中学合格率九五パーセントを達成させ、業界トップに躍り出た。

【シナリオサンプル】（プロローグより抜粋）

Aくんの朝は早い。朝刊を配る自転車の音が聞こえる頃、Aくんは、すでにドリルを二ページ、やり終えている。四畳半と六畳の間をしきる狭い廊下、その中央に置かれた小さな卓袱台《ちやぶだい》。そこが、Aくんの勉強机だ。朝刊がポストに投げ込まれる頃、四畳半で寝ていたおばあさんが起きてくる。Aくんの邪魔にならないように、そっとそっと襖《ふすま》を開け、忍び足で廊下を横切り、六畳間へと移動する。六畳間には、お父さんの、Iさん。池袋の駅前で小さな屋台を営むIさんは、すでに仕込みをはじめている。その六畳を抜け、玄関に行くと、おばあさんは、配達されたばかりの新聞をポストから引き抜く。ポストにぎっしりとつめこまれた新聞は、三種類。おばあさんは、そこから広告チラシだけを器用に抜き、Aくんに渡す。Aくんは、三種類の新聞に、さあっと目を通す。中学受験とはいえ、時事ネタは大切な出題項目なのだそうだ。

「四コマ漫画は、読まないの？」

「うん、おもしろくないもん」

「番組欄は？」

「もちろん、飛ばす。関係ないもん」

「じゃ、テレビは？」

「朝のニュースと夜のニュースで充分。他は見ない。馬鹿になる。だって、馬鹿相手の番組しかやってないじゃん」

「Aくんは、馬鹿は嫌い？」

「嫌いというか、軽蔑しているね。僕はならないよ、絶対、馬鹿にだけは」

そういうとAくんは、新聞を放り投げ、再びドリルに向き合う。毎朝のノルマは十ページ。Aくんは、学校に行く前に、必ずこれをやり遂げている。

（PO企画製作『ザ・ヒューマンドキュメント』〈Hテレビ〉企画書より）


なんだよ、もう三時だよ！

ヤバい、まじで、仕事しなくちゃ。テレビを消すと、僕は畳に散らばった仕様書に、無理やり意識を戻した。

しかし、大胆に崩れ落ちてくれたものだ。ノンブル通りに集めるだけでも、結構時間がかかりそうだ。……もう、寝ちゃおうかな。いやいや、駄目だ、昼までに、あと三十ページ、やっつけなくちゃ。頑張れ、自分。

四

U塾の土曜・日曜の特訓は、レギュラーの塾生以外の受験生にも門戸を開いていた。U塾の週末特訓はかなり有名で、何度かテレビのワイドショーとかニュースとかドキュメンタリーとかで取り上げられている。『絶対合格』なんて印刷してあるハチマキを巻いてさ、講師の叱咤激励《しったげきれい》の嵐の中、いたいけな小学生がカリカリと勉強しているシーン、見ている人は多いはずだ。

週末特訓はU塾の名物でもあり広告パフォーマンスでもある。だから、普段の講義とはだいぶ違う。まず、少数での授業ではない。教室を区切っているパーティションを全部取り払って、三百人は収容できるような会場にしてしまい、できるやつからできないやつまでごった混ぜで特訓する。このほうが、視覚的なインパクトがあるからだ。でも、僕は、このノリが苦手だった。こういう作られたイベントみたいな感じが、駄目なんだよね。周りが熱くなればなるほど、こっちはひんやりしてしまう。でもDクラス野郎に成り下がった今では、十把一絡《じっぱひとから》げなこの特訓を有り難く思う。とはいっても、ちょっとでも気を抜くと気絶しそうな熱気がすごく息苦しいけど。

そして、土曜日。

特訓がはじまる前の貴重な自習時間、僕がその熱気に堪えながら黙々と参考書を読んでいると、背後からなにやら香ばしい、または胃袋を刺激する匂いが流れてきた。

「今日はごはん、食べてきたの？」

腹ペコデカ女？　僕は勢いをつけて振り向いた。いや、そんな仰々《ぎょうぎょう》しく反応したくはなかったんだけど、考えるより早く、僕の体はヤツに向かって反応していた。パイプ机が、大きく定位置から外れ、隣に座っていた村井のペンケースが、大きく跳ねた。

「あ、あんときは、ごちそうさん」

僕はそれだけいうと、机ごと姿勢を元に戻した。村井がきょとんと、僕の妙なテンションを眺めている。

「今日はケンタのチキンフィレサンドだよ」

腹ペコ野郎は、唇のマヨネーズをペロッとなめながら、笑った。「ああ、やっぱり日本のマヨネーズが一番だよね」

何が日本のマヨネーズだよ、他の国のマヨネーズを知っているのかよ、……あ、こいつは、知っているんだっけ。

僕のことを見ていた村井が、我に返ったように、参考書に意識を戻した。僕も、ワケの分からない感情を心臓の奥の奥に押し込んで、参考書に視線を落とした。

ヤツの気配は、いつのまにか、しなくなった。


僕はだからといって、ヤツがまたどこからかひょいと現れて僕の背後から「ねえ」と声をかけるのを、待っていたわけじゃない。でもヤツは、何度も僕の背後から僕の不意をつくもんだから、そのときも、もしかしたら、って思っていたのかもしれない。久し振りに村井たち同志とつるんで歩く帰り道なのに、僕は、後ろが気になって仕方がなかった。特訓がはじまったと思ったら、いつの間にかいなくなってしまったアイツ、あいつの気配がするようで。

「今日は土曜日だよな」村井がいった。

「そうだよ、土曜日なんだよな」三島が、答えた。

「おれたちいつになったら、土曜日っていうものを楽しめる身分になるのかな」原田も答えた。

「一生、そんな日は来ないような気がするな」宮本も答えた。

「たまには、息抜きしてぇーな」村井が、しめくくった。

僕は黙っていた。

僕は、息抜きを望めるほどの成績じゃないんだ。僕は、もう、おまえたちとは違うんだ。僕はだって、もしかしたら……Eクラスかもしんない。

僕は仲間から遠く浮遊したような気分になっていた。みんな同じ方向に向かっているのに、とてもバラバラな感じだ。そして池袋駅。ここからは、僕たちは本当にバラバラになる。ひとりは山手線、ひとりは東武線、ひとりは埼京線、ひとりは丸ノ内線、という具合に。そして、僕は西武線の改札に向かった。

「ね、もう帰るの？」

えっ？　もしかして、ヤツ？

そうだよ、やっぱりヤツだよ。

ヤツは、改札を通り抜けようとする僕の腕を、うしろからグイッと引っ張った。

「ね、あんとき行けなかった店、今日こそ行ってみない？」ヤツが、無邪気に笑う。僕は、仏頂面《ぶっちょうづら》で、その笑顔を眺めた。「大丈夫、場所はバッチリだよ、……、あのね、その店、西口じゃなくて、東口だったんだよ」

僕は、「いいよ、行かないよ」とぼそりといったんだけど、ヤツは、じゃ、行こうと僕の腕をさらに引っ張った。僕はヤツの手をふりほどくほど元気はなかったし、そのうえ五目チャーハンとギョーザと春巻きを御馳走になっている身だし、とにかく、腹も減っていたし。

……ヤツについていくことにした。

ヤツに連れてこられた場所は、なんてことのない、立ち食いソバ屋だった。ヤツはいった。「汁を飲み干しちゃダメだよ」

どうもこういうことだった。汁が残っている間は、ソバ一玉が三十円でおかわりできるらしい。そういえば、まわりは、それが目当てといわんばかりのしょぼくれた大人たちばかりだ。湯気とむさくるしい面々、なんかイヤだな、早く出たいよ、僕は、なのに、三玉も食ってしまった。

僕は、果たして、気分が悪くなってしまった。パルコの前までやってきたころには、どうにも我慢ができなかった。僕の全身は、汁気も味もないソバの思い出でいっぱいだった。

「ねえ」ヤツの声が、遠くから聞こえた。

——薄情なヤツだな、僕を置いて、帰っちゃうの？　嘘、マジ、行っちゃうの？　はい、はい、もう、いいよ、いいよ、行っちゃってくれよ、僕はもういいんだ、どうせ根性ないし、だからDクラスだし、もしかしたら来週からEクラスだし、だからソバぐらいでこんなになっちゃうし、そうだよ、だから、僕には、息抜きなんて贅沢《ぜいたく》はできないんだよ。

「ねえ」

僕の肩を誰かがガシッとつかんだ。誰？

「君、変な子、ソバ食べただけで、酔っ払いみたくなっちゃって。やっぱ、わたしんち行こう？」

ああ、あんたね、あんた、まだいたの？　そうだね、あんたん家《ち》行くよ。

アイツ、どうやって僕をここまで連れてきたんだろう。僕は、座布団を枕にして横たわっていた。腹には、タオルケットがかぶせてある。誰かが階段をかけ上ってきた？　振動が座布団を通して、僕の頬に伝わる。

「気分どう？　お茶、もってきたよ、とっても冷えてて、おいしいよ」

うん、確かにおいしそうだね、金色に輝いてるよ、そのお茶、早くくれよ。

……あぁー、うめぇ、あのコンコンチキのソバの思い出なんか、吹き飛んじゃったぜ。

「もう、元気になった？」

あ。コイツ、いつのまに、着替えたんだろう。トレーナーにGパン姿だったのに、花柄のワンピースになっている。もしかして、僕が服、汚しちゃった？　……、でも、そのワンピース、きれいなピンク色だね。結構、似合うよ。

「あ、これ？」一瞬ほっぺたを赤く染めると、あんたは、言い訳するように、いった。「いとこの服なんだ。伯母さんが、着ていいって」

見ると、畳には服が数枚、ちょっと小じゃれたブティックの店内のように、きれいにレイアウトされ並べられていた。

へー、それ、全部いとこの服なんだ。結構、いい趣味してんじゃん。その、薄水色のキュロットスカート、それ、あんたに似合うんじゃゃねぇ？　うん、似合うよ、絶対に。上はそうだな……シンプルなシャツがいいな、そのほうが、キュロットの水色が映える。

あ、そんなことより。

「ごめん、なんか今日も上がりこんじゃって」僕は、硝子《ガラス》コップを握りしめたまま、いった。

「そうだよ、悪いよ。わたし、今夜とても楽しみにしていたものがあったのに」

「えっ？　なんか約束あった？　ごめん、あ、……じゃ、おれ、帰るわ。今度ちゃんとお礼するよ」僕は、硝子コップの後始末に困っていた。水滴が、指のあいだからポタポタと畳に落ちる。

「何いってんのよ、君、泊まっていくんだよ、だって、もう一時だよ？　電車おわっちゃったよ」

うそ。なんで？　だってソバ食べた頃は、まだ八時だったよ、なんで？

「君、寝不足？　ソバ食べ過ぎてうんうん唸《うな》っていたかと思えば、すーすー寝てんだもん」

ヤツが、僕の手から硝子コップを引き取ってくれた。僕の掌には、ひんやりとした湿り気だけが残った。ちょっと気持ちいい。さっきまでの苦痛が嘘みたいだ。

ああ、さっきまで、地獄だったもんな。ソバ地獄。完全に、胃のキャパオーバーだよ。胃からソバが溢れ、逆流してきたんだ。ほんと、気持ち悪かった。でも、今は、完全復活。もう、大丈夫。だって、なんだか、すっきり、気持ちいいよ。そうか、風だ、あの窓から風が入ってきてたんだ。半間窓《はんげんまど》。ちょっと色褪《いろあ》せたグリーンのチェックのカーテンが、半分あいている。そのカーテンをゆらゆら揺らしながら、風がやってくる。

「ね、電話する？　親に電話しときなよ？」

うん、そうだね、じゃ、電話借りるよ、と僕は階段を下り、ヤツのおばさんに突然の来訪を詫びてから、電話を借りた。おばさんは、どこかおどおどと、僕の顔をちらちらとうかがっている。その口は何かいいたそうだったけど、おばさんは、結局は僕には何もいわず、ただ、その視線だけで、ダイヤルを回す僕の指を非難していた。なんだか、イヤだな、こういうの。ものすごい、圧迫感だ。いいたいことがあれば、ちゃんといえばいいじゃん。

「伯母さんは、昔から、ああなんだ。いいたいことがいえないで、溜めちゃうタイプ。わたしらのような子どもにも、何もいえないんだよ。だから、言いなり」

そうなんだ。ちょっと、面倒なタイプだね。ズケズケいわれるのもなんだけど、腹の中に溜められるのも、いやな感じだ。

「で、君の親、なんだって？　怒られた？」

「まだ、家に帰ってなかった。だから、留守電に伝言を入れておいた」

「明日、怒られないかな？」

「たぶん、大丈夫だよ。『勉強』っていっておけば、安心するんだ」

「勉強するから、友だちの家に泊まるって？」

「うん」

「ものすごく信頼されているね。うちはダメだよ、全然信頼されてない。だから、この土曜日だけが、わたしの自由時間。……で、どうするの？」

「なにが？」

「勉強するの？　それを理由にしたんでしょう？」

あ、そういえば、あんた、今日なんか用事があったみたいなことといってたな。

「今日、なんか約束あったんだろう？　なんか、ほんと、ごめんな」

あ、でも。よくよく考えたら、僕を誘ったの、あんたじゃん。そうだよ、あんたじゃん。改札に向かっていた僕の腕を引っ張って誘ったのは、あんたじゃん。なんか、謝って、損したよ。

ところであんた何してんの？

ヤツは、押し入れから、段ボール箱を引きずりだしていた。

「ここさ、……わたしのいとこの部屋だったんだよね」

ふーん、どうりで、タンスやら机やら、テレビやビデオまで揃っているはずだ。

「伯母さんのひとり娘、大事な大事な、ひとり娘」ヤツは、怖い話をするときのように声を絞りながら、いった。「でも、死んじゃった、この部屋で」僕の腕に、一気にツブツブが立った。

「自殺だったんだって。首吊り。でも、なかなか死に切れなくて、足をばたばたさせてたって。畳はおしっこでびしょびしょ、……そう、ちょうど、その辺」

ヤツは、僕が座っていた場所を指差した。僕は、お約束どおり、「げっ」と奇声を上げながら、そこを飛びのいた。

「で、それを伯母さんが発見して、すぐに病院に運ばれたけど、でも、やっぱり死んだって」

ま、まじ？　………。

どうでもいいけど、よく平気な顔で、そんなことを説明できるな、だって、あんたのいとこだろう？

「だって、わたし、あんまり会ったことないし、思い入れないもん」

そして、ヤツは、段ボール箱の中身をぶちまけた。

深夜一時過ぎには不似合いな、近所迷惑な大きな雑音が、箱からこぼれ落ちる。

それは、ビデオテープだった。

「いとこの、コレクションだよ」

これ、全部、いとこのビデオ？　すげーな。

「映画マニアだったみたい。つまり、遺品だね。先週、見つけてね、今日見ようって、楽しみにしていたんだ。何か、見たいのある？」

畳にぶちまけたテープを、ヤツはきれいに並べはじめた。色とりどりのタイトル、でも、正直、どれもこれも、僕の興味をひかない。映画なんて、幼稚園のときに、『東映まんがまつり』を見に行ったきりだ。そもそも、映画にはそれほど関心はないんだ。しかも、そのタイトルのどれを見ても、『エイリアン』とか『スター・ウォーズ』とか僕でも知っているようなメジャーな作品は、ひとつもなかった。

「ね、これなんて、どう？『ゴッドファーザー』。幽霊が映っているんだって。それとも、これは？　これにも、霊が……」

あんた、もしかして、ホラー好き？

「じゃ、これにしようか。『死霊の盆踊り』。なんか、おもしろそう」

できたら、幽霊関係以外のがいいよ。


「うーん、じゃ、これは？　『マンホールの中の人魚』」

なんか、それもめちゃめちゃ怖そうなんですけど。


「じゃ、これ。絶対これ。これ、見たかったんだよ。イギリスでちらっと見たことあったんだけど、親が絶対ダメだって。でも、すごくおもしろそうなんだ」

ヤツが強力にお勧めするそれのパッケージは、やっぱり、怖そうだった。


『トランス・愛の晩餐　これで、あなたは、全部わたしのもの』

なんか、ものすごくヤバそうだ、でも、見てみたい気もする。


「憧れのポップスターを食べちゃうんだって」

憧れのポテトチップスを食べる？


「違う。バカみたい」

わざとボケてやったのに。


「熱狂的なファンがね、憧れのスターを食べちゃうの。西ドイツでね、本当にあった話なんだって」

あ、やっぱり、パス。そういうの、ダメなんだ。でも、ヤツは、僕のことはお構いなし、テープをパッケージから引き抜くと、手際よく、それをデッキにセットした。

女って、どうしてこういうキショいのが好きなんだろう？

「おれは、見ないよ、あんたひとりで見なよ。おれは、明日の勉強でもしてるから」

「ほんとに、勉強するの？」ヤツが、振り向いた。「君、勝手に気持ち悪くなって、ここまで来ちゃったんだから、わたしに付き合う義務はあるんじゃないの？」

そして、いきなりの、脅迫。

「ねぇ、一緒に見ようよ、本当は、ひとりで見るの、ちょっと怖いかな？　って思ってたんだ、ねぇ」

今度は、泣き落とし。

女って、いやだな。こういうの、本当に上手《うま》い。そして、男もいやだな。ついつい、懐柔される。

――だから、僕は、いやだといったんだ。その映画を、僕は最後まで直視できなかった。なんだか、主人公の女の子は最初からきぃきぃと狂ってるし、いきなりエッチなシーンがはじまるし、どうにも気まずくて、じりじりと、僕はテレビから離れた。ヤツもその映画をチョイスしたことを後悔しているらしく、始終無言で、体育座りと正座を交互に繰り返していた。……、僕、当分、肉を食べられないよ。映画のクライマックスで、さっきすべてぶちまけたはずの胃の中身が、再び僕の口の中をいっぱいにした。僕は意識を集中させてぎりぎりまでそれに耐えたのだけど、やっぱり、無理だった。

カラスの鳴き声が聞こえる。朝なんだ。でも、僕が知っている朝のノイズとは全然違う。

あ。

そうか、そうか、ここは、ヤツのおばさんちだ。そして、ヤツのいとこの部屋だ。いとこは、ここで死んだらしい。…………。

そうだ、そうだ、変な気持ち悪い映画を見て、それから。それから、えっと。それから。

僕は、なかなか目を開けることができなかった。あのあと、どうなったのか、そして、僕はあのあとどうされたのか。それを確かめるのが、不安だった。

僕は、聴覚だけを機能させて、僕が置かれている状況を判断しようと、頑張ってみた。

聞こえるのは、相変わらずのカラスの羽音と鳴き声。ものすごく近い。きっと、この家の前がゴミ置き場なんだろう。そして、時々、バイクの音。少し、濁っている。雨が、降ったのかな？　それとも、雨が、降っているのかな？

嗅覚も、機能をはじめた。いい匂い。なんの匂いだっけ？　つい最近、嗅いだような気がする。

再び、聴覚。一定のリズムの、寝息。それとも、鼓動？

それから、触覚。とっても、やわらかい。僕はいったい、どういう状態にあるんだ？

やっぱりだめだ、さっぱり分からない。

僕は、覚悟を決めて、瞼を開けてみた。

飛び込んできたのは、ぼやけた、肌色。寝息のリズムに合わせて、上下する。その肌色が何かを確かめる前に、僕は、自分の身をまず確認しなくてはならない。

僕は、横向きになっている体を、とりあえず仰向けにしようと、上体をよじってみた。左腕に、痺《しび》れが走る。何かが載っかっている。それが何かを確かめる前に、僕は、どうしても、自身の状態を確認しなくてはならない。どうしても。

空いている右手を使って、そっとそっと、息を殺しながら。

自分のアソコに触れてみた。

ああ、やっぱり。

途端に、僕の視界はぱっとひらけた。自分が置かれている状況をフルショットで認識する。

僕の隣に眠るのは、ヤツ。僕たちは、ひとつのタオルケットを分け合い、畳にごろ寝していた。上下に運動していた肌色はヤツの首元で、僕の左腕に載っていたのは、ヤツの頭だった。

僕は、ヤツがまだ眠りの中に居続けることを心から祈った。

こんな、間抜けな状態を絶対見られたくない。

情けない。情けなくて、涙が出る。どうして、みじめな朝は毎日訪れるのだろう、僕はそのたびに、僕の持ち得る限りの恥を撒《ま》き散らす。

しかも、今朝は、他人《ひと》んちで。こんな思いをするくらいなら、男なんて、やめたい。

「なに？　朝？」

僕の左腕が、ふっと軽くなった。ヤツが、脹《ふく》れ上がった瞼をしきりにこする。

僕は、わざと大袈裟に飛び起きた。その拍子に、ヤツの頭が、僕の腕から転げ落ちた。

「いったいなー、なによ」

「帰る」

「だって、まだ早いよ？」

「でも、帰る。勉強しなくちゃ。だってさ、ヤバいんだよ、このままじゃ、Eクラスに落とされるよ。Eクラスなんて落とされたら、それはもう、X中学は完全にあきらめろってこと。秋からはじまる学校説明会にだって出席させてもらえないよ。いや、そりゃさ、どうしても行きたかったら志願してもいいんだぜ？　学校説明会にも勝手に行けばいいんだよ、それは、個人の自由だ。でも、塾側としては、脈がない生徒がX中学を受けるのはどうしても避けたい、だって、合格率、下がるだろう？　そういう足をひっぱるやつは、やめさせられちゃうんだよね、やめるか、Eクラスに甘んじるか、ここが、分かれ目だ。いくらEクラスだって、いたら、それなりの中学に進学できる可能性はある。でも、っていうか、……、その前に、便所」

僕は、前屈みになりながら、ヤツの視線がそこに行かないようにいろいろとくっちゃべりながら、とにかく、部屋を出ることに専念した。

「トイレなら、そこにあるじゃん」

ヤツは、部屋のすぐ横に取り付けてあるユニットバスを指差したが、僕はそれを無視して、部屋を出た。

とにかく、できるだけ、遠くに行かなくちゃ。確か、一階の階段横に、トイレらしきドアがあった。そこで。

階段を下りきると、鈴《りん》の音が聞こえた。僕は、飛び上がった。鈴に混じって、読経のような鈍い声も聞こえる。そして、鼻の奥にまで染み込むような、線香の匂い。

全身に、鳥肌が立った。立ち眩《くら》みに似た軽い発作に襲われて、僕はそこにうずくまった。

そんな僕を、誰かが見下ろしている。僕は、薄目を開けて、それを確認してみた。ピンク色の花柄ワンピースからまっすぐ伸びた白い足。ヤツだ。僕を追いかけてきた？　駄目だよ、放っておいてくれよ、こんな惨めな姿、見ないでくれよ。そして、僕は、トイレに駆け込んだ。


僕は、始発に間に合うよう、ヤツの家を出た。

ヤツは送っていくよといったが、僕は丁重に断った。

ひとりになりたかったんだ。

ひとりに？

つくづくバカみたいだ。これじゃ、初体験のあとの朝じゃないか。もし、初体験が、こんなにばつの悪いものだとしたら、一生童貞でいいや。そうだよ、それでいいよ、だって、受験生だぜ？　あと五時間もすればはじまる実力テストのことを考えなくちゃいけない身だ。

そうだよ、実力テスト。土曜日の特訓の成果を試す、日曜テスト。昨日の予備テストは、散々だった。でも、今日のテストで挽回したら、Eクラスは免《まぬが》れるかもしれない。勉強しなくちゃ、勉強。そう、点数のことだけを考えればいいよ、数字のことだけ。この世の中は、結局、数字だけでできているんだ、数字が動かしているんだ、数字ですべて決まるんだ。他のことは考えなくていいよ、数字さえ信じていれば、うまくいくようになってんだよ。余計なことを考えちゃいけない、考えはじめたら、それは脱落のはじまりだ。

僕は、えんじ色の朝焼けの、ちょっと別人のような池袋駅に辿り着いた。

五

湿った朝の池袋が、僕は好きだ。

朝日にはまだ遠い紫色の空気に塗《まみ》れながら、特に理由も目当てもなく、僕は歩き続ける。もしかしたら、これは、夢の一部なのかもしれない、はかない眠りの延長なのかもしれない。そんなとりとめのないことを思いながら、ゆらゆらと歩く。僕の、朝の習慣だ。

コースは特に決まっていない。でも、最近はちょっと遠出して東口に回り、区役所、公会堂、そして60階通りに出て首都高をくぐり、サンシャイン60前でUターンして、来たコースをそのまま戻る、というのがお気に入りだ。

公会堂まで戻ったところの、その前の公園で、僕はしばし足を止める。家からここまでで、優に一時間は歩いている。紫色だった風景に、オレンジ色が差し込む。しばらくすると、そのオレンジさえも追いやられ、完全に夜は明ける。もう、四月も半ばを過ぎてしまった。昨日より、それは早くやってくるだろう。それまでに、僕は家に戻らなくてはならない。あれから五ページやっつけたから……あと、二十五ページ。期限は、午前中。

でも、僕の体は、充分に疲れていた。僕は、辛抱できずに、花壇の縁にへたり込んだ。こんな姿を見たら、君はどう思うだろうか。失望して、笑い転げるだろうか。なんだよ、どうしたんだよ、この体たらくは！　偉そうなこといって、結局は、このザマ？

うるさい。

僕は、頬を軽く叩くと、背中を伸ばしてみた。丸められることに慣れてしまった僕の背骨は、久々の運動に、少しばかり、鳴いた。

その音は、意外と大きかった。公園をぐるりと囲むオブジェのように、花壇の縁に丸まっていた何人かが、僕のほうを見る。それにつられて、カメラが向けられた。

「テレビだよ、テレビ。ほら、よくあるじゃないですか、失業者やホームレスの実態を追ったドキュメンタリーってやつが」

いつのまにか、隣に男が座っていた。スーツをきっちり着込んだその男は、地方公務員の中堅クラスといった具合だったが、その背広は相当くたびれていて、黒光りしていた。ワイシャツも黄ばんでいる。

「あのカメラが追っているのは、ほら、あの男」男は、斜向《はすむ》かいのベンチでインタビユーを受ける、年頃三十代半ばの男を指差した。「つい半年前までは、どっかの会社の社長だったらしい。でも、ある日突然、気がついたら、この公園にいたんだとさ。彼がいうには、自分はもうひとつの世界から来たんだと。この世界は、本来は、自分がいる場所ではないんだと。あっちの世界では、ものすごく偉くて、金持ちで、従う者もたくさんいたんだと。でも、ある瞬間に世界が歪《ゆが》んで、気がついたら、すべてを失っていたんだとさ。変な話でしょ？　……つまり、イカレちゃってんだよ」男は、自身の頭の上に拳を持っていくと、それをパーッと開いてみせた。「俺だって、気がついたら、こんなことになってたよ。ある日ね、あっちの世界の何もかもがイヤになっちゃって。気がついたら、こっちにいた」

「なんで、何もかもがイヤになっちゃったんですか？」

僕は、ようやく彼に応えた。

「よく分からないね。とにかく、何もかもが面倒臭くなって。どうしても具体例を挙げてみろっていわれたら、嫁さんかな。まぁ、こんなことをいったら、大概の人は俺のほうを責めるだろうね。どんな辣腕《らつわん》弁護士だって、離婚は無理だっていうよ。なにしろ、嫁さんは、世間的には明るく元気な世話女房。そう、いいやつだよ。しっかりもので、やりくり上手で。でもさ、俺には合わなかった。あの前向きさも、あの頑張り振りも。彼女が頑張れば頑張るほど、自分がしぼんでいくんだよね。なんかね、家に帰るたびに、部屋がメルヘンになっていくの。リフォーム番組やインテリア雑誌が大好きでね。『これ、全部百円ショップで調達したのよ、全部でいくらだと思う？たったの五千六百円！　すごいでしょう？』見ると、見渡す限りの、プラスチックの花、花、花。居心地が悪くて、それから不眠症。彼女のおしゃべりにも、心底辟易《へきえき》したな。娘が二人いるんだけど、この娘も嫁さんによく似ててね。自分の子どもだからかわいくないってことはないんだけど、正直、煩《うるさ》くてたまらなかったな。俺、そもそも、結婚生活には向いてないんだと思うんだよ。家庭は、世間的には円満だったけど、家にいるのが苦痛だった。で、仕事が早く終わっても、公園とか駅とかのベンチに座って、本読んで、嫁さんと娘たちが寝る時間まで、時間を潰《つぶ》していた。でも、それが嫁さんにあらぬ疑いを抱かせてしまって。それで、余計、煩《わずら》わしくなって。ある朝、あまりに、ねちねちと煩くいうもんで、嫁さんを殴っちゃったんだよね、もう、思い切り。なんか、ぐしゃって、変な音がした。あれ、きっと、頬骨かなにか、折れちゃったんじゃないのかな。嫁さんの、あのときの顔。忘れられないよ、そりゃ、もう、すさまじい般若《はんにゃ》顔。なんか、取り返しのつかないことをしちゃったなって、すごく怖くなって、そのまま駅まで逃げて。逃げながら、アレが、キレるってヤツなんだなぁって、冷静に自分を分析していた。帰ったら大変なことになるぞ、暴力亭主のレッテル貼られて、責められて、なじられて。そんなことを思いながら、いつもとは違う電車に乗って、それきり、帰ってない。それが、二年前かな」

男は、革鞄を、いとおしそうに抱え込んだ。男の、たったひとつの、連れ合いなのだろうか。鞄はすでに、男と一体化していた。

一羽のカラスが、大きな羽音を立てて飛び立った。

「鳥はいいな、自由で」男が、一昔前のフォークソングのようなことをいった。

「自由な割りには、昨日も今日もそして明日も、同じところにやってくる。案外、不自由なのかもしれませんよ？」

僕がいうと、男はニヤニヤ笑いながら、鞄を抱えなおした。

「まあ、そりゃ、そうだろうね」

僕は、頬を熱くした。「鳥は自由でいいな」といわれたら、「本当ですね、鳥になりたいですね」とかなんとか、適当に答えておくのが、お決まりだったんだ。いっているほうだって、それほど意味を込めているわけじゃないんだし。

「以前はね」男は、僕の頬をちらっと見ると、滑った芸人を慰める司会者のごとく、いった。「以前は、『ホームレスは自由でいいな』って思っていたんだけどね。なんだか、放浪の哲学者って感じで。昔読んだミステリで、そういうかっこいいホームレスがでてくる作品があってね。でも、あれだね。実際になってみると、ホームレスのほうが、縛りが多いしキツいよね。ここにも、縄張りっていうのがあって、それが、もう、あっちの世界より厳しいんだよ。人付き合いが苦手な人は、ホームレスにはならないほうがいいな。にいさんは、人間関係に苦労するタイプ？」

　僕は、黙っていた。

「苦手そうな感じだね。なら、ホームレスなんかには、絶対ならないほうがいいよ。短気起こしてドロップアウトしちゃダメだよ。本当に逃げ場がなくなるから。

　今思えば、あっちの世界にいたほうが、まだ、ほんのちょっと自由だった。今は、二十四時間、空腹に束縛されて、縄張りとルールに拘束されて、窒息しそうだ。気が休まる時間っていうのがない。一日中、食べ物のことばかり。もう、いやんなるぐらい、食いもんのことばかり。あとはそれに付随する人間関係のことばかり。

　こっちの世界もさ、人間関係のヒエラルキーっていうのがあってね、あっちの世界より、シビアだったりするわけなんだよ。だって、食いもんがかかっているから。本当、あっちの世界にいるときより、気を遣っているよ。それを怠《おこた》ったら、本当に餓死するしかない。餓死できたら、いいな、そうしたら、楽かもしんないねぇ。でも、できないんだよね、そんなこと、考えている暇がないほど、食いもんのことばかりなんだよね、思考が。

　だから、にいさんも、いろいろとイヤなことがあるだろうけど、それでも、あっちの世界に踏みとどまったほうがいいよ。あっちの世界にいれば、自分の意思で酒も飲めるし、タバコも吸えるし、本も読める。そういう、ちょっとした自由を大切にしたほうがいいよ」

僕は、今にも死にそうな、そうとう惨めな形《なり》をしているのだろうか、男が、僕を優しく諭す。

「な、にいさん。だから自棄《やけ》を起こしちゃダメだよ」

「大丈夫ですよ。どこに行ったとしても、一歩も動いていないと同じだってこと、分かってますから」

僕は、いった。

「僕たちは、三つのもので、束縛されているんですよ」

説教めいたことをいわれたのがよっぽど癪《しゃく》に障ったのか、僕の唇は、男を言い負かそうと、意地になっていた。

「一つめは重力。これがある限り、僕たちは地上《ここ》にいるしかない。二つめは、引力。地球が太陽の周りをぐるぐるまわるしかないように、僕たちも、同じ場所をぐるぐるまわり続けるしかない」

「おもしろいことというね。で、三つめは？」

「三つめは……、」

『それは教えないよ、君が、考えなよ』

「どうしたの？　三つめは？」

「忘れました」

僕のにわかな負けず嫌いは、自ら仕掛けて自ら退散という、最もカッコ悪い結末に着地した。いつものことだけど。

車の騒音が、増えてきた。紫色は完全に消え、白い朝日が、あたりをまんべんなく照らしていく。僕は、そこから腰を剝がした。人々の生臭い息が往来を埋め尽くす前に、僕は家に戻り、与えられた仕事を片付けなければならない。あと、二十五ページ。

朝が、猛スピードで、僕を通り過ぎていく。

僕がぼんやりとしているうちに、すでに街は活動をはじめていたようだった。公会堂の前では、僕はチラシを握らされた。

『西池袋事件は捏造《ねつぞう》されている！』

公会堂の前には、僕の背と同じ高さの看板が、二つ立てられている。

『西池袋事件は捏造されている！』

喉が、ひりひりする。

しかし、今の僕には、残された二十五ページの原稿のほうが、大切だった。

残すところ十ページを切ったところで、メールが来た。吉沢さんからだ。

〈どうですか？　間に合いそうですか？　もし、無理だということなら、こちらからクライアントに相談してみますよ。進捗《しんちょく》状況をお知らせください〉

もし、「間に合いません」と返したら、吉沢さんはどうするのだろう？　どうもしないか。僕が切られるだけだ。

メールのおかげで、緊張の糸が切れた。タスクバーの時刻表示は、9時36分。たぶん、間に合うだろう。このまま糸が結ばれず、結ばれたとしてもだるだるに緩んだきりというのなら、保証はないが。でも、とりあえず、このまま眠らなければ、なんとかなる。

僕は、作業中のファイルをいったん閉じると、いつものニュースサイトにつないでみた。

『西池袋事件は捏造されている！』

あのチラシそのままの文句が、トップニュースで紹介されていた。今日の午後一時から、あの公会堂で、『西池袋事件を考える友の会』の総会が開かれるのだという。

最近は、このニュースばかりだ。テレビでも、ネットでも、『西池袋事件』。いったい、あの事件に、どれだけの意味があるというのだろう。

まったく、不思議な事件といってよい。一時的に騒がれて、そのあと人の記憶から滑り落ちる事件は多いが、『西池袋事件』もまた、そういう一過性の事件であるはずだった。受験戦争という社会問題がその背景にあったためにセンセーショナルに報道されたものの、被告人に懲役三年という判決が下されたあとは、「あの状況では殺してしまっても仕方がない」という世間的同情を集めつつ、この事件は幕引きされるはずであった。家庭内暴力、陰湿な虐《いじ》め、凶悪化する未成年の犯行。暴走する子どもたちに悩まされる時代の、悲劇のひとつとして。

しかし、その後、事件は意外な展開をみせる。判決後、すぐさま東京高等裁判所に控訴されるが、控訴したのは、不当に刑が軽いと憤慨した検察側ではなく、被告人その人だったのだ。被告人は一審での証言をすべて翻し、自分は無罪であると主張した。

家庭内暴力の果ての殺人という「閉じた」世界での殺人ではなく、「外」の世界で、誰かによって殺されたというのだ。犯人は他にいる。犯人は誰だ。ミステリ小説の謎解きに熱中する読者のごとく、世間は再燃した。

しかし、平成十四（'02）年九月二十四日、東京高裁は一審・東京地裁の判決を支持、控訴を棄却した。被告人と弁護団は判決を不服とし、ただちに上告趣意書を提出した。この時点で被告人の未決勾留は、すでに十三年にも及ぶ。

さて、『西池袋事件』を考える際に、大変興味深い資料として、平成元（'89）年春に放映されたテレビドキュメンタリーがある。このドキュメンタリー映像は、弁護側、検察側それぞれの主張を裏付ける重大な証拠として何度も法廷で採用されたものである。一本のドキュメンタリーが、相対する主張を持つそれぞれの立場で利用されたのだ。ドキュメンタリー映像が持つ『あいまいさ《アンビギュイティ》』を如実にあらわす実例となった。

この事件と前後して、もうひとつ、映像がもたらした事件が起こった。

お受験という言葉が流行るほどの受験ブーム、世の父兄は、我も我もと、学習塾に我が子を送り込んだ。それは、幼児にも及び、三歳からはじめる『幼児教室』は、どの教室も大盛況だった。そう、受験は、すでに、幼稚園からはじまっていたのである。各メディアもこぞって『幼児教育』を取り上げ、その想像を絶した授業内容に、絶句したものも多いだろう。世の中は、こんなことになっているのか。

ある番組では、教室の陰で小さい子どもを平手で殴る母親の姿も見られた。その母親は、「どうして殴るんですか」とレポーターに問われて、モザイク越しに、「他の子がちゃんとやっているのに、できなかったから」と答え、「どうしてこんな小さいうちから教室に通わせるんですか」という問いに「他の子がみんな有名小学校を目指しているから」と、平然と答えた。学校や受験に意義があるのではなく、受験そのものが、すでにファッションになっていたのだ。この番組を見た善良な視聴者は憤慨し、その矛先は、取材対象となった塾に向けられ、窓ガラスに石が投じられたりイヤガラセの電話が続いたりと、騒ぎになった。

しかし、さらに恐ろしい事実が発覚する。その番組で、子どもを殴っていた母親は、『しこみ』だったのだ。つまり、番組制作側が、『スパルタな親と、その被害者であるいたいけな子ども』という意図のもと、母親に『やらせ』たのだった。母親のセリフも、シナリオの内だった。これは、大きな問題となった。

確かに、『やらせ』というのはある。報道記者が、事件現場をより事件現場っぽく見せるためにそこにはないものを置いてみたり、戦場で死体を動かしてみたり、ということは、なきにしもあらずだ。

しかし、この幼児教室の場合は、明らかに『幼児教育とは悪である』と決め付けての悪意ある『やらせ』であり、これは、取材対象となった塾側を大いに怒らせ、この問題は法廷に持ち込まれた。しかし手遅れで、この塾が被《こうむ》ったイメージダウンは止められず、翌年には倒産した。

（Webサイト／アンビギュイティの果てに『ヌーヴェルバーグとドキュメンタリーの間で』より）

あれから、十六年。

……そんなの、どうだっていい。あと十ページ。これを片付けるのが、今の僕の仕事だ。

そして、次の仕事は。僕は、昨日の夕方に固定電話に録音されたらしい留守番電話を、もう一度再生してみた。派遣会社の黒崎さんからだ。

〈先方から連絡があり、久保さんにはぜひ、来ていただきたいということでした。それで、早速なのですが、明日午後二時から出勤ということで、よろしいでしょうか。場所は、今日行ったビルと同じです。私も同行したいのですが、他に仕事が重なり、お供することができません。恐縮ですが、おひとりで行っていただけますか。また、タイムシートなのですが、近日中に郵便で届くよう手配しましたので、それまでは――〉

初出勤には、どうにか間に合った。午後一時四十五分、僕は新宿三丁目の雑居ビルに滑り込んだ。午前中、ちょっとした睡魔に襲われはしたが、約束どおり、十二時を回る前にデータをサーバーにアップした。先方が望むような、ぱあっとして、ぐっとくるものに仕上がったかどうかは、ちょっと自信がない。しかし、所詮仮原稿《ラフ》だ。これから、ざくざくと変更が入る。完全データ納品まで一ヵ月……このゴールデンウィークがヤマだな。

エレベータが来た。ドアが開くと同時に、発酵臭。なんだったかな、この臭い。ああ、そうだ。二週間冷蔵庫に放置していたモヤシの袋を開けたときの臭いだ。あれは、ひどかった。それと、換気扇の臭いも混じっている。油がたっぷりとこびりついた。きっと、このエレベータは、ランチを終えた男性社員を何人も、上の階に送り込んだのだろう。そして、僕の背後にも、ビル横の定食屋でミックスフライ定食なんかを平らげたに違いない四十代半ばの男性が四人、腹をさすりながら、あるいは爪楊枝《つまようじ》をしゃぶりながら、または首すじの垢をこすりながら、エレベータを待っていた。僕は、一足先に乗り込み、［開く］ボタンを押し続ける。そして、全員が乗り込んだら、［閉じる］ボタン。［開く］ボタンと［閉じる］ボタン。僕は、男性がすべて降りるまで、このふたつのボタンを各階で押し続ける。なんで僕は、エレベータに乗ると、いつもこうなのだろう。世の中には、もって生まれた役割というものがあるのだろうか。なら、僕は、生まれながらのエレベータボーイか。ボーイって歳でもないけれど。

「これで全員揃いましたね」

ビルの最上階、エレベータ横の待機室には、すでに新入りのスタッフが一、二、三、……七人、輪を描いていた。男は僕を含めて二人、残りは女性。歳は……、よく分からない。大雑把にいうならば、下が二十代半ばぐらいで、上が三十代半ばぐらい。僕は、その中間といったところだろう。そして、そんな僕たちの中央に立つのが、昨日の面接官の女だ。

「わたくし、このデータセンターで取りまとめを担当しています、チーフSVの保科《ほしな》と申します」

ねえねえ、エスブイってなに？

スーパーバイザーのことじゃないかしら？

へー、なら、そういえばいいじゃんね、なんでもかんでも、アルファベットで省略して。で、スーパーバイザーって？

僕の後ろの、女性が二人、こそこそ話をはじめる。ま、確かに、いきなりSVっていわれても、分からないよな。僕も、女性にこっそりと同意した。

「……というわけで、個人情報保護法が施行されたことにより、我が社でも、個人情報漏洩対策には厳しい姿勢で臨んでおります。お手伝いいただくスタッフの皆様も、くれぐれも、個人情報の取り扱いには気をつけてください。……というわけで、データルームには、一切の私物、飲み物、食べ物は持ち込めません。もちろん、携帯電話は禁止です。一時間ごとに五分の休憩を設けますので、その間に、お手洗いなどは済ませてください。帰宅時には、持ち物検査をいたします。……というわけで……」

というわけで……が、これで十回目。僕の頭の中にふたつの正の字ができあがったとき、カードが二枚、渡された。

「一枚は、データルーム入室時のキーカードです。もう一枚は、IDカードです。必ず、身に着けてください。必ずです。身に着けていない場合は、即退去を命じられることがあります。両方ともとても大切なものですので、紛失しないよう、ご注意ください。……というわけで、BUは七つに分かれていますので、みなさん、それぞれのBUに配属されます」

ビィユーってなに？

ビジネスユニットのことじゃないかな？　つまり、チームのことよ。

チームか。うんもー、はじめからそういえばいいのに。

「というわけで、いよいよ、データルームに入室です」

正の字が二つと横棒ひとつ縦棒ひとつが描かれたところで、ようやく、約一時間にわたるオリエンテーションが終わった。僕たちは、スタッフルームと呼ばれるロッカー室で、身に着けている私物という私物をすべて与えられたロッカーに収納することを命じられ、ロッカーの小さなキーとカード二枚だけ持って、データルームへと入室した。

キーボードを打つ音だけが響くぴりぴりとした空間を想像していたが、その室内は意外とのんびりとしていて、おしゃべりなんかもところどころから聞こえてくる。

「久保さんは、3BUです。あれ、三好《みよし》さんは？　三好さーん？　すみません、場所はあそこなので、ちょっと、行ってみてくれますか？」

ここで配属先をようやく知らされた僕は、壁際奥でコの字を描くブルーのパーティションを目指して、ひとり、足を進めた。

パーティション内には、ラフスタイルの女性が二人、そして、ネクタイ姿の男性が一人、それぞれ黙々と、キーボードを叩いていた。特に大きな音を立てながらキーボードを叩いているのが、他より一回り大きいデスクを与えられている男性だった。この人が三好さんで、ここのリーダーか。

他のユニットと、だいぶ雰囲気が違うな。なにか、どんよりと重たい。

三好さんはでっぷりとした体格で背も高く、眼鏡も少々時代遅れの重々しいオート形、しかも黒ぶち、そこにいるだけで、威圧感があった。このスペースがどこか重々しいのは、その威圧感に押さえつけられているせいなのか。肘掛け椅子《いす》に座ったまま、上体だけをこちらに向けて、三好さんはニコリともせずに、眼鏡のブリッジを、人差し指でくいくいと持ち上げた。しかしそれはまったく無意味で、ノーズパッドはただちに定位置より数センチ下にずれ落ちた。その位置には、脂《あぶら》がびっしりとたまっている。三好さんの指は苛つきながら、ブリッジを脂ごとまた持ち上げる。しかし、ずれ落ちる。三好さんの唇が痛々しいほどに不機嫌なのは、この哀れな鼬《いたち》ごっこのせいなのかもしれない。だとしたらこの不機嫌は、改善の見込みがないデフォルトになってしまっているのだろう。僕は、これからの二ヵ月間に、少しばかりの面倒を予感した。

不機嫌な三好さんは、嫌がらせに近い早口で、二ヵ月間に及ぶ仕事の説明をした。それはたった三分ほどで終わった。

「あとは、ルーチンマニュアルを見て、自分でやってみて。さっき、オリエンテーションで、だいたいのことは教えてもらったでしょ。今日の仕事は、この用紙にあるとおり。席は、そこだから。分からないことがあったら、隣の人に聞いて」

そして、分厚いファイルと本日のスケジュール表を、僕に押し付けた。三好さんは、「まったく、忙しい忙しい」と、再び、その大きな両手をキーボードに載せた。しかし、左手は相変わらず、眼鏡のブリッジに気をとられている。オフィスには世話好きのお節介と自分の世界に引き籠もる単独プレイヤーがいるものだが、三好さんは単独プレイを得意とするほうなのだろう。でも、そのほうが、こちらも気楽でいい。お節介を焼かれるよりは、距離を置かれたほうが、数倍いい。

なのに、思わぬ伏兵は、僕の隣にいた。

その女は、僕の手元をじっと監視している。さきほどの紹介で、「大原《おおはら》」と名乗った女だ。女は、じわじわと距離を縮め、ついには、マウスに置いた僕の右手に息がかかるほど、接近してきた。

どういうポーズなのか、左手で頰杖をついた女は、アイドル気取りでアヒルのくちばしのように唇をおかしな具合に捻じ曲げ、右手に持ったシャーペンで、僕の右手をこつこつと叩いた。

「うん？　それ違うよ？」いちいち語尾を上げながら、女が、いう。

「何しているの？　違うよ？　そうじゃなくて」

女の髪の臭いが、僕の鼻先でうろつく。風呂のあと、ろくに髪を乾かさないでそのまま寝てしまったのだろう、せっかくのフローラルの香りが、饐《す》えている。

「そうそう、データを選択したら、そこをクリックして、そうそう、……ああん、だから、そこじゃなくて、もう、しっかりしようね？」

僕はもう、脱力するしかなかった。この女のチューターごっこに、僕はいつまで付き合わなくてはならないのだろう？

六

「もう、ホントに、ウザい、あいつ」

　あんたは、そういうと、テーブルに突っ伏した。せっかくのポテトチップスが、数枚、床に滑り落ちた。

「たった、六歳しか違わないのに、なんであんなに、偉そうなんだろう」

「大学生なんて、みんな偉そうだよ。勘違いしてんだ」

「わたしは、絶対、あんなふうにはならないから」

　あんたは、おもいきり唇を捩《ね》じ上げた。すっごい、ブサイク。やめたほうがいいよ、……せっかく、キレイなんだから。

　僕の頬が、急激に熱くなる。僕は、ストローに吸い付いた。でも、僕のイチゴ色のシェイクはなかなか頑丈で、僕の頬はゾンビのように削《そ》げる。

「そんな甘ったるいもん、よく飲めるね」

　うるさいな、人の嗜好《しこう》にまでケチつけんなよ。僕は、さらに頬に力を込める。しかし、頑固なイチゴ色は、僕の神経を逆撫でするように、のったりのったりと、ストローを上ってくる。

「もう少し待てばいいのに。そうすれば、やわらかくなるよ」

だから、うるさいな。このかたさがいいんだよ、シェイクは。このかたさが……、ひゃっ。それはいきなりきた。どんなに掘ってもうんともすんともいわなかった温泉が、どびゃーっと噴きあがるような有様だった。不意打ちで大量のシェイクに反撃された僕の喉はびっくり仰天、いうまでもなく、激しくむせ返った。

「バカみたい。だから、いったのに」

あんたが、手際よく、僕の硝子コップにお茶をつぐ。僕は、躊躇することなく、その硝子コップをあんたの手から受け取る。

このお茶、もう何杯目だろう。薄い金色の、甘酸っぱい香り。これが麦茶でもウーロン茶でもなく、ハーブティーだと聞いたのは、先週だった。

「イギリスのおみやげ。伯母さんにあげたら、気に入っちゃって。わたしが来るときは、いつも作っておいてくれるんだ。……わたしはそんなに好きじゃないんだけど」

あんたのおばさん、優しいね。この部屋も自由に使わせてくれて。

「ま、ね。でも、優しいのは、何もしないのと同じことだよ」

どういうこと？

「何もいえないってことだよ。心の中じゃ、いろいろ思っているくせに。君がここにくることだって、本当はどう思ってんだか」

あ……、やっぱり迷惑だったかな？　そうだよな、普通そう思うよ。毎週毎週、得体の知れない小学生が、上がりこむ。自分だって、変だと思うもん。あれから、一ヵ月半。僕はめでたくEクラス降格で、季節は、梅雨になってしまった。一種の……逃げなのかもしれないな。村井たちとも、距離を置いている。だって、彼らはDクラスで、今となっては雲上の人だよ。だから、僕は、ここに逃げ込むのかもしれない。この部屋は、不思議と、居心地がいい。

……だから、死んじゃったんだよ。

「え？　なんか、いった？」

「なにも」ヤツは、唇を噛んだ。そして、金色のお茶を、喉を鳴らして一気飲みした。「そんなことより、問題はあの家庭教師だよ。あいつを辞めさせるには、どうしたらいいか。その計画、考えてきた？」

そう、今日はちゃんとした目的があった。それまでは、ただ、だらだらと、ここんちのおばさんが用意したお菓子を食べながら、この部屋に残されたビデオを見ていた。ビデオはどれもこれもマニアックすぎて、僕には、イマイチだった。それでも、いい時間潰しになっていた。けれど、その時間潰しも先週、とうとう費えてしまった。最後のビデオが終わったとき、僕は、ひどく脱力していた。来週からなにをしよう。来週まで、なにをしていよう。もしかしたら、来週はもうこないのかもしれない。

そんな僕の脱力感を救ってくれたのが、あんたのひとことだった。

「あの家庭教師を辞めさせたい」

そして、僕に、課題を与えてくれた。「家庭教師を辞めさせる十の方法」を考えてくること。

僕は、久しぶりに、わくわくした。わくわくしすぎて、お腹を壊しそうだった。こんなにわくわくしたのは、本当に久しぶりだった。小学校四年生のときの、あの班ノート以来だった。——ちっ。思い出したくもないことを思い出しちゃったよ。

「うん、一応、考えてきたよ」

僕は、リュックから、ノートを一冊、引っ張り出した。先週、無印で調達した新品だ。表紙には『ある殺人の記録』と、手書きの明朝体で。……もちろん、僕が書いたんだけど。

ちょっと気合いが入りすぎたかもしれない。明朝体を通り越して、寄席《よせ》文字みたくなってしまった。「バカみたい、必死すぎ」ヤツのツンと澄ました声が今にも聞こえそうだ。僕は、意気揚々と引っ張り出したそのノートを、もじもじと、リュックに戻した。

「なんで？　見せてよ」

「ううん、よく考えてみたら、ちょっとバカみたいだから」

「いいじゃん、見せてよ」

「笑うなよ」

「笑わないよ」

「じゃ……」

僕は、再びそれを、引っ張り出した。ヤツがひったくるように、それを自分のところに引き寄せる。

「へー、カッコいいじゃん、タイトル」

思いがけなくお褒《ほ》めの言葉をもらった僕は、すっかりのぼせ上がってしまって、わくわくを増幅させていた。

「でも、それはまだ完成してないんだ。完成させるには、まだまだリサーチが足りない。で、ちょっと、確認と質問なんだけど」

「なになに⁉」あんたが、四つん這いの格好で、僕に擦り寄ってきた。いつものそっけないTシャツ、でも、襟ぐりが大きくはだけている。僕は、頬をまた熱くした。

「だから、何⁉」

あんたの、甘酸っぱい息が、僕の手に落ちた。ハーブティーとおんなじ匂い。ポテトチップスもちょっぴり混ざっている。僕の肩が、自然と竦《すく》む。僕のわくわくは、別の意味を持って、とくとくと鼓動をはじめた。その意味は……よく分からない。

「えっ、えっと。だから、まず……」とにかく、態勢を立て直さないと。「そもそも。そもそもだ。そいつが、あんたの家庭教師になった理由は？」

「親戚なんだ。ママのほうの。ちなみに、ここの伯母さんは、パパのお姉さん。でも、ママは伯母さんを嫌っているから、あんましここには来ないけどね」

「なんで嫌ってんの？」

「パパのお姉さんだからだよ」

「つまり？」

「つまり、仲、悪いんだ、うちの両親。もう、ずっと前から。っていうか、仲がよかったことなんかあるのかな？　どうして結婚したんだろうって不思議。たぶん、わたしができたからなんだろうな。でも、わたしができたってことは、エッチしたってことでしょう？　じゃ、ちょっとは愛し合ったことがあるのかな？　と思ったんだけどさ。でも、エッチって、愛がなくてもできるみたい。すごいよね、好きでもないのに、あんなことできるんだ。あんな、みっともない格好できるんだって。今でもさ、ときどきやってんのよ、あの二人。冷え切っているくせに、やっていることはやってんの。さっさと離婚すりゃいいのに。でも、しないの。わたしがいるからだって。結婚したのも、離婚しないのも、わたしのためだって。バカみたい。だったら、わたしを殺せば？　って思う。こんな恩着せがましくされる人生なんて、面倒くさいよ」

あんたの唇から、とめどなく、言葉が零《こぼ》れる。きっと、ポテトチップスがいけないんだ。ポテトチップスのあぶらが、あんたの唇に、何か魔法をかけた。

「イギリスにいたときも、もう地獄だったよ。ママ、変な病気みたくなって、部屋に閉じこもって、ずっといらいらしていた。わたしたちがなんでこんなところに連れてきた、早く日本に帰してって、泣き叫んだり。なんでイギリスに行ったかというと、パパの転勤が理由なんだけど。一応、栄転ってやつみたい。でも、家族同伴っていうのが条件で、それで、わたしたちも行くハメになった。いたのは、約四年なんだけど。で、日本に戻ってきたはいいけれど、わたし、日本の授業についていけなかった。ま、あっちで、ママの病気が伝染《うつ》っちゃったみたいなところがあって、ほとんど学校に行ってなかったのも原因なんだけど。そのとき、小学五年だったんだけど、四年生からやらされた。それで、ママが呼んできたのが、あの家庭教師」

僕の質問は、ようやく、ここで回答を得た。

「あいつ、地元では、小学校から高校までずっと一番だったんだって。それで、勘違いしちゃったのよ。自分はすごいやつなんだって。でも、大学、第一志望の地元国立は落ちちゃったみたいで。でも、浪人なんかするのは地元で恥をかくからって、今は上京して、二流の私大に通っている。それがコンプレックスになってんだろうね。偉そうなのも、見下したような態度も、いちいち理屈っぽいのも、それの裏返し。ほんと、バカみたい」

「たとえば、どんなふうなの？　そいつ」

「わたしの行動をずっと監視している。ずっとわたしにへばりついて、わたしを支配しようとしている。ほんとうに、うざったい。……で、見ていい？　このノート」

よかった。忘れられているかと思ったよ、僕のノート。でも、忘れちゃってもいいんだけど、だって、笑われたりしたら、いやだし、でも、完全に忘れられちゃうのはやっぱり悲しいし、……。

「本当に、笑うなよ」僕は、念を押してみた。

「笑わないって」

「……っていうか、笑ってもいい」

「なに、どっち？」

「どっちでも」

どっちでもいいよ、無視しなければ。あのときの班ノートのように、僕を傷つけなければ、それでいい。

「班ノートって？」

小学校四年生のときの話だよ。テレビで、異常気象とか、地球温暖化とか、このまましゃ地球の将来はないとか、そんなことを特集した番組をやっていた。

そのとき、班ノートを……、

「だから、班ノートってなんなの？」

だから、班のメンバーが順番にその日の所感なんかを書いて、担任の先生に提出するノートだよ。それを、夕食後の汚れた食器がまだそのままのコタツで書いていた僕は、真っ先に、そのことを書いてみたんだよ。

「そのことって？」

だから、暖冬のことを書いたんだよ。

『やっぱり、世界はどうにかなってしまったんだ。異常気象、こんな不気味なことばをじっさいにこの耳で聞くなんて。彼の予言のとおり、一九九九年には、世界はほろびるかもしれない。異常気象は、その予言のはじまりにちがいない。――』

「彼って？」

ノストラダムスのことだよ。『ノストラダムスの大予言』、知らない？

「ああ、聞いたことあるような、ないような」

一九九九年の七の月、空から何かが降ってきて、それはとてつもなく物凄いもので、こんなことは人類史上はじめてのことで、だから想像を絶する、森羅万象を揺るがすとんでもないことが起こる、つまり、世界が滅亡する、という例の大予言だよ。図書館ではじめて読んだとき、ものすごい衝撃を受けたんだ。

「そんなの、大騒ぎしているの、日本だけじゃない？」

かもね。でもさ、もしかしたら、もしかするかもしんないじゃん。

とにかく、僕は、A５の班ノートに、それから四十分もかけて三ページも意見を述べたんだ。本来はそんなもんは、五分くらいで片付けるものなんだけど。今日は小テストがあって……、で、今日の小テストはあまりよくなかったので、明日はがんばりたいとおもいます……とかを六行くらいにまとめるもんだ。なのに、どうしようもない自分の不安、恐怖、そして、これからの人類の課題、……と、そのときの僕はすごかった。

「気合い、入ってたんだ」

うん、まあね。

なぜ、そんなに気合いが入っていたかというと、僕は日頃からノストラダムスの予言については結構真面目に考えていたからで、僕の中ではこの予言がしつこくくすぶっていたからだ。

「なんで？」

なぜって、だって、怖いじゃん！　想像力が貧困な僕だって、空からなんか凄いのが降ってきて、人類が滅亡するなんていわれたら、やっぱり、どきどきしてしまう。それに、一九九九年といえば、僕はたぶん大学生で、そんな若い身空で地獄をみるなんて、まっぴらだしね。だから、僕は、精魂込めて班ノートに文字を埋めていったんだ。

「どんなふうに？」

……シャーペンの芯をボキボキ折りながらその芯をその辺に撒き散らし、ページをめくると次のページは前ページの文字の跡でぼこぼこになっていて、しかも、書いた先から紙を押さえている脂性の左手が文字を擦《こす》り……、なんて具合に、班ノートに文字を埋めていった。

「ほんと、気合い入れすぎ！」

ついでだから白状するけど、僕は字もなかなかの下手で、漢字もよくよく知らなかった、……、なもんだから、恐ろしく圧倒的な文字たちが埋められていったんだ。そして、四十分後、なんだか薄汚れた、しかし、情熱と気迫だけは充分伝わる力作が出来上がった。

「やったー！」

そのとき僕は、自分の偉業に惚れ惚れしてしまい、しかも僕は心臓のどきどきでお腹を痛くした。どういう訳か僕は、興奮するとお腹が痛くなる。

「あるある、分かる。わたし、本屋に行くと、そうなるよ」

それから僕は、数分間を便所の中で過ごした。便所で過ごしながら、僕の偉業が他人に賞賛される、ごく近い将来を思い描いていた。

ところで、班ノートのルールを説明すると……、班ノートを書いたら、その次の朝提出する。そしてその日の帰りに先生のコメントがついて戻ってきて、先生のありがたいコメントを簡単に読んで、次のヤツに手渡す。そして次のヤツは、前のヤツが書いた文章に少しばかりの感想なんかを書いて、いよいよ、自分の所感を書く……、ということは、つまり、僕のこの力作に少なくても二名のレビューが寄せられるわけだ。もしかしたら、あまりの力作に、その次の人、またその次の人、いやいや班六人、ちがった、僕を除いて五人の感想が聞けるかもしれない……、僕は本当にどきどきしてしまって、便器にしゃがみながら、このどうにもたまらない快感に耐えていた。

その夜は、そんな状態だったから眠るのを忘れそうだった。三年生のとき、大好きだったフジタさんに、明日はストのため学校は三時間目からです、という連絡網の電話を貰った日より、僕は興奮していた。

「ちゃんと、連絡網、回した？」

どうだって、いいじゃん。

「あー、興奮しすぎて、回すの忘れたんでしょう？」

うるさい。

とにもかくにも、僕が次の朝、おやじが怪しむほど早起きして、そわそわしながら家を出たということは想像にたやすいことで、つけ加えれば、班ノートを先生に提出するときに手が少し強張ってそれを隠すのは小学生には難儀だったということで……、でも、それを手渡すとき、二年目の青二才先生に不敵な笑みを投げ付けたのも事実で、……つまり僕はいわゆる創作の喜びに初めて出会い、そしてそれを人様にさらけ出す快感を初めて知ったということなんだ。この快感は、僕を世界で一番誇らしげな人間にした。もう、僕は無敵だった。

それから僕は、一日千秋の思いで気の遠くなるような授業をこなし、掃除当番をつとめ、やっと帰りの会を迎えた。あとは、担任が班ノートを僕に返してくれさえすればいい。

「で、で？　班ノートにはなんて？」

……、だが、僕は、それについては、まだまだ無頓着だったから、だから、僕はちょっと足をガクガクさせてしまった。

「なによー、もったいぶらないで。何が書いてあったの？」

〈一部の人のせいで、世間が大騒ぎするのは、よくないことです。噂をあまり気にしないで、次のテストに力を注いでください〉

という、間の抜けた朱色が二行だけ追加されていた。

「うわー、傷つく！」

こんなとんまな結果に、僕が気を失わずに済んだのは、僕がとりあえずの男子たる姿勢を持ち合わせていたからだけれども、その代わり僕は、そのすれすれで足をガクガクさせていた。でも僕はすぐに立ち直り、なぜなら、僕らのような小さいものには、共通の言い逃れがあったからだ。

いいのさ、大人なんか、こんなものさ、おまえらには、分からないのさ。おまえらが、ノンキにしているあいだに、とんでもないことになるんだ。僕らは僕らだけで、なんとかするさ。

「大人になっても、その言い逃れを使うヤツも結構いるけどね」

そして、僕は、一週間、辛抱強く待った。六人で構成されている僕の班の班ノートは、ちょうど一週間で、僕のところに戻ってくる。今度こそ僕の力作に、同志たちからの素晴らしい賞賛と同意の言葉が贈られる。そして、僕たちは、僕たちだけで意見を出しあい、検討しあい、慰めあい、団結するんだ。だから、僕は、真剣に待った。僕たちの団結のときを。

　そうして一週間、とうとう、それは僕のところに戻ってきた。僕は、その日の担当のヤマダから、それを受け取った。楽しみは、あとまで残しておくものさ。僕はそれをランドセルにしまい込むと、教室を抜け出した。

「好きなものは、とっておくタイプ？」

　うん。

「わたしは、好きなものを先に食べちゃうタイプ」

　とにかく、僕は、こっそりと、教室を出た。

「帰るのに、なんで、こそこそすんのよ」

　ポートボールの練習があったんだよ、学級対抗試合に備えて。でも、ご覧の通り、人より少しだけ成長の遅れていた僕は、ゴール台に上ってボールを受け取る役を仰せつかっていたもんで、だから退屈なもんで、あまり好きではなかった。その逆で、背の高いヤツは有無をいわせず、ゴール台の前で間抜けに立っているガードマンにまわされる。しかし、よーく考えると、ゴールマンも背が高い方が得策ではないか、こんな当たり前なことなのに、脳味噌がぶにょぶにょの公立の小学生は気が付かなかったんだな。背が高いヤツはガードマン、低いヤツまたは運動神経の鈍いヤツはゴールマンというお決まりが呪文のように公立の小学生を縛り付けていた。だから、僕は約一年間、いつも台の上に立って、ボールを受け取る役だった。

僕は、級友の罵倒を背中に受けながら、家を目指した。僕の体中の血液がものすごいスピードで僕の中を駆け巡った。僕があんなにときめきながら家路を急いだのはあれが初めてで、今のところ、最後なんじゃないかな。

「最後だなんて。人生はまだまだ長いよ」

僕の人生なんて、たかがしれているよ、どう考えても。

「後ろ向きな性格なんだ」

僕は、仮の我が家である……あ、これは、おやじがいつも、そういっていたんだ、……築十五年のアパートの二階をひたすら目指して、走った。とにかく走った。部屋には誰も居ないはずで、僕は、アパートの一室でたったひとり、僕の意見に感動した友人たちの賞賛の言葉と僕らの固い団結を嚙みしめるんだ。

僕は、息を切らせながら、危なっかしいアパートの階段をかけのぼり、一番奥の我が家のドアの前に来た。僕の首にぶら下がっている、ケーキの箱に結んであるようなラメ入りのダサい紐を、セーターの襟から引っ張りだし、その先についている鍵を錠に突っ込む。ああ、こういうとき、鍵っ子っていいよね。ドアを開ければ、自分だけの世界。たったひとりだよ。部屋の、支配者になれるんだ。

「で、班ノートは？」

楽しみはあとに残す主義だ。まずは、宿題をやっつけたよ。

「支配者になった割りには、やることはセコいんだね」

うるさい。そして、洗濯物を取り込んで、夕飯の米をといで、金魚に餌をやって。

「それ、全然、支配者のやることじゃないよ！」

うるさい。一応、鍵っ子の義務を果たさなくちゃね、先に進めないんだよ。で、水戸黄門の再放送を見て。

「だから班ノートは？」

水戸黄門が終わったら、見るつもりだったんだよ。

「じれったいな」

じらせばじらすほど、快感も倍増するだろう？　便所に行きたいときも、わざとギリギリまで我慢したりしない？

「しないよ！」

でも、さすがに、我慢の限界だった。水戸黄門を見ていても、さっぱり頭に入らない。せめて、印籠《いんろう》が登場するまでは我慢するつもりだったんだけど、辛抱のきかない僕は、やっぱり、それまで待つことができなかった。僕は、なにげなくさりげなく、いつものコタツで、班ノートを開いてみた。

……、そして、僕は誓ったんだ。まだまだガキだった僕には、悲壮な誓いだった。

「今でも、ガキのくせに」

うるさい。

「で、何を誓ったの？」

これから僕は、班ノートには今日の天気と、今日の出来事をほんの三行くらいでまとめて書くんだ。それ以上は書かない。

「つまり、反応がなかったんだ」

うるさい。

「ま、そんなもんだよね」

……あれ？　あんた、何してんの？　もしかして、僕の殺人ノート、もう読んでいる？

僕は、ヤツの唇だけを、見つめた。ポテトチップスのあぶらで、ちょっとテカっている桃色。それがほころんで、八重歯がのぞく。もしかして、気に入ってくれた？　僕の顔が、急激に熱くなる。もし、気に入ってくれなかったら、それはそれで、自分の胸深くに仕舞っておいてくれよ。でも、もし、気に入ってくれたのなら、もう一度、その八重歯を見てみたい。

ううん、いいよ、やっぱり。気に入っても、気に入らなくても、それはあんたの心に仕舞っておいて。僕は、ちょっとトイレに行ってくる。だって、なんか、恥ずかしい。だから、僕が戻ってくるまでに、それ、読み終わっていて。

七

トイレで用を済ませると、僕は、自販機目当てに休憩所に向かった。喉が渇いた。烏龍茶を飲むぐらいの時間はあるだろう。

休憩所のドアを開けると、行き場のないありとあらゆるジャンクな匂いがどんより漂っていた。昼シフトの連中が、遅めのランチをとっているようだった。匂いの主成分は、カップラーメンだろう。しかも、強烈なやつ。キムチトンコツ。赤錆色《あかさび》のドブ水のようなスープに浮かんだ脂《あぶら》、にょろりとふやけ切った麺が数本、くたびれた加薬《かやく》の中を無気力に行ったり来たりしている。思い出したかのように麺を拾い上げているのは、汁と同じ錆色の髪の女だ。女は錆色の麺を無残な音を立てて吸い込むと、やはり錆色に染まった割り箸を振り回しながら、なにか講釈を垂れはじめた。はじめたというか、ずっとその話題はつながれているのだろう、女は「だからさー」と、得意げに、とがった顎をしゃくりあげた。

話の内容は、主に時給についてだった。錆色女の話を聞いているのは三人の女で、そのうちの二人は、オリエンテーションのときに僕の後ろにいたあの女性たちだった。この二人は、たぶん、同じ派遣会社なのだろう。そして、あとの二人は、それぞれ違う会社に所属しているらしい。営業担当の怠慢、社会保険の不備、時給の安さ、紹介先のミスマッチ、次から次へと、愚痴が飛び出す。その合間に、どういうわけか、「で、あなたは何人《なにじん》？」という、不条理な質問が埋め込まれる。見ると、汁が飛び散ったテーブルの上には、占い雑誌が広げられていた。

「えー、私、何人だろう？」「生年月日は？」「えっと」「……ああ、じゃ、木星人だよ。今年は、割といい年みたいよ」「金運は？」「ちょっと待って……、ああ、これもまあまあみたい」「じゃ、宝くじ当たるかな？」「買ったの？」「買った、買った！だって、もう、宝くじぐらいしか、当てにならないもん。宝くじ当てて、仕事辞めたい」「宝くじなんかより、もっと確実にお金稼いだら？　たとえば、これは？」

錆色女は、ニヤニヤ笑いながら、広告ページをぱらりと開いて見せた。

「なに？　幸福を呼ぶ水晶？　うっそー、これって、本当にきくの？」「だって、体験談とか見ると、マジみたいじゃん」「でも、こういうのって、売れないライターが適当に書いているみたいよ」「じゃ、ヤラセ？」「でも、この出版社、わりかし大手じゃん、胡散《うさん》臭い記事なんか出さないんじゃないの？」「そうとは限らないよ。有名な新聞だって、いかにも怪しい広告とか出してるじゃん」「それより、これは？　胡散臭いアクセサリー商法より、よっぽど、確実じゃない？」「何？　一日二時間で、月収三十万円⁉」「嘘くさー」「内職商法ってやつだよ。私、昔、ひっかかった。保証金とか教材費とかとられるよ。私、親に泣きついて、立て替えてもらったんだけど。でも、仕事なんかほとんどこないから。っていうか、こないから！　保証金と教材費とられて、泣き寝入り」「ね、見てよ、この内職広告の次のページは、レディースローンだって！　無審査で百万円まで融資」「うまくできてるねー、内職商法にかかるお金を払うために、消費者ローンをお使いくださいってこと？」「しかも、次のページは、テレフォンアポインターの募集だよ！　これって、つまり、あれでしょう？　テレクラのやらせ嬢」「なるほどー、ウッフンアッハンいって消費者ローンの返済にあてましょう……ってこと？」「すごい、ストーリーができてるね。幸運のアクセサリーを買うために内職商法に手を出して、その保証金を払うために消費者ローンの返済をするために、テレクラ嬢、まさに、逆藁《ぎやくわら》しべ長者、人生まっさかさま劇場！」

四人の女の笑いが重なる。僕もつい、笑ってしまった。なかなかうまいことをいう。そんなことより、もう時間だ。四分過ぎた。早く、烏龍茶を買わなくちゃ。

「はい、はい、すみません、仕事が……、ですから、今日、少し遅れそうなんです、ええ、分かってます、保育所のルールは、よく分かってます……」

自販機のかげで、携帯電話に哀願する人影を見つけた。ああ、僕と同じユニットの人だ。えっと、中里《なかざと》さんだったっけ？

次から次へと更新されていくデータ。どれもこれも、気楽なユーザーがお手軽に入力した内容だ。疑いを知らない彼らは用意されたフォームにそって入力し、そして最後になんの躊躇《ためら》いもなく、［ＯＫ］ボタンを押したのだろう。まさか、それらが、僕たちのようなどこの馬の骨かも分からない、明日いきなりトンズラするかもしれない信用ならないフリーターたちによってあっちこっちいじられているなんて、考えもしないのだろう。彼らは、それぞれの、社会的信用抜群の企業に、大切な個人データを送ったつもりでいる。

隣のスペースでは、クレーム処理。「Y社お客様サービスセンター」と名乗る数人のおばちゃんたち。声は若いが、その容姿はどう見積っても中高年。彼女たちには、声萌えのバカなクレーマーなファンがついているという。おばちゃんたちが、休憩所で、そんなことを自慢しあっていた。その隣では、「P社保養所事務センター」。

ああ、傑作だ。P社っていったら、今まさに、僕が個人で請けている、新宿高層ビルに本社がある、あのメーカーじゃないか。あの会社は、保養所受付の事務まで外注に出してんのか。マニュアルも外注、事務も外注、そして、人事も外注。

そう、僕たちのブロックが担当しているのが人事事務で、もちろん、P社もそのクライアントのひとつだ。世間に名前が知られているほとんどの企業が、クライアントだ。企業は、コスト削減、効率化の大号令のもと、人事事務まで、外注に出している。なら、あの立派な高層ビルにいる連中は、なにやってんだろう。軀《からだ》はあんなに立派なのに、中身は空っぽ？　僕は、ブラインドで隠された窓を見てみた。ブラインドの羽の隙間から、夜のネオン色と、西新宿高層ビル群が、かすかに見える。あのビル内で行われるべき仕事のほとんどが、いや、日本中の企業の雑多な仕事が、もしかしたら、この雑居ビルの、百平米にも満たないこのオフィスに集まっているのかもしれない。そんな誇大妄想が僕の瞼をよぎる。だって、仕方ない。僕の十五インチのディスプレイだけでも、十を超える企業の名前がある。僕はそれぞれのＩＤとパスワードを教えられていて、それぞれの企業の人事データベースにアクセスすることができるのだから。

もう、夜の八時を過ぎた。早番シフトの連中はすでにいない。あのお節介な女も隣からようやく消えてくれて、僕は今、せいせいとした気持ちで、軽々と、マウスを操る。関数は、EXACT。ディスプレイのセルに並ぶ TRUE と FALSE。僕は容赦なく FALSE のデータを抽出し、彼らに『不可』を与える。

「だから、どうして、分からないんですか？」

三好さんの、慇懃《いんぎん》だが無礼な声が、轟《とどろ》いた。まだやっていたのか。夕方から、ずっとだ。

「大丈夫ですか、頭？」「日本語でちゃんといってくれますかね？　ぼく、申し訳ないけど、日本語しか分からないんですよね」「それとも、ぼくの日本語が分からないんですかね？　じゃ、何語でいえばいいですか？」

こんな調子でねちねちとやられているのは、僕の斜向かいに座っている女性だった。中里さんだ。彼女は早番シフトのはずだけど。共稼ぎで、小さな子どもを保育所に預けているはずだけど。僕は休憩所で、保育所に電話している彼女を思い出していた。

「なんで、いわれたとおりのことをやれないんですかね？」

三好さんの攻撃は続く。中里さんは、半泣きの声で、それでも、抵抗を続けていた。どちらが悪くて、正しいのか、僕には分からない。

「ああ、もういいですよ。あなたがやっていたら、一生終わらない。もう帰ってください」

攻撃は、ようやく終わったようだ。中里さんは、無言で、それでも何かいってやらないと気が済まないという未練を残しつつ、帰っていった。

「いつつも、ああなんだよね、あの女。仕事できないんなら、もっと愛嬌ふりまけばいいのに」

三好さんが、ファクスの束を僕のデスクに投げ置いた。目算でも、十枚はある。今日中に処理しなくてはならない、名簿だ。

「まったくね、高い人件費払っているわけだから、それに値する仕事してほしいだけなんだよね。分からないなら分からないで、自分で判断しないで、ちゃんと聞けばいいんだよな。勝手に判断して勝手に間違うから。もう、面倒見きれないんだよね。いちいち、言い訳も多いし」

三好さんが、ポッキーの箱を僕の目の前に差し出した。

「どう、食べる？」

データルーム内では飲食禁止と聞いていた僕は、ちょっとだけ、躊躇した。

「この時間になったら、もう、そういうの関係ないから」

なおも箱を突き出す三好さんの好意に甘えて、僕は、それを一本引き抜いた。イチゴのコーティングが、指にとろりと、まとわりつく。

「とにかく、あの女はね、まったくダメ。仕事は間違えるし、いわれたとおりにやらないし。この仕事、そんなに難しくないでしょう？　だって、久保さん、今日がはじめてなのに、ちゃんとやっているよね？　でも、あの女はね……。エクセルだって、はじめは使えなかったんだぜ？　そっから教えたんだよ、この忙しいのに。で、子どもが風邪《かぜ》ひいたっていっちゃ、休み、早引け、遅刻。保育所があるからって、勤務は五時までなんだけど、その時間内に、まともに終わらせた仕事がないの。あとは、ぼくが尻拭い。派遣会社に騙されたよな。ときどき、ああいうのが、送り込まれてくるの。いやんなっちゃうよ」

三好さんは、指についたイチゴ色を、ぺろりとやった。僕は、反射で、自分の指をティッシュで拭った。

「これから、彼女がミスした百八十人分のデータの再処理ですよ。ああ、いやだいやだ。でも、ま、とにかく、さくさくとやって、ぼくたちも帰りましょう」

さくさくとできる量なのだろうか？　僕は、デスクに投げ置かれたファクスの束を見た。一枚に五十人のデータ、それが、十枚。時間は、とっくに九時を過ぎていた。しかし、やらないわけにはいかないのだろう。見ると、三好さんはすでにデスクに戻っていて、キーを叩きはじめていた。デスクの端に並べられている食玩のフィギュアたちが、カタカタ揺れる。僕は、イチゴ色にべたつく指を気にしながら、マウスを引き寄せた。

山手線を捕まえた頃には、深夜一時を回っていた。セミナーの掛け持ち後、友人たちと酒を呷《あお》ったらしきリクルートスーツの男女が五人、ドア際を陣取っていた。彼らは、ろれつの回らない大声で、各企業をランク付けしていた。「あの会社はバツ。絶対行かない」「あそこの会社は三角かな。人事の態度がまあまあだった」「例の会社の福利厚生はなかなかよかった。第三志望だったけど、第一志望にしてやろうかな」

しかし、残念なことに、君たちはすでに、企業のほうからランク付けされている。エントリーシートを入力しそれを送った時点で、僕たちのような得体の知れない馬の骨たちが、機械的に、君たちを振り分けているんだ。仮に、「自分が選んだ」会社に入ったとしても、君たちが「選んで」やる仕事なんか、ほとんどないんだ。幸運なことに君たちが出世して、人を選んだり、仕事を選んだりする立場になったとしても、それは、君たちが「選んでいる」わけではないんだ。

しかし、今は、そのしばしのモラトリアムを楽しむといいよ。自分たちが、いつでも「選び取っている」という幸せな勘違いに、酔っているといいよ。僕にも、そんな時代があったんだから。無邪気な君たちを、笑うことなんかできない。

家に戻ると、留守番電話のメッセージボタンが点滅していた。吉沢さんからだった。

〈原稿ありがとう。でも、先方、急な会議が入ってしまったらしく、まだ読んでないみたい。これからのスケジュールは、今、調整してもらっているところです〉

急がせるだけ急がせておいて。こっちは一睡もしてないんだ。……なんていう怒りは、さらさらない。いつものことだ。いつものことだから、そんなこと予想ついていたけれど、それでも、言いつけられた締め切りに合わせるのが、僕ら下請けの仕事だ。

留守電メッセージは、まだ続いていた。

〈今、どこにいると思う？　ホテル。湯島のホテル〉

吉沢さんは、酔っているようだった。前にも、おんなじようなことがあった。深夜に電話がかかってきて、でも、僕は居留守を使った。そしたら、長い長い語りがはじまってしまった。留守電メッセージ録音可能な時間は三十分。彼女はそれをすべて使い切った。バカな僕は、それに最後まで付き合ってしまった。今夜もまた、僕は、最後まで彼女の語りを聞くのだろうか。

〈もちろん、一人じゃないわよ。相手は、……久保くんも知っている人。もしかしたら、薄々気づいているかもしれないけど〉

残念ながら、僕はなんにも気づいてない。というか、興味がない。吉沢さんが誰と寝ようと、知ったことではない。

〈もう、本当、バカみたいだと思うんだ、自分でも。全然タイプの人じゃないし、好きか嫌いかといったら、嫌いなほう。でも、誘われたら、断れない。っていうか、今日は自分から誘っちゃった〉

僕は、カレーパンの袋を開けた。今朝、公会堂前のコンビニで買ったやつだ。朝食にしようと思って買ったんだけど、レジ袋に入れたまま、玄関先に放置していた。賞味期限までには、まだ二時間ある。

〈なんだか、人肌が恋しいっていうか。慰めて欲しいというか。あっちも同じだと思うよ。あっちにも、奥さんいるしね。お互いに、ちょっとした刺激が欲しくて、セックスしてんだろうね〉

カレーパンは、少ししょっぱかった。喉の奥が、じわじわと渇いてくる。飲み物、何か飲み物は……ああ、よかった。烏龍茶のペットボトルが一本、レジ袋の奥で眠っていた。

〈でも、惰性のセックスは、やっぱりちょっとみじめな感じするよね。やっている途中で、早く終わんないかな？　って、ふと思うときがある。わたし、セックス運、ないんだよ〉

僕は、レジ袋をさらに探ってみた。フルーツヨーグルトが一パックと、カロリーメイトが一箱。今朝の僕は、随分と栄養を気にしてたんだな。あ、のど飴まである。そうか、今朝、ちょっと喉が痛かったんだっけ。

〈……わたしのはじめては、きったない部屋だった。一応「マンション」なんて名前がついていたけど〉

あ、このカレーパン、ゆで卵が入っているよ、どうりで、ちょっと高かった。うん、でも、旨い。カレーと卵って、どうしてこうも相性がいいんだろうな。

〈大学に入学したばかりの五月。連休明けの、雨の日。わたし、映画サークルの手伝いなんかやっていて、その仲間と飲み屋で映画論をぶつけあって。文学と映画とリアリズムと……なんか、そんなこと。渋谷の、小さい酒場。みんな酔いつぶれて、誰かが胃の中のものをぶちまけて、酒場のおやじさんに追い出されて。終電なんかなくなっちゃってて、そのまま歩いて帰ったのが三人、タクシーを捕まえたのが七人。わたしは、タクシー組。まず一台目に四人、二台目に三人、わたしは四人のほうに乗って、だって、ちょっといいなぁと思っていた子がいたから、だから、男の子ばかりだったけど、それに乗って。タクシーが向かった先は川崎方面、わたしのアパートとは正反対だったけど、ま、いいかって。だって、すごく酔っていたし疲れていたし、タクシーが行き着いた先は、溝の口、線路沿いの鉄筋コンクリートの三階建て。他の三人のうちの、誰かの部屋だった。わたしたちは、とにかくもうぐったりで、四人でもつれ合いながら支え合いながら、三階まで階段をよじのぼって、そして、部屋になだれ込んだ。部屋の主が適当に座布団やらタオルケットやらを部屋にばらまき、わたしたちは、そこに倒れこんで、雑魚寝《ざこね》。

わたしの隣には、わたしがいいなぁって思っていた子。わたしたちは、ひとつのタオルケットを分かち合って、寝た。夢うつつの境で、わたしの体に触れる彼の体温。

彼は、それが当たり前のように、わたしの上にのってきて、わたしも当たり前のように足を割って。ああ、これがセックスかって思った。思ったほど気持ちいいもんじゃないし、殊更感動するもんでもないし、何かに似ているなーと思った、ああ、そうか、虫歯を治療しているあの感じだって。無抵抗なまま、ただいいなりに、口を大きくあけ、規則正しい作業音を聞きながら、それが終わるのを待っている。

気がついたら、上にいたのは、違う子だった。わたしは相変わらず、口をあけて、それが終わるのを待っている。そして、次の子が上に乗り、結局、そこにいた三人の男にやられた。

そのときは、特別何も思わなかった。ああ、ようやく終わったなって。あの不愉快な音も、ようやく止まったなって。でも、麻酔が醒めれば、痛さはじわじわとやってくる。わたしの体を包んでいたはずのタオルケットは、いろいろな液体でぐっしょりと濡れ、その中にわたしの赤い血がみじめな具合に滲んでいた。

わたしは朝を待たずに、暗がりの中、Gジャンを腰に巻きつけて部屋を出た。スカート、破れちゃってたから。階段では、何度も転んだ。足の付け根がしびれて、うまく歩けなかった。

外は、まだ雨の中だった。細かい雨が、びっしりと、街を覆っていた。

それが、わたしの処女喪失体験。あの男の子たちの顔は、今はまったく覚えてな

い。名前も覚えてない。わたしがいいなぁって思っていた子も、覚えてない。本当に好意を持っていたのか、今では自信がない〉

カレーパンを平らげ、ぬるいフルーツヨーグルトもあけた頃、留守電メッセージは終わった。

で、なんの話だったっけ？

あ、そうか、原稿はまだ読まれてないって話だね。で、スケジュールを見直しているところだと。

ということは、今夜は僕は、少しは長めに眠れるってことだろうか。

僕は、なのに、朝日にはまだ遠い池袋を、歩いている。急性の不眠症。でも、寝不足の果ての不眠症も、僕は嫌いじゃない。どちらかというと、好きかもしれない。体が火照《ほて》る感じ、筋肉痛に似た甘い疲労があちこちをじくじくと走る感じ、細かい痺れが骨にまで心地よく響いている感じ、鼻の奥から頭のてっぺんまで糸を通されてそれを頭上から引っ張られているような感じ、ふわふわと、誰かの意図によって歩かされている感じ。

僕は何も考えず、その誰かの意図を無闇に信頼し、それに依存する。

なんて、気持ちいいんだろう。

いつものように東口に回り、区役所の横の道を折れ、公会堂を通り過ぎ、60階通りに出て、首都高をくぐる。そして、Uターン、再び60階通りに出て、公会堂まで戻り、その前の公園で、僕はいつものように、へたりこんだ。眠いとか、疲れているとか、そういうのではなく。じゃ、なにかな？　気だるい。う……ん、これも、ピンとこないな。

足元で、何かが動いた。見覚えのある、ビラ。ああ、昨日の集会のやつか。

『西池袋事件は捏造されている！』

そういえば、昨日、もらったな。もらったのはいいけれど、よくよく読んでない。

僕は、そのビラを裏返してみた。ピンクのスーツを着た厚化粧のおばちゃんの写真……キャプションは、『西池袋事件を考える友の会代表』。画像はそれだけで、あとはびっしりと埋め尽くされたテキスト。タイトルはゴナ12ポイント、本文は明朝8ポイント。うーん、それよりもっと小さいかな？　7・5ポイント？　いずれにしても、読む気が失せるテキストの量だ。レイアウトもイケてない。なんの工夫もないただのベタ打ちだ。

――Aくんは、突然、豹変しました。あそこまで彼を追い詰めた原因のひとつに、あのテレビの企画があったと思っています。Aくんは、サービス精神旺盛というか、人の期待に応えたいというか、人を喜ばせたいというか……つまり、いつでも周囲に気を配っているところがありました。Aくんは、自分は母親に捨てられたと思っていたようで、その反動があったのかもしれません。もう、これ以上、誰からも捨てられたくない。そういう思いが、自然と、大人の顔色を常にうかがって行動するというパターンを作ってしまったのかもしれません。

つまり、Aくんは、とてもいい子でした。私たち大人が求める子ども像を演じている感じすらしました。昔のテレビドラマ……たとえばケンちゃんシリーズのケンちゃんのような子どもでした。ときにはやんちゃもして、でもすぐに素直に反省して謝って。絵に描いたような、健全な子どもだったのです。それが却って子どもらしくないな……と私には思えることもありました。同時に、なんて不憫な子なんだろうとも思いました。

Aくんの「健全な子ども像」は、あのテレビ企画で、「受験戦争を生きる小さな戦士像」に変わりました。

確かに、Aくんが池袋の塾に通いはじめたのもX中学受験を目指していたのもテレビ企画とは関係ないことですが、しかし、それまでは、父と子どもをつなぐ一種のスキンシップ的な意味合いでの、受験勉強でした。父と子、さらにはおばあさんと家族一丸となってひとつの目標を目指す……それは、ある種の家族イベントに近いものがあったように思います。ですから仮に、Aくんが受験に失敗してもすぐに立ち直り次の目標を家族で探したのではないでしょうか。そういう余裕が、まだ残っていました。

しかし、あのテレビ企画で、Aくんの「サービス精神」が間違った方向に開花してしまいました。Aくんのサービス精神はテレビ局のプロデューサー、あるいはスタッフに向けられてしまったのです。

ドキュメンタリーにもシナリオがちゃんと存在することを、私はそれまで知りませんでした。私がAくんのお父さんから聞いた話では、X中学受験までの約五ヵ月にわたる生活をありのままカメラが追いかける……ということでしたが、しかし、実際に蓋を開けたら、「こういうシーンがほしい、こういう会話がほしい、こういう盛り上がりがほしい、こういうイベントをやってほしい」という注文が演出家から次から次へと出たようです。Aくんのお父さんは、特に必要もないのに、近所の人を集めてAくんの激励会をやったり、仕事場の屋台で局の人が集めたサクラ相手に受験論を闘わせたり、挙句の果て、別れた奥さんの消息を尋ねる小旅行にも出かけたりしていました。ドキュメンタリーといいながら、演出家が思い描く展開に自分たちの生活を当てはめるというものだったようです。

Aくんのお父さん以上にテレビのスタッフの期待に応えようとしていたのは、ほかならぬAくんでした。Aくんは他人、特に大人の気持ちを読むのに長けていた子でしたので、演出家が「ちょっと生意気な受験生」「ちょっと歪んだ受験生活」というものを欲しがっているなと察し、それに応えていたようなところがあります。

テレビの撮影がはじまって二ヵ月が過ぎた頃Aくんに会う機会があったのですが、Aくんはすでに、私の知っているAくんではありませんでした。演出家、いいえ、世間がイメージしている、「受験戦争に疲れ果てた哀れな戦士」あるいは、「過激な受験戦争で壊れていく幼い小学生」そのものになっていました。


（少年Aの父親の知人、Sさんの証言より）


カラスの羽色のような夜明けが、僕の鼻を掠《かす》める。僕は、再び足元を見た。十円玉が二枚、転がっている。

「あなたは、こういうの、信じるかな？」

指先が解けた軍手が、十円玉を拾い上げた。

僕の視線は、自然と、その軍手の動きに従う。ああ、あなたですか。昨日、テレビカメラを前に、何かを訴えていましたね。

「結局、誰も信じちゃくれないんだ。みんな、自分がいるこの世界こそが、自分が見ているこの風景こそが、唯一だと信じ込んでいる」

どういうことでしょう？

「この十円玉、見てみてよ」

ただの、十円玉じゃないですか？

「そう、それは、ただの十円玉」

意味が分からないな。

「発行年数見てみてよ。昭和五十二年」

ええ。昭和五十二年ですね。……ああ、そういえば、僕が生まれた年だ。

「昭和五十二年だよ。二十八年前のコインだ。この十円玉は、二十八年間、ぐるぐると、日本中をめぐり、そして、今、あなたの手の中にある。すごいことだと思いませんかね？　二十八年分の記憶を、あなたは、つまんでいるんだ」

まあ、そういうことですね。でも、特にすごいともなんとも思わないな。

「じゃ、もう一枚、この十円玉を見てみてよ」

どの十円玉だって、同じですよ。僕には、うまい棒の価値しかない、ただの硬貨だ。

「そうじゃなくて、発行年数、よく見てみて」

だから、どんな昔に発行されたからといって、僕には、うまい棒の……、あれ？

「ね、年号が、違うでしょう？」

どういうこと？

「昭和が終わったあの年、新しい年号にはいろいろと候補があったらしいね。で、俺はね、その十円玉の年号が採用された世界から、こっちの平成の世界に来てしまったんだよ。

世界はね無数に分岐している。あっちの分岐に行ってしまった俺、こっちの分岐に行ってしまった俺、無数の俺がいるってことだ」

なんだか、藤子・F・不二雄の短編マンガに出てきそうなネタだな。

「ああ、やっぱり、信じないんだ」

そりゃ、そうでしょう。僕は、それほどロマンチストじゃない。SFも読まない。

「でも、気にならない？　もし、あのとき、あっちの道を選択したら、もしかしたら……、とか」

考えたこと、ありませんね。

「もしかしたら、違う道を選んだもうひとりのあなたが、こっちに来て、俺のように浮遊してあなたを観察しているかもしれないよ？」

信じませんよ。

「俺のような、浮遊者はまだまだたくさんいる。うそだと思うんなら、財布の中のコインを注意深く観察してみなよ。見覚えのない年号が刻印されたものがあるかもしれない」

だから、信じませんよ。

「でも、気にならない？　もし、あのとき、あんなことしなければ、今頃は？　って」

もし、あのとき、あんなこと、しなければ、今頃は？

……今頃、君は、どうしていたんだろう？

君が生きていたら。

僕は、どうしていただろう。

それでも、今日は今日で、僕にとっては、たったひとつの時間だ。過去から未来へ続く、たった一本の道。空が、僕の頭上に、たったひとつしかないように。

でも。

もし……君が、生きていたら。

八

「え？　なに？」

あんたが予想以上に大げさにこちらを向くから、あんたの唇が、僕の肩にあたった。僕は、うつむきながらあんたから逃げた。それを追いかけるように、あんたがちらっと笑う。

「なんか、いった？」

土曜日。塾の特訓を抜け出して、僕はこの二階の六畳に来ていた。もう、何回目だろう。僕たちは、この部屋の元主《あるじ》が遺した品々を発掘しては、それを楽しんでいた。でも、もうそろそろ底を突きそうだ。ビデオは観尽くしたし、漫画は読み尽くした。あとは、文庫本が詰まった箱だけだ。

ここの主、結構、読書家だったんだな、どれもこれも、難しそうな小説ばかりだ。

この一番上にあるのは、なんだろう？『アウトサイダー』？　やっぱり、難しそうだ。

「あんたのいとこ、何歳だったの？」

「えっと。十五歳……かな」

「死んだの、いつ？」

「今年の冬、っていうか、春？　……三月のはじめ」

三月のはじめ？　最近じゃん！

僕は、いとこが首を吊ったと教えられた場所に、そっと、視線を置いてみた。でも、すぐに、戻した。あんたが、笑窪《えくぼ》を深めてニヤニヤと笑っている。

「信じた？」

「え？」

「死んだって話」

「違うの？」

「嘘だよ。留学に行っているだけ」

「なんだよ！」

あんたが、くすくす笑いを止めない。はいはい、ビビりまくる僕を見て、さぞや楽しかっただろうね。はいはい、笑えよ、あー、笑えばいいさ。

古い紙の匂いが、僕の鼻をくすぐる。僕は、くしゃみを堪えた。あんたが文庫本を一冊、摘み上げた。

「梶井基次郎、知ってる？」

「かじいもとじろう？」

「知らない？」

「その本を書いた人？」

「そう。檸檬」

れもんって読むんだ、そのタイトル。

「いとこのお気に入りだったみたい。すごく読み込んでいる感じしない？　ほら、その証拠に、ポストイットがいくつも貼ってある。……マーカーも引いてあるよ」

――そうしたらあの気詰りな丸善も粉葉《こっぱ》みじんだろう――

丸善ってなんだろう？

「本屋だよ」

「本屋を爆破させる話？」

「ま、そんなところ」

「アクション？　ダイ・ハードみたいな？」

「バカみたい、違う」

なんだよ、またバカ呼ばわりかよ。

「……あ、そうか、試験対策なんだ、これ。ほら、見てみて」

あんたが指し示したその箇所には、『作者にとって気詰まりとは何か。百文字以内で答えよ』という鉛筆文字が書き込まれていた。

「答えられる？」

「今？」

「そう」

「でも、読んだことないよ」

「短編だから、すぐだよ」

「でも」

「小学生には、やっぱりちょっと難しいか」

あんたの黒目が、挑発する。あんただって、年上だけど、小学生のくせに。……そんなふうに挑まれたら、やるしかないじゃないか。

「ちょっと貸して、それ」

でも、僕は、一行目で早速挫折した。

「これ、貸して。来週までには、読んでくるから。今は、なんとなく、……読書って感じじゃない」

「うん、いいよ、貸してあげる。それより」

「なに？」

「ビデオ見る？」

「ビデオなら、もう見倒したじゃん」

「違う、映画じゃなくて」

「なに？」

「イギリスにいたときのヤツ……ホームビデオ」

「あるの？」

「うん、持ってきた」

「へー」

「見たくないなら、いいんだよ、別に」

「でも、わざわざ持ってきたんだろう？」

「わざわざってほどじゃないけど。ついでに」

なんのついでだよ。ヤツが柄にもなく、あまりにもじもじと出し惜しみしているもんだから、僕は、おかしくなった。

「じゃ、見ない」

「……マジで？」

ほら、やっぱり。見せたくて仕方ないんだ。

「イギリスって、いいところ？」僕は、助け舟を出した。

「うーん、まあね。見てみる？」

あんたが、八重歯を見せた。分かったよ、見るよ、見る。どんなに退屈でも、ピントが合ってなくても、手ブレがひどくても。最後まで、ちゃんと見るよ。

でも、テレビに再生された風景は、まあまあキレイな画像だった。

「あっちのビデオデッキじゃね、再生できなかったんだよ、これ」

「どうして？」

「なんか、規格が違うみたい、日本のと」

「日本製のカメラで撮ったの？」

「うん。しかも、日本仕様。わざわざ日本で買ってエッチラホイ運んだのに、あっち行ってみたら、NGで。それで、ママとパパ、大喧嘩。

まったく、あなたときたら、最後のツメが甘すぎるのよ、いつだって。

何いっているんだ、撮れるんだからいいじゃないか。

なによ、撮ったって再生できなきゃ意味ないじゃないの、まったくあんな高いお金出して、結果はこれ？　あのお金があれば、もっといいスーツケースが買えたのよ、安物で済ますから、鍵壊されて、大変だったじゃない。

……こんな感じ。で、カメラの話がでると喧嘩がはじまっちゃうんで、納戸の奥にしまわれて。わたしが、救い出したの、そこから」

ふーん、それで、あんたが、こっそり、カメラで遊んでいたってわけか。

「そ。で、日本に帰って、まっさきに編集したんだ」

うん、確かに、ちゃんと編集もされていて、ご丁寧にタイトルまでついている。

「まずは、ロンドン編」

あんたの声が、やけに楽しげに、弾んでいる。

「これが、ロンドン塔。ひとつの建物を指すんじゃなくて、いくつかの塔で出来上がってんだ。ここで、たくさんの人が幽閉されて、処刑されたんだよ」

確かに、なんだか、ちょっとどんよりと暗そうなところだな。でも、塔っていうより、古い城って感じだけど。

「出来た当時は、ロンドンで一番高い建物だったんだって。だから、塔《タワー》って呼んだんじゃない？　はじめはね、普通にお城だったらしいんだけど、いつのまにか、監獄になっていったんだって」

っていうか、なんだよ、このおっさん。すっげー、派手な服着てんな。黒地に赤のライン。なんじゃこりゃ。

「ビーフィーターっていうの。塔の衛兵で、一応、兵隊さんだよ。……、で、これが塔の中。ビーチャム・タワーと呼ばれるところ」

うわー、なんだか、すっげー、暗くて狭いのな。昔のイギリス人って、意外と小さかった？　っていうか、なんだよ、この落書き。どこいっても、不埒《ふらち》な観光客はいるもんだな。

「これ、処刑を前にした当時の人たちが彫ったもんだよ」

マジ？　処刑前の人が？　……なんだよ、なんか、背筋が寒くなるな。

あ、でも、ここは、普通に豪華な感じじゃん？　これが監獄？　結構ぜいたくじゃん？

「ここにはね、位の高い人たちが幽閉されていたから、それなりにぜいたくな作りになってんだ。ブラディー・タワーっていうの。ブラディー・タワー。意味分かる？」

分かんないよ、じらさないで、教えろよ。

「血塗れ塔」

げっ。……趣味悪い名前つけんなよ。

「この塔にはね、幼い二人の王子もいてね。王位を狙う極悪非道なおじさんに、幽閉されちゃったんだって。しばらくして行方不明になっちゃったらしいんだけど……。どうなったんだと思う？」

そのおじさんに、殺されちゃったんじゃないの？

「やっぱり、そう思う？」

流れからいくと、そうだろうな。

「そのあとね、塔の近くで、子どもの骨がふたつ、見つかったんだって」

じゃ、やっぱり、殺されちゃったんだよ。

「もしかしたら、もしかしてよ。王子たちの家来がこっそり、助け出したのかもよ？　で、どこか見知らぬ土地で、ちゃんと生き抜いて……」

あんたって、結構、ロマンチストなんだな。

「ここは、マーティン・タワー。実際に使われていた道具が展示されているんだ」

なんだよ、これは。どんな道具だよ？

「拷問《ごうもん》の道具」

拷問……。

「これは関節をはずす拷問台。これは体を圧迫する拷問台、別名、『屑屋《くずや》の娘』」

屑屋の娘って……。スクラップにされる自動車かよっ。……昔の人は、容赦ないな……。

「SM好きにはたまらない時代だよね」

あれは、遊びだから、いいんじゃねぇの？　こんなのマジでやられたら……。

「でも、今でも、わたしたちの知らないところで、残酷なこと、行われているかもね。昔でもなく、遠い世界でもなく、わたしたちの身近で」

いやだよ、そんなこと、考えたくもない。

「人間って、それが日常になると、平気になるんだって。自分がどんな酷いことしているかってことすら、分からなくなる。慣れって怖いね」

いやだよ、そんなの、想像もしたくない。

「医者だって、そうだよ。慣れちゃっているから、あんなことできる。歯を削ったり、肉を裂いたり、内臓をひっぱりだしたり」

医者は、また、別の話だろう。

「根本は同じだよ」

あんた、ホント、変なこというな。

「で、これがロンドン塔の名物」

ただのカラスじゃん。

「ただのカラスじゃないよ。カラス主任って呼ばれる衛兵に大切にお世話されてんだ。カラスがロンドン塔からいなくなるときは、それは大英帝国の終わりだっていわれてんだって」

でも、カラスなんて勝手気ままじゃん。どっかに飛んでいかないのか？

「だから、片方の羽が切られて、飛べなくしているの。このカラスたちは、どこにもいけないいんだよ、死ぬまで、ここにいなくちゃいけないの」

それって、本当に大切にされてんの？　それにしても、なんでカラスなんだか。鳩でも鴨でもいいじゃん。どこまでも、薄気味悪いところだな、ロンドン塔は。

「ロンドン塔にはね、いまだに幽霊がうじょうじょしてんだって。この映像にも、もしかしたら、なんか映ってるかもね。ああ、なんか、わくわくするね、また行きたいな」

あんた、ほんと、ホラー好きだな。僕は、わくわくするどころか、なんか、薄気味悪いよ。

僕が、引きまくっていると、それでもお構いなしに、ビデオは次のシーンに移ったようだった。いかにもって感じのヨーロッパの下町。

「あ！ これこれ。イーストエンドのホワイトチャペル。切り裂きジャックの犯行現場だよ。切り裂きジャック、知ってる？」

知らないよ。

「百年ぐらい前の事件なんだけどね、五人の娼婦がね……、って、娼婦って分かる？」

そのぐらいは知ってるよ。金もらって、エッチするやつらだろう？

「そう、その娼婦がね、ぐっちゃぐっちゃに切り刻まれてね、殺されるんだよ、五人も！ たった二ヵ月間の間に。でも、いまだに、犯人は分かんないんだって。ミステリーだよね」

なんで、そんな怖そうなことをそんなに楽しそうに話すんだよ。

……、と、タイトルがまた入った。

『プーの故郷』

いきなりの、牧歌的風景。今までの鬱陶しい暗さとは、まるで違う。

「イーストサセックス州のハートフィールド。ロンドンから列車とバスを乗り継いで、二時間ぐらいかな？」

もしかして、一人で行ったの？

「うん、家にいてもつまんないし、ママがうるさいし、学校もタルいし、ときどきこうやってね、フラリと、出かけてたんだ」

で、なんで『プー』なの？

「クマのプーさんだよ。プーさん、さすがに知っているよね？」

まぁね。あれだろ？　赤いちゃんちゃんこみたいなヤツを着た、いかにもトロそうなくま。でも、あれって、ディズニーじゃなかった？　アメリカじゃないの？

「原作は、イギリスなんだ。ミルンって人が、息子のクリストファー・ロビンのために書いたお話。読んだことある？」

ないよ。

「ラストがね、泣かせるんだ。プーとクリストファー・ロビンのお別れのシーン。クリストファー・ロビンは大人になってしまって、もう魔法の森にいられなくなって、プーにいうんだ。ぼくが百歳になっても、ぼくのことを忘れないでね……って」

へー。でも、百歳になったら、たいがいのことは忘れてんじゃない？

「わたしが、百歳になったら、君はいくつ？」

そりゃ……九十九歳だよ。生きていたらね。

「……プーといっしょだね」

なんだよ、あんた、ちょっと涙目になってないか？

「あのラストを思い出すと、なんだか、ちょっと悲しくなるんだよね」

もう、いやだな。ただのお話じゃない。

「ブライアン・ジョーンズって知ってる？　ローリング・ストーンズの」

なんだよ、いきなり。あんたの話の展開には、ときどきついていけないよ。

「ローリング・ストーンズだよ？　知らないの？　すっごい有名なバンド」

知らないよ。

「いやだなぁ」

なんだよ、その小バカにした目は。知らないったら、知らないよ。

「ま、確かに、ちょっと古いけどね。デビューは、わたしたちが生まれるずっと前だし。でも、世界的に有名なんだから」

ビートルズなら、知ってるよ。

「ビートルズ知ってんなら、ストーンズも押さえておいてよ。うん、じゃ、今度、テープ貸してあげるね。結構いい感じだよ」

で、なんとかジョーズって人がどうしたって？

「ジョーンズ。ブライアン・ジョーンズ。ローリング・ストーンズを作ったリーダーだったにもかかわらず、他のメンバーとうまくいかないで、仲間はずれにされて、孤立して、ストーンズを追い出された人。この人がクマのプーさんが大好きでね――」

なるほど、ここでプーさんとつながるんだ。

「そのブライアンがね、人間関係と麻薬とお酒でボロボロになっちゃって、それでも立ち直ろうとして、プーさんの舞台になったハートフィールドの別荘……原作者の別荘だったんだけど、それを買い取って、住むんだ。ほらほら、ここ」

テレビの画像には、いかにもヨーロッパの別荘って感じの家が映っていた。赤褐色のレンガ造り、大きな窓、大きな屋根、大きな煙突。ゆったりと暮らせそうだ。こんなところに住んだら、気持ちいいかもな、長生きしそうだ。

「でもね、死んじゃったの。パーティの最中、別荘のプールで」

そ……なんだ。

「死因はいろいろいわれているけど」

まさか、殺されたの？

「う……ん、一応、アルコールとドラッグによる水中の溺死ってことになっているんだけど、真相は分かんない。でもね、わたしね、見たんだ」

何を？

「幽霊」

マジ？

「たぶん、あれは、ブライアンだと思う」

まさ……か。

「何か、いいたげだった」

何て？

「分かんない。でも、なんだかとっても、悲しそうだった。寂しそうだった」

信じないよ、目の錯覚だろう？

「それとも、クリストファー・ロビンかな？」

本当に幽霊だったの？

「うん、なんかね、ブロンドの髪の男の子が、見えた気がするんだ」

ブロンドだったの？

「ブライアンもちっちゃなクリストファー・ロビンも、なんか、ちょっと似ている……気がする。……どっちだと思う？」

……やっぱり、その、ブライアンってヤツなんじゃないの？　殺されて、でも、真相を封印されて、浮かばれなくて、だから、まだそこに漂っていて、誰かに自分の無念を訴えている？　それとも、ひとりぼっちで、寂しくて、誰かに分かって欲しくて。

「ね、信じた？」

あんたはそういって、目をきらきらさせた。

またかよっ。

あんた、ほんと、嫌なヤツ。僕は、はぁーと大袈裟にため息をついて見せて、背中を仰《の》け反《ぞ》らせた。

「信じるわけないじゃん。幽霊なんて、いないよ」

あれ？　ビデオ、終わってないね。さっき、THE END ってテロップが出たのに。

なんだ？　さっきまでの雰囲気とは大違い。もしかして、日本？

「ああ、残ってたんだ、これ。……うちだよ。うちのリビング」

なんか、隠し撮りっぽい映像だけど？

「別に盗撮したつもりはないけど。でも、あの人たち、結局気づかなかったな」

だって、なんだか、おしゃべりにのめり込んでるもん、この人たち。きっと、震度

4ぐらいの地震が来ない限り、外《ほか》のことには気づかないよ。で、この人たち、誰？

「右側がママ、左側が家庭教師」

ああ、これが。あんたのママ、きれいじゃん。ちょっとあんたに似ている。家庭教師だって……ちょっと似ているね、この二人。

「考え方も性格もそっくりだよ、この二人。だから、いっつもこうやって、自分たちの世界作って、こそこそなんか話している」

なんの話してんだろうね。

「いつもは、パパの悪口。でも、この日は、……わたしのことだよ」

あんたは、テレビのボリュームをおもいっきり上げた。うるさいノイズの後ろで、かすかに、話し声が聞こえてくる。

『……あの子が何考えてるんだか、さっぱり分からないわ。もう、私、限界かも』

『大丈夫よ、おばさん。私も注意して見ているから』

『先週ね、三者面談があったのよ。そこで、大恥かいちゃった。先生がいうにはね、あの子の成績、どんどん下がっていって、授業もね、ちゃんと聞いてないみたいなのよ。先生の揚げ足をとったり、逆らったり。先生、困ってらした。それでなくても、他の子より一歳上なのに。それだけでも、私、随分参っているのよ。恥ずかしいったらありゃしない。近所の人にもいわれたことあるのよ、お宅の娘さん、知能に何か障害があるんですかって。ああ、恥ずかしい。アメリカンスクールに入れようっていったのに、主人が反対して』

『おじさんは、そういうところ、よく分かってないのよね。世間知らずというか、疎《うと》いというか』

『バカなのよ。典型的な、職人バカ』

『技術者としては、腕はあるのにね。だから、選ばれて、イギリスにも行ったわけだし』

『でも、結局、大卒の営業職にバカにされて。あっちでは、散々だったのよ。奥さんたちの集まりで、私、バカにされっぱなし。どんなに腕がよくても、やっぱり大学は出なくちゃダメ。それも、一流の』

『……ま、それはいえるわね』

『私、なんだって、あんな人と結婚したんだろうって思うのよ。若い頃に戻って、そんな男はやめなさいって、いってやりたいぐらいよ。うちの両親だって反対したんだし。でも、その反対が逆に、火をつけちゃったのかもしれない。ムキになっていたのよ』

『恋愛と結婚は別だっていうものね。私は、気をつけるわ』

『そうよ、気をつけなさい。若気の至りで突っ走っちゃ、一生台無しになるわよ』

『私は大丈夫よ。割り切っているから』

『私を反面教師にしなさい。でなきゃ、私みたいに、惨めな生活を強《し》いられるわ。本当に惨めなのよ。近所の人だって、みんなバカにしているわよ、あそこのご主人、偉そうにしているけど、たたき上げなのよ、高卒なのよって、噂しているの、聞いたことあるんだから、仲良くしてもらっていた奥さんだったから、もう悔しくて、悲しくて。その人は、娘のことも噂しているのよ、頭が遅れているっていいだしたの、その人かもしれない』

『えっちゃんは、やればできる子よ』

『やればできるなんて、当たり前なのよ。やれば、誰だってできるものなのよ。要は、やるかやらないかなのよ』

『前の業者テスト、全国でもトップクラスだったじゃない』

『でも、あれはまぐれだったんじゃないかって』

『そんなことないわよ』

『そうかしら？』

『週末の塾にもちゃんと通っているし。心配ないわよ。きっと、受験、成功するわよ』

『そうなってもらわないと、困るわよ。御三家のどれかに受かってもらって、汚名返上してもらわないと』

『御三家は……ちょっと難しいかもしれないけど』

『うそ、そうなの？』

『頭は悪くないと思うんだけど、集中力に欠けるのよね、飽きっぽいし。それになにより、受験の準備をはじめるのが遅すぎたわ』

『そんなの、困るわよ。とにかく、名のある私立、必ず入れたいわよ。でなきゃ、恥ずかしいわよ』

『最悪、公立でもいいんじゃないかしら？』

『ダメよ、公立なんかに入れたら、あの子、ますます悪くなるわよ。今だって、クラスの問題児って先生に目をつけられているんだから、先生、遠回しにいうのよ、あの子があんなふうなのは、私のせいじゃないかって、私のせいなの？　ね？　そうなの？』

『そんなことないわよ。おばさんは、いいお母さんよ』

『そうよね？　食事だってちゃんと作っているし、あの子の話だって我慢してちゃんと聞いているし』

『そうよ、世の中には、家事も子育ても放棄している不良な母親だってたくさんいるっていうのに、おばさんは立派よ』

『そうかしら？　でも、今の子どもは分からないわ、こっちが一生懸命やっても、何をしでかすか分からない。あの子、なんか変な漫画とかビデオとか持っているのよ、気持ち悪いやつ』

『そういえば、例の事件の犯人も、ホラー映画とかホラー漫画とか持っていたって』

『うそっ、いやだあ、じゃあの子も？』

『大丈夫よ、女の子なんだし、最悪のことにはならないわよ』

『でも、あの子、ときどき癇癪《かんしゃく》起こすし、反抗するし、昨日なんて、「くそばばぁ」っていったのよ、しかも「殺す」なんていったのよ。私、怖かった。本当に殺されるかと思った。私を殺さなくても、外でなにか悪さするんじゃないかって、怖かった。あの子がなにかやったら、きっと世間は、母親のせいにするのよ、そうよ、みんな母親を責めるのよ、私の人生めちゃくちゃだわ、頭がおかしくなる』

『大丈夫よ、私も頑張って、えっちゃんをしつけるし、監視するし、何か変わったことがあったら報告するし』

『お願いね、私一人じゃ、もう、限界よ』

なんか、ムカつくな、こいつら。僕は思ったが、もちろん、言葉にはしなかった。

だって、あんたのママだし、家庭教師だし。

「マジ、ムカつくでしょう？　ママなんか、『恥ずかしい』としかいってないんだから」

あんたは、膝を抱えて、その顔を膝に埋めた。気のせいか、その背中が、かすかに震えている。

「そんなに恥ずかしいなら、産まなけりゃよかったのに」

でも大人はきっと、こういうんだぜ。あんたができたから、産んだんだ、本当は産みたくなかったのに……って。それってさ、卑怯だよな。そんなこといわれたら、いい返せないよ。それこそ、泣いて叫んで、その辺にあるもんを投げつけて。そういう原始的な方法でしか、抵抗できない。

「わたしを産んだのだって、仕方なくよ。本当は欲しくなかったくせに。でも、おばあちゃんや世間に責められたくなくて、無理やり産んだんだよ。わたしは、中絶されても全然かまわなかった。この世に生まれてくるぐらいなら、そのほうがよっぽどよかった。だって、この世は、地獄だもん。ママは、世間体のために、わたしを地獄に落としたんだ」

あんたは、膝に顔を埋めたまま、泣いた。

いうとおり、地獄かもね。母親に『恥ずかしい』としか思われてないこの状況は。

僕にも分かるよ。僕の親も、僕が人に自慢できるようなことをしたときはとても優しいんだ。僕のことを人に自慢しているときの親は、本当に嬉しそうだよ。親は、子どものちょっとしたことを見つけ出しては、自慢したがるからね。親どうし、お互い優位に立とうと、必死だよね。でも、それって、裏返せば、自慢の種がなくなったときは、捨てられるってことだよね。親はきっと、意識してないかもしれないけど、子どものほうは敏感にその兆候ばかりを気にしている。だから、小猿のようにバカみたいに親の背中にしがみついているんだ、振り落とされないように。自分から振り切ればどんなに楽かと思うよ。でも、僕たちは、その術《すべ》を知らない。

あんたは、まだ泣いている。

きっと、あんたは、ママが大好きなんだよ、だから、そんなに泣くんだ。

こういうとき、僕はどうしたらいい？　知らん顔していたほうがいい？　それとも、慰めたほうがいい？

強がりのあんたは、年下の僕なんかに慰められたりしたら、余計傷つくね。

なら、僕は、あんたのママを殺す計画でも考えることにするよ。家庭教師殺人計画を読んでくれたとき、あんたはあんなに喜んでくれた。あんたのその八重歯。膝に埋められたその唇がほころんで、その、きれいな八重歯が見えるまで、僕は考え続ける。僕は、何十も、何百も、殺人計画を思いついてみせるよ。あんたが喜んでくれるなら。

九

プリントしたデータは、忘れずに、すぐその場でシュレッダにかけてください！

プリントした人が責任をもって、シュレッダにかけてください！　裏紙にしたり放置したりするのは、厳禁です！

そう書かれた張り紙が、昨日より増えた気がする。内容も、昨日より青筋が立っている気がする。『！』がやけに、でかい。きっと誰か、うっかりメモ用紙に使って、それを咎《とが》められたのだろう。それとも、あのニュースのせいかな？　どっかのカード会社の顧客データがネット上に流出したとかなんとか、ニュースでいっていた。

「それ、シュレッダにかけてきたら？　私は、今、行ってきたから」

隣の女だ。いつものアヒル口で、僕に指示する。僕には僕の考えがある。なのにこの女は、僕が何も考えていないと思い込んでいるのだろう。

「すぐにやらないと、上がうるさいよ。私も、さっき、注意された」

やれやれ。そこまでいうなら、たった今プリントしたこのデータを、シュレッダにかけるとしますか。あとでまとめてやろうと思ったのだけど。そのほうが時間の節約になるし効率的だと思ったのだけど。

だけど、シュレッダに行くと、『ゴミを捨ててください』サイン。まったく、またか。さっきは、プリンタで『用紙を交換してください』。その前はコピー機で『トナーを交換してください』。

「なんか、ついてないですね。わたしも、こういうのに、よく当たるんですよ」

シュレッダの扉を開けたとたん、溢れ出した切れ切れの紙片、その処理に難儀していた僕を、助けてくれたのは保育所に子供を預けて働きにきている中里さんだった。

「ゴミ捨てサインが出ても、ゴミをぎゅうぎゅうに押し込んで、そのままにしちゃう人が多いんですよね」

あ、それ、たぶん、隣のアヒル口女だ。僕の前にシュレッダしていたのは、彼女じゃないか。

「トナー切れだったら無視をして、用紙切れだったら他のプリンタを使って、トイレットペーパーがなくなりそうだったら全部使い切らないで一巻き分残す。みんな、そうやって面倒なことから回避しているんですよね。でも、結局は誰かがやらなくちゃいけないじゃないですか。それが、わたしだったり、久保さんだったりするんですよね」

「そういうもんでしょうかね」

「ま、この世の中、他力本願なズボラな人のほうが得するようにできてんでしょうね。わたしなんか、損なことばかりですよ」

そうだと僕も思った。中里さんは無駄な強がりと無駄な自負と無駄な生真面目さと無駄な頑張りでもって、無駄に失敗をするタイプなのだろう。会ってまだ二日目の彼女だったが、一日だけでも、一時間だけでも、その人が持つ拭いがたい輪郭というものは、おおよそ読み取ることができる。もちろん、その輪郭が本質からくるものかどうかは分からない。しかし、人は大概、自身の輪郭に振り回されるものだし、自身の輪郭に合わせて思考も方向性も決定してしまうものだ。たとえば、人の一生は、たった一日の輪郭を標本とするだけで、事足りる。それまで生きてきたこの膨大な時間、そこから無作為に、たった一日を取り出して観察するだけで、人の一生は、事足りるのだ。僕の場合は――。

「でも、わたしの場合、どんな面倒もいつかはプラスになると思っているから、頑張れるんだよね」

中里さんは、体操のおねえさんのように声を弾ませながら、いった。なんだか、いつかのキャッチの人みたいだな。この無闇なハツラツさが、しかし、どこか危うい。

「昨日は大変でしたね。保育所、大丈夫でした？」

僕がいうと、中里さんは、床に散らばった紙切れを拾うのを止め、顔全体を崩して、返した。

「ありがとう。でも、大丈夫よ。近所の人が助けてくれたから。あんなこと、どうってことないのよ、わたし、信じているから、わたしさえしっかりしていれば、向うが変わってくれるって。環境が変わるって。環境は変わるものなのよ、絶対に」

そして中里さんは、最後の紙切れをゴミ袋に押し込むと、不器用な固結びで口を閉じた。その手つきからは、ゴミ袋の扱い方に慣れてない日常が、ちらっと垣間《かいま》見える。家事は、あまり得意じゃないのかな？　人が見ていないところでは、あまり頑張れないタイプなのかな？

ま、そんなこと、どうでもいい。「じゃ、ゴミ、捨ててくるから」という中里さんを見送ると、僕は、席に戻った。僕の隣は、相変わらずの、饐えたシャンプーの臭い。なのに、彼女はおかまいなく、髪をかきあげ、暑苦しい体を僕のほうに傾け、僕の手元と僕のディスプレイを交互に監視し、ことあるごとに、僕に『指導』を入れる。人に世話を焼くことで、自分は大層、満足しているのだろう。いいから、黙れ、そのアヒル口に、マウスをねじこんでやるぞ。でも、やめよう。どうせ、二ヵ月。二ヵ月我慢すれば、こいつとは一生会わないで済む。それが限定されている苦痛だから、我慢しようという気にもなる。でも、これが、無制限に繰り返し繰り返し、続いたら？

僕は、アヒル口女の左手に注目してみた。薬指には、まだリングはない。でも、近い将来、この女はまんまと獲物を捕まえ、自分中心の帝国を築き上げるのだろう。そして、住宅ローン、子ども、教育費なんかで男を縛り付け、「男ってバカだから」とかなんとかいって、男を意のまま丸め込むのだろう。この女に捕獲された男ってやつは、我慢しきれるだろうか？　頭がおかしくならないだろうか？　いや、もしかしたら、全面的にこの女に降伏してあきらめてしまうかもしれない。そのほうが、結局は自分を守れる。下手に対抗したら、身が持たない。それに、飼いならされる快楽っていうのもあるのかもしれない。

でも、僕は一秒だって我慢できない。ほら、女の息が、また、僕の右手に落ちてきた。生ぬるい息。ランチに食べた弁当の名残りが色濃い、息。いいから、そんなに近づくなよ、あっちいけよ、どうして、僕の手元ばかり見ているんだよ、どうして、僕のディスプレイばかり見ているんだよ、僕はちゃんと仕事をしているじゃないか。

「あ、違う、そこじゃない」

分かっているよ、あんたの髪が臭くて、手が滑ったんだよ、集中できないよ、あっちいってくれよ。

「あ、また、まちがえた」

マジ、うるさい。本当に、マウスをねじ込むぞ。

「ああ、そこそこ、あ、違う、うん、そうそう」

あんたの肉の塊が、腕に当たってんだよ、気持ち悪いんだよ、湿った、二の腕、どけろよ、邪魔だよ、その腕、引きちぎってやるぞ。

「ああ、だから、そうじゃなくて」

これでいいんだよ、こっちのやりかたの方が確実で早いんだよ、自分が知ってる方法だけが正しいと思ってやがるな、自分が知らないことを、自分より下だと思っている人間がやると、絶対認めないいんだよな。

本当に、ぶっ殺す！

でも、殺さない。

女の監視のもと、僕はデータをひとつ、処理した。女がいなければ、五分でできる仕事だ。しかし、女の干渉で、その数倍はかかってしまった。

「いろいろとありがとうございました」僕は、嫌味でいったつもりが、女の自己満足に潤いを与えてしまったようだ。女は、「慣れたら、もうすこし早くなるから、頑張ってね、あ、もう一時間過ぎた？　休憩時間だよ」と、マウスに置いた僕の手に、また、息を落とした。手が、腐りそうだ。僕は、「ちょっと、すみません」と、にこっと笑って席を立つと、早足で、手洗室に駆け込んだ。

あの女は、あの罪深いお節介で、今まで何人の人間を苦しめてきたのだろう。そして、これから、何人の人間をダメにしてしまうのだろう。その最大の犠牲者となるであろう、あの女の、子ども。その子どもは、きっと、はじめは従順でも、いつしか、復讐するのだろう。


「久保さんは、すっかり、大原さんに気に入られたみたいだね」

ＩＤカードが、僕の目の前で、ぶらぶらと揺れている。見ると、三好さんだった。七時過ぎ、早番連中がすっかり退いた頃、三好さんが、スナック菓子の袋を僕の目の前に差し出した。

「大原さん、ずっと、久保さんにべったりだもんな。すっごい情熱を感じるよ」

「そんなことないですよ。僕の手際が悪いのを、はらはらしながら見守っているだけでしょう」

「ぽっちゃり系は嫌い？」

「まあ、どちらかというと、標準体重よりちょっと軽めのほうがいいですね」

「なら、中里さん？」

「いや……、だって」

「ちょっと痩せ過ぎか」

「いえ、だから、そういうことじゃなくて」

「でも、彼女はやめておけよ。誘われるよ」

「まさか。だって、子供もいるじゃないですか」

「そっちの誘惑じゃなくて、勧誘のほう」

「勧誘……ですか？」

「宗教だよ」

ああ、なるほど。

「実は、ぼく、誘われたんだよね。いきなり、濃い話されて。面食らったよ。まさか、R会の信者だなんて思わなかったからさ。

親戚にさ、熱心なR会信者いるんだけど、その人はいかにもって感じなんだけど、中里さんはそんな感じしなかったから、ちょっと油断しちゃったよ。……あ、でも、やっぱり、似ているかな。自分が頑張ってれば、相手が変わる……みたいな感じで、頑張りを押し付けてくるっていうか。なんだか、根拠もなく、一段高いところから人を見下ろして、『私がこの人を変えてみせる』みたいな、変なオーラが出ていて。あいうの、鬱陶しいんだよね。彼女の旦那も、きっと、それが鬱陶しくて、DVみたくなったんじゃないかなって」

「中里さんら……家庭内暴力ですか？」

「そう。はじめの勧誘のとき、ぼく、喫茶店の個室に軟禁されてさ、彼女のお仲間に延々と聞かされたの。なんでも、仕事が上手くいかなくて、リストラされて、そのストレスで暴力振るうようになって、彼女は青あざがたえなくて、自殺しようかと思っていたときにR会に入会して、人生観が変わって、旦那の暴力にも耐えられるようになったとかなんとか。ってか、状況に慣らされちゃっただけなんじゃないかなって思うんだけど。ほら、宗教やっている人って、結局、調教されちゃっているだけなんじゃない？　ってとこあるでしょ。一種のM。陵辱プレイや束縛プレイが快感になるように、身も心も改造されちゃうっていうか」

「SMプレイですか」

「そう、SM。そう思わない？」

僕は、今まで目にした古今東西の宗教画を思い出していた。確かに、一歩間違えれば、プレイだ。どれもこれも、苦渋の表情を浮かべながら、殉教という名の下、酷い目に遭っている。しかも、それを観て人々は、うっとりと、恍惚の時を体験するのだ。

「……でも、家庭内暴力は、実際、大変だけどね。プレイじゃないし。だからこそ、宗教に依存して、自分を奮《ふる》い立たせる必要があるのかもしれないね」

三好さんは、いつになく、神妙な口調でいった。それが場違いなほど深刻な響きだったので、僕は、そのまま仕事に戻ることにした。
僕のデスクには、ファクスが十五枚と、隣の女が残していった、髪の毛が三本。
僕は、途端に、深い胸焼けに陥った。

そういえば、最近ろくに寝ていない。人って、どのぐらいまで、この状況に耐えられるものなんだろうか。
派遣の仕事を終えて、家に戻って、それでも、僕は、相変わらず、キーを叩いている。

吉沢さんのメールによると、
〈今日の会議で、大きな仕様変更があったようです。仕様書を添付しますので、それに沿って変更をお願いします。変更したあとの原稿で、改めて会議に通すようです〉
仕様書は、二千ページに届くかというほどの量で、添付ファイルを受信するだけでも結構な時間を要した。しかし、その二千ページがすべて必要な情報かというとそういうわけでもなく、既存製品の流用箇所も相当数あり、今回の製品に反映させなくてはならない情報をまずピックアップするところからはじめなくてはならない。躯体は女性向けに変更されるらしいが、その中身は、以前の『ヤングビジネスマン向け』のものだ。そこに、無理やり『女性向け』の仕様をくっつけようとしているわけだから、相当な矛盾がすでに山積みだ。突貫工事で出来上がった違法増築の家のようだ。ユーザーにその矛盾性を気づかせないように、理路整然と、間違いなく説明しなければならないのが、僕の仕事だ。

吉沢さんのメールでは、この厄介な仕事を、明後日の金曜日までに済ませて欲しいとのことだった。相変わらず、スパルタなことをいう。そんな吉沢さんは、今夜も、禁断の情事に勤《いそ》しんでいるのだろうか。今夜も、留守番電話に、長々とメッセージが入っていた。勘弁してくれよ、僕は眠たいんだ、君に付き合ってなんかいられないよ、……なのに、どうして僕は、［停止］ボタンを押すことができないんだろう？ どうして、聞いてしまうのだろう？

〈あいつ、ホント、偉そうな男。その口調のいちいちが、癇に障る。人を威嚇《いかく》し、萎《い》縮《しゅく》させることに喜びを感じるタイプなのよ。いちいち嫌味を滲ませ、早口でまくしたて、わたしを追い立てる。あんなのが近くにいたら、しなくていい失敗をするものよ。単純で簡単なことを、あの無能な男は自分の頭の中で勝手に複雑にして、一の労力で済むことを十の労力にまで無駄に複雑にして、それを自分の解釈で、女に教え込んでいるのよ。あんなふうに、事を複雑にされたら、もはや、あの男にしか理解できないのよ。なのに、バカなわたしはそれを理解しようと、素直に男に耳を傾け、努力しているんだわ。でも、どんなに頑張っても、理解は追いつかない。あたりまえよ

ね？　それは、「無駄」なことで「しなくていい」ことで、男にしか理解できない事柄なのだから〉

吉沢さんは、その恋人に、完全に、理性を打ち砕かれたようだった。

たぶん、それは、反発からはじまったのだろう。前の留守番電話には、それに関する愚痴が、長々と入っていた。

ムカつく男がいる。自分が一番だと思い上がっているナルシー男。おしゃべりで、声がでかくて、蘊蓄垂れで、しかもエロ河童《がっぱ》。エロい話をしている自分が男前だと思い込んでいる。話を聞いているだけで、いらいらする。でも、逆らえない、立場が弱いから。頭ごなしにいろいろといわれたのよ、もう、たまらなかった、あの屈辱から自分を守るため、いろいろいい返したりもしたのよ……、はじめのうちは。

しかし、男のほうが一枚上手で、彼女の安っぽい自尊心はすっかり男に打ちのめされてしまったのだろう。男の留まることのないテカテカの唇が、ありありと目に浮かぶ。吉沢さんは、その言葉の圧力に、すっかり参ってしまったのだ。身を任せてしまうことが一番だと気づいてしまったのだ。そいつに隷属するしかないと、とんだ早とちりをしてしまったのだ。生物は、常時ストレスを与えられていると、それから身を守ろうと、ストレス源に迎合してしまう。そして、自分を無にして、ストレス源のいいなりになるのだ。そんなの、人間に限ったことじゃない。鳥だって、ねずみだって、サルだって。きっと、吉沢さんは、底なしの泥沼から、なかなか這い上がってこられないのだろう。

でも、自業自得だよ。吉沢さんは、もうひとつのストレスから逃げるために、自ら底なし沼に飛び込んだんだから。

あれは、いつの留守番電話だったろうか。そうだ、会って、その翌日だった。あれには、面食らった。だって、会ってまもない、しかも、ただの下請けのフリー野郎に、いきなり、「夫を殺したい」だもんな。なんだ、この女って思ったよ。保険金でもかけてんのかな？　そんで、保険金殺人でも狙ってんのかな？　で、その共犯者にいきなり自分が選ばれた？　冗談じゃないよ。確かに僕は、ぼんやりとした顔つきで、否と強くいえない、だから相手のペースにまんまと引きずり込まれる、情けない男だ。女は、そういう男を上手に見分け、勝手に自身の下僕にしてしまう。「あなたっていい人ね」とかなんとか、いって。吉沢さんも、そのはじめての留守番電話で、何度も、僕をいい人呼ばわりしていた。「いい人」っていうのは、たぶん、人間扱いされてないんだろうな。吉沢さんは、こんなこと赤の他人のしかも異性に話すかよ、というような私的なことまで、だらだらと語り続けた。みのもんたにでも相手をしてもらったら？　それとも、人生相談を募集している雑誌があるじゃない、それに投稿してみたら？　それとも、ブログでも借りて自分の思いを世界中に晒したら？　そういうのが専門の掲示板だってあるじゃない。

なのに、なんで、僕なんだよ。

「だって、いい人だから」

はぁ？　僕がいい人だって？　あんた、人を見る目がなさ過ぎるよ。そんなんだから、男に苦労してんじゃないの？　あんたは、旦那が結婚してから豹変したっていい張っているけど、人間は、そうそう極端に豹変したりしないよ。種はいつだってその内にあって、それに気づかなかったのは、あんたの怠慢だ。

僕の頭は、すっかり覚醒してしまった。覚醒しすぎて、何か、苛つく。こういうときは、何か、どうでもいい情報を取り入れよう。それで気を紛らわせよう。何がいいだろうか、テレビ？　ラジオ？　ネット？

ああ、なんか、やってんな、テレビ。モザイク越しに、男がなにか懸命に語っている。

それにしても、吉沢さんが残した留守電メッセージ、長いな。まだ終わらない。

このテレビのモザイク男の話も長いな。まだ、終わらない。

なんだって、みんな、こんなに、話が長いんだろうな。

――確かに、私たちはある程度のシナリオを用意していました。中学受験に対しても、ある程度のイメージをもって、取材に臨みました。

しかし、実際の中学受験は、私たちが思い描いたものよりはるか上をいっていました。

U塾の熱気もさることながら、Aくんをとりまく前向きすぎるほど前向きな雰囲気にも、面食らいました。毎日が、ナチュラルハイな感じなのです。U塾に行けば「絶対合格、絶対エリート」の大合唱、自宅に戻れば「絶対勝利」の大合唱。Aくんの家には週に二、三回は近所の人が集まり、ものすごいハイテンションの会が開かれていたのです。涙を流しながら体験談を披露する人、それを聞く人も涙し、さらに割れんばかりの拍手に激励、そしてビデオ鑑賞会があり、最後は、軍歌のような勇ましい歌を、まるで応援団の団長のように拳を振り回しながら、そこにいる全員が歌い上げるのです。何事かと思いました。最初はなにがなにやら分かりませんでした。後に、それは、宗教団体R会の地区座談会だということを知りました。聞くとAくんのおばあさんはR会の熱心な信者で、Aくんもお父さんも、R会に入信していました。

ああ、なるほどな、と思いました。Aくん一家の受験のバックグラウンドには、信仰があったのかと。この宗教団体の特徴として、とにかく、何が起こってもくじけない前向きなテンションと有無をいわせない強引な楽観主義が挙げられると思うのですが、しかし、Aくんは、そういう環境にどこか馴染んでいないような気がしました。

　これは、あくまで私の印象ですが、Aくんは、この信仰に対して、小さな疑問を抱いていたようでした。おばあさんやお父さんは、宗教に自身の全自我を委ね、それと引き換えに、「ゆるぎない自信と精神的安寧《あんねい》」を得ていたようですが、しかし、Aくんは、自我をすべて宗教に捧げるには、まだ幼すぎたようでした。Aくんは、信者の義務として必ず行わなければならない朝夕の勤めを、ときどきサボっていました。一度、Sさんが飛んできて、Aくんにお説教していました。Sさんは、R会の信者の典型でした。全生活と全人生を宗教に捧げ、そして全世界の平和のためにこの宗教を広めることが使命、そのためには西に東に北に南にと、奔走しているような人でした。私から見れば、立派過ぎる人でした。立派過ぎて、逆にこちらのエネルギーまで吸い取られてしまいそうな感じでした。Sさんは、Aくんに対しても、真っ直ぐすぎるくらい真っ直ぐな正論をいつまでもいつまでも言い聞かせ、Aくんはそれを、じっとおとなしく聞いていました。しかし、その目は虚ろで、カメラがしっかりとそれを記録していています。Aくんが受験に熱中したのは、この真っ直ぐすぎる人々から自分を避難させるためだったんじゃないかと、思うときがありました。受験勉強に没頭していれば、とにかくは、あの真っ直ぐな人々のお節介から解放される。……そんなふうに、私には映りました。

ただ、Aくんが避難場所として選んだU塾も、その体質は非常にR会に似通っていました。たとえば、盲目的で無闇な自信と確信です。あいまいなところがないのです。講師も生徒も確固たる自信にあふれ、何事にもくじけない強い信念を持っていました。必ず、X中学に合格する。自分たちは絶対、合格できる。

「必ず」と「絶対」という単語が頻繁に出てきたのをよく覚えています。これは、R会も同じでした。自分たちが信仰している教えは「絶対」だ。その教えがある限り、自分たちは「必ず」成功し、幸福になれる。

あの、ゆるぎない確信は、その一方で、とても脆弱《ぜいじゃく》なものを内包しているように見えました。U塾もR会も、その強さの基盤は「目標」であり「勝利」であり「教え」でした。それに依存している間は恐いもの知らずでいられるかもしれないが、その基盤を失ったらどうなってしまうのだろう。私は、トイレットペーパーが水に溶けていくように徐々にU塾に溶けていくAくんをカメラ越しに見ながら、なにか、不吉な予感に駆られたものです。しかし、受験に没頭するAくんが水を得た魚のごとく生き生きと輝いていたのも事実で、それを悪く捉えるのはあまりにも、悲観的だと思いました。

そして、受験も終わり、合格発表。番組では、Aくんがみごと合格して胴上げされるところで、終わっています。番組的には、非の打ち所のないハッピーエンド。しかし、Ａくんにとっての過酷な現実は、そこからはじまってしまったのかもしれません。

（ＰＯ企画ディレクターの証言より）

吉沢さんが留守電に残したメッセージは、

〈土曜日、会えるかな？　仕事抜きで〉

という言葉で終わっていた。

意味が分からない。どうして、仕事抜きで、吉沢さんと会わなくてはならないんだろう？　ああ、そうか、きっとあれだ。「いい人」である僕に、いろいろと悩みを相談したいんだ。相談というより、一方的にしゃべり倒して、すっきりしたいんだ。旦那と情人の悪口をいうだけいって、自分がどれだけかわいそうか、再確認したいんだ。やれやれだ。

『いい人なんかじゃないのにね』

うるさいな。

そうだよ、僕は、「いい人」なんかじゃないんだよ。でも。

今は、「いい人」を演じ続けなくてはならない。君との生活を守るために。君との秘密を隠し続けるために。

……何か、少し、蒸すね。まだ、四月の半ばなのに。今夜は、ちょっと蒸し暑い。これも、異常気象の一環かな？　一九九九年は無事にやり過ごしたけれど、地球は、問題山積みだ。なんてね。地球規模の問題なんか、所詮、僕にはどうにもできないよ。僕にできることといったら、この部屋を換気することぐらいだ。ちょっと待っててね、今、開けるから。

ああ、涼しい風だ。外は、まだこんなに新鮮だったんだ。でも、雨は？

雨、降るかな？

降らないかな？

十

雨が、降らない。

空は、こんなにも、重く、重く。

地上に、向かって、沈みこんでいる、のに。

なのに、雨が、降らない。

空気、だって、こんなに、こんなに。

じっとりと、街に、まつわりついている、のに。

あんたは、僕より四メートルほど先を歩く。

僕は、あんたより四メートルほど後を歩く。

僕たちは、約束もしない、確認もしない。ただ、土曜の午後。

あんたがいつのまにか僕の先を行く。

そして僕があんたの後を行く。

「なによ、そんなに離れて、早く来なよ」

あんたが、振り返る。

いやだよ。誰かに見られたら、どうすんだよ。それに……、僕のチビが目立つから、一緒に歩くのはイヤだ。

「早く、早く」

なんで、そんなに急かすんだよ。そんなにいうと、わざと遅く歩いてしまう。僕は、天邪鬼《あまのじやく》なんだ。

「早く、早く」

なのに、僕は、あんたの号令にまんまと乗せられ、いつの間にか、駆け足寸前だ。あっというまに、東急ハンズ。

「早く、早く」

あんたは、すでに、下りエスカレータで、下へ下へと潜っていた。僕も、あんたの短い髪を目印に、エスカレータに飛び乗る。あんたと僕との間には、八人のおじさんとおばさん。へたばった焼きそば頭の先に、あんたの髪がきらきらと光る。

『セシルカットっていうんだよ、伯母さんが教えてくれた、古い映画のヒロインにちなんで』

あんたはそういって、両手で髪をぱらぱらと掬《すく》い上げた。シャンプーの香りがふわっと立ち込める。とっても似合うよ、その髪。でも、もちろん、言葉にはしていない。いえるはずないよ。そんな、絶対に。

「早く、早く」

エスカレータから降りると、あんたが、僕を待っていた。白いTシャツに薄水色のキュロットスカートに、白いスニーカー。あ……、そのキュロット、あのときのだね、いいじゃん、似合うよ。……でも、一緒になんか歩かないから。

「分かっているよ、そんなの」

あんたは、右頰の小さな笑窪を深めると、細い体を翻し、いきなり僕の視界から逃げていった。

え？

……なんだ。びっくりさせるなよ、動く歩道じゃないか。僕も飛び乗った。よし、行け、いいぞ、すごいぞ、のろまなやつを、片っ端から追い越してしまえ。僕は、ぐんぐんとスピードを上げた。よし、いいぞ、その調子、加速装置！

がくっ。膝カックンを食らったように、僕の足はへろへろと萎《な》える。でも、この感じ、嫌いじゃない。

「のろま。やっと、追いついたね」

うるさい。

「いいから、急ぐよ」

はいはい、分かりましたよ、急ぎますよ。でも、並んで歩くのだけは、イヤだからね。

「行くよ。早くしないと、次の上映に間に合わないよ」

あんたの目当ては、プラネタリウム。突然思いついたのか、あんたは塾で僕の姿を見つけると、僕の袖を引っ張って、「今日は特訓、抜け出そう。おごるから」と耳元で提案した。僕の耳たぶは、あんときの、あんたの息の温かさを、まだ覚えているよ。リップクリームの、甘い香り。じんじんと、いまだに疼《うず》くんだ。僕の耳たぶが、このまま溶けてしまったら。あんたは、どう責任とってくれる？

僕の耳たぶに、また、あんたの息。

「ねぇ、君、ナニ座？」

僕たちは、リクライニングシートでプラネタリウムの星空を仰いでいる。縮小された池袋の街に夕日が落ち、僕たちの頭上は、あっというまに、満天の星空、体ごと吸い込まれそうな感覚に、僕の両手はいつのまにか、シートの肘掛を摑んでいた。肘掛を摑んだその指の感覚だけが、今、僕はちゃんとここに存在するんだという証明のように思えた。僕は、ちゃんと、ここにいるよな？　指を動かしてみる。大丈夫、ちゃんと、ここにある。なら、他の部分は、どこに行ってしまったのだろう。まったく、感覚がない。あの星空に、もっていかれたのだろうか。ただのイミテーションの星空なのに、なんで僕は、こんなに圧倒されているんだろう。

そんなとき、あんたが囁いた。

「ねぇ、君、ナニ座？」

あんたの温かい息が、僕の耳たぶに感覚を呼び戻す。そしてそれは信じられないスピードで大きくなって、僕の存在はまさに、耳たぶだけになってしまった。肘掛を摑んだ指すら、飲み込んでしまった。

でも、何か答えなくちゃ。

「ギョーザ」

「バカみたい」

ホント、バカみたいだ。でも、どうしようもない。僕の耳たぶは、もう、すっかり、僕を包み込んでしまって、僕は繭《まゆ》の中でどろどろに溶けてしまった何かの幼虫のように、もとの形をとどめていない。なら僕は、きっと羽化するに違いない。僕は、いったい何になるんだろう？　それは、何か、ちょっとドキドキするようなもんであってほしい。必ず、そうであってほしい。

やっぱりというか、そりゃそうだろうというか。街に溢れるガラスに映り込んだ僕の姿は、いつものチビだ。羽化どころか、どこも変わってない。

雨が降ったのか、地面は少しだけ色が濃くなっていて、小さな羽虫の群れが、時折、僕たちの足取りを邪魔する。僕は、顔にへばりついたその小さな虫を、もう三四、潰していた。あんたも虫にやられたみたいで、首筋に、ピンク色の小さな腫《は》れが、ぽつんとひとつ。あんたの指が、しきりにそれをひっかく。

あ、僕もやられたよ、ちくしょう、油断していた。目の下の、柔らかいところ。そこをちくってやられた。指の腹で確かめてみると、もっこり腫れてやがる。

「目、腫れているね？」

あんたが、振り返りざまにいった。

「なんか、痒《かゆ》そう」

あんたは、人の災難がよっぽど好きみたいだな、目をキラキラさせて、そして、その指を僕のほうに伸ばしてきた。人のことにかまっている暇があるなら、自分の心配をしろ。その首のポチンだって、随分、痒そうだ。

あれ？　あいつ？

「なに？」あんたが、僕のポチンを撫でながら、いった。僕は、思わず、その指を撥《は》ね除《の》けた。

「なによ」

だって、……知っているヤツがいた。いや、知っているというか、前に、見たことがあるヤツ。たぶん、X中学の生徒。いやだな、じっと見ているよ。だから、離れろよ、もっともっと、離れろよ。

「じゃ、知っているヤツがいないところに行こうか？」

「どこ？」

「ついてきなよ」


僕たちは、池袋駅の東口に来ていた。

「どこ行くの？」

「新宿」

「なんで？」

「もしかして、新宿、はじめて？」

な、わけないだろう。……いや、そんなことある。だって、仕方ないじゃない。新宿なんて、用事ないもん。たいがいのことは、池袋で事足りるんだ。

「でも、池袋には新都庁は、ないでしょう？」

そりゃそうだけど。

「行ったことある？」

だから、ないよ、だって、用事ないもん。っていうか、まだ完成してないじゃん。

「だいたい、出来上がってるよ。すっごい、大きいよ、だけど、変な建物。巨大ロボットみたい。でも、キレイ」

いいよ、別に興味ないもん。だというのに、あんたは、切符販売機にコインを入れるのをやめない。あ、それ、ギザジュウじゃん、あ、ちょっと待ってよ、あ～ぁ、入れちゃった。そして、あんたは、僕の分まで、切符を買った。これも変わってない、結局は、僕は、あんたの言いなりだ。

「ね、ギザジュウってなに？」

「教えてやんないよ」

「ケチ」

新宿西口に降りたあんたは、なんの迷いもなく、新都庁に続く地下道を行く。僕は、新宿西口広場から続くその光景に、何度も無口になる。延々と続くアンモニア臭と、段ボールの家。彼らは虚ろな視線で、またはぎらぎらとした瞳で、どこかを見ている。一方、往来は、どれもこれも小綺麗なスーツ姿かおしゃれなワンピース、足を竦《すく》めることもその臭いに戸惑うこともなく、きちんと列を作って、靴を進める。

僕も、白いスニーカーを進める。そのことだけに専念する。ここを抜ければ、建設中の新都庁。

でも、あんたの目当ては新都庁なんかじゃなくて。「あれが、新都庁」と、棒読みで指差したあとは、くるりと進路を変えた。だから、あんたの目当ては、なに？

「洋楽ショップ。西新宿は、ショップがたくさんあって有名なんだよ、知らない？」

そんなこと、知るかよ。っていうか、普通に生活している小学生の大半が、知らないと思うよ。

「中古品はもちろん、日本では手に入らないプレミアものとかね」突然、言葉を切ったあんたは、「ライブの隠し撮りのテープとかね、海賊盤《ブートレグ》とかね、売ってんだよ」内緒話をするように、僕の耳元で囁いた。

僕の耳たぶは、再び、熱を持つ。心臓の鼓動がそのまま、耳たぶを直撃する。

「パパがね、教えてくれたの、パパ、古いレコードとか、たくさん持ってんだ」

「お父さんは……好きなんだ？」

「どうだろう。でも、ママよりは、話しやすいかな」

「ファザコン？」

「いやだ、それはないよ、だって、もうおじさんだもん、体もね、なんか、最近、おじさん臭いんだ。髪もね……ちょっとヤバい」

あんたは、あちこちの雑居ビルに点在する海賊ショップを、うきうきとスキップ状態で、僕を従えながら、くるくる巡る。僕は、夕闇色のビルの合間に見える新都庁を、ちらちらと追いかけるだけだ。

「よし。最後は、本屋。東口に回っていい？」

まだ、何か買うの？　あんたの左手は、すでにビニール袋でいっぱいじゃないか。それでもあんたは、行くのをやめないのだろう。そして僕は、それについて行くだけ。でも、あの地下道を行くのは、正直、ちょっとキツい。

僕の思いを察したのか、あんたはガードをくぐるほうを選び、僕を東口に連れてきた。街はすっかり夜色で、僕は思わず、時計を見た。

「欲しい本があるかどうか、確認するだけだから、すぐに終わるよ。それとも、もう帰る？」

いいよ、僕だって、探している参考書があるんだ。

……うそだけど。

ところで、どこまで行くんだ？

「紀伊國屋。あの、カレーの香り」

本屋なのに、カレー？

「そう。変だよね。でも、紀伊國屋っていうと、カレーだよね」

でも、紀伊國屋は、もう閉まっていた。あんたは軽くため息を吐き出し、僕は再度、時計を見た。

九時。

「わたし、今日はこのまま家に帰るから」

新宿駅で、あんたは、一枚だけ切符を買って、それを僕に差し出した。

「今日はいろいろ付き合ってくれて、ありがとう」

そして、案内標示に従って、小田急線方面へと、くるりと、駆け出した。

僕は、あんたの首筋の、小さな赤い腫れをぼんやりと見送る。

『またね』も『来週ね』もなく、あんたは雑踏に紛れてしまって、僕は、雑踏の中に放置された。宿題、してきたのに。「気詰まり」について、百文字。

ぽかりと空いた、僕の前途。その先にはただ、不確かな、来週の土曜日があるだけだ。

僕は、来るかどうか分からない土曜日に向かって、あの、退屈な一週間をどう過ごそうか、考えはじめていた。

十一

「今日、ＳＶの三好さん、お休みだから」

席につくなり、アヒル口女が、いった。僕は、首にからまったＩＤカードを、くるくると元の位置に戻す。

「ＳＶがいなくちゃ、仕事大変ですね」僕が応えると、「ルーチンワークをこなせばいいだけのことよ。トラブル対処や細かい指示は、他のＳＶにもできることだし。これ、今日のスケジュールね」と、プリントを僕のデスクに投げ置いた。

スケジュールには、分単位で処理すべき仕事がびっちり印字されている。三好さんが欠席な分、我々スタッフに仕事が振り分けられたのだろう。……夜が心配だな。たぶん、六時までにアップできなかった仕事は、全部僕に回ってくるはずだ。しかも、たった一人。

ああぁっ、しまった。

斜向かいから、ため息が漏れた。中里さんだ。中里さんは、シュレッダのゴミもコピー機のトナーもプリンタの用紙補給もズルしないでちゃんと処理するが、しかし、データの処理となると、失敗が多い。他のスタッフが十やるところ、一も出来ないことがある。それどころか、マイナスになることもある。マイナスになったときは、三好さんが夜、尻拭いをしていたわけだが。今日は、それを僕がやらなければならないのだろうか。

「三好さんさ……」

アヒル口女の話は、まだ終わっていなかった。この女は、いろいろ煩いし鬱陶しいヤツだが、仕事は確実で早い。しゃべりながらも、指は確実にキーを捕らえている。

「三好さんね、今日、無断欠勤みたいよ。朝、課長が騒いでたもん。課長、分かる？　ほら、面接しなかった？　ちょっと派手目なおばさん。おばさんっていっても、三十五歳らしいんだけどね。三好さんより、二個年下。年下の上司って、いやだろうね。男の人って、そういうの気にするじゃん。それで、何度か、無断欠勤やらかしてるのよ、三好さん。昨日の午前中もね、なんか、衝突したみたいよ。きっと、それで、今日休んじゃったんだろうね。バカよね、養わなくちゃいけない奥さんや子どもだっているのに。お子さん、来年、中学受験なんだって。それで、お金がたくさんいるらしくて、休日出勤も残業も進んでやっているらしいんだけど、でも、無断欠勤はヤバいよね。課長、もうこれ以上はないってくらい、ヒスってたもん」

アヒル口女は、いつもの癖で左手で前髪を掬い、手に絡まった二本の髪の毛を無造作に払い落とした。それは、いうまでもなく、饐えたシャンプーの臭いとともに僕のデスクにはらはらと舞い落ちる。アヒル口女は、再度、髪を掬いはじめた。今度は、三本。合計五本の髪の毛が、僕のマウスの周辺で不気味に波打っている。

「……どうだった？」

アヒル口女の湿った体温が、密着してきた。パツパツのカットソーの胸元からはみ出た肉と、黒い毛穴のぶつぶつ。

「え？」

自分でもびっくりするぐらい上体が大きく跳ねたので、その反動で五本のうち二本の髪の毛が、僕の膝に落ちた。僕は、思わず立ち上がった。

「何？　どうしたの？」

周囲の視線が、僕に集中する。

「いえ、……すみません」

膝の髪が床に落ちたのを確認して、僕は、そろそろと椅子に腰を落とした。それと同時に、アヒル口女の暑苦しい二の腕が、僕に擦り寄ってきた。

「三好さん、どうだった？」

「え？」

「だから、三好さん、昨夜はどんな感じだった？　って聞いているの」

「別に、どうってことなかったですけど」

「そう」

アヒル山女は、またまた髪を掬い上げると、手に残った髪を、ぱっぱっと払った。

今度は二本。

僕は、どんなに仕事を押し付けられようが、一人の夜が早く来ないかと、思いはじめていた。


案の定、五時を少し過ぎた頃、中里さんが僕のところに来た。

「D社の面接名簿、間違って違う日のデータを加工してしまったんです。どうしましょう？　今日は、保育所、遅れるわけにはいかないし、それに、今夜、とても大切な集会があるんです」

「はぁ……」僕も僕で、自分に与えられたデータの処理に手間取っていて、ディスプレイに表示されたちっこい数字とファクスで送られてきた滲みまくった小汚い文字との間で、目を何度も何度も往復させていた。

「どうしても、残業するわけにはいかないんです。派遣会社からも、残業は控えるようにっていわれているんです。残業が多いって、ここの課長から話があったみたいで」

「はぁ……」っていうか、もう、話しかけるの、やめてくれないか？　集中できないよ。……よし、これでどうだ。

「残業、できないんです」

「はぁ……」ああ。やっぱり、エラーが出ちゃったよ。もう一回、やり直しだ。

ディスプレイから視線を剥すと、目の中からねちゃっと嫌な音がしたような気がした。瞬きをしてみる。でも、粘った糸を引いているように、僕の瞼は、重たい。

「残業、できないんです」

「でも、ご自分が間違ったんですよね？」眼球を動かしてみる。ねちゃねちゃと、ごりごりと、その動きはぎこちない。

「ちゃんと確認しました。加工する前に、何度も確認したんです。でも、最後にふとデータ更新日付をみたら、違う日付だったんです。でも、ちゃんと確認したんです」

「はぁ……」目頭を揉んでみる。でも、涙腺はなかなか反応してくれない。

「このデータ加工、二時間はかかるんです。無理です、今から二時間なんて、無理なんです」

僕の涙腺が緩む代わりに、中里さんの目に、涙が潤んできた。あからさまな、泣き顔。傍から見たら、僕が無理やり仕事を押し付け、残業を強制しているように映るんだろう。

面倒臭いな。

「分かりました。僕が、やっておきますよ」僕はいったのに、「ちゃんと何度も確認したんですよ、マニュアル通りにやったんですよ、わたし、ちゃんとやったんですよ」と、中里さんは、言い訳を繰り返した。

自分のミスを人に尻拭いしてもらうことに、中里さん自身が傷ついているのだろう、または、自分のミスが他人の負担となることを認めたくないのだろう、言い訳は、七分にも及んだ。

「なに？　どうしたんだ？」

このオフィスにはめったに顔を出さない管理職が、僕の肩をぽんぽんと叩いた。覚えている、面接のとき、耳垢をテーブルの縁に擦り付けていた、あのおやじだ。

「部長……」中里さんの目が、おやじにすがった。

「中里さん、保育所に迎えにいく時間じゃないんですか？」

「はい、そうなんですが……」

中里さんが、涙目で、僕を見た。っていうか、どうして僕がそんな目で見られなくちゃいけないんだ。本当に面倒臭い。

「大丈夫ですから。今夜はそれほど仕事もないし、いい暇つぶしですよ。僕がやります」

しかし、それは、もちろん嘘だった。

中里さんの尻拭いの他に、日中には終わらなかったデータ処理と夜のルーチンワークを含めると、今夜の僕の仕事は、冗談のように膨大なものになっていた。例のマニュアルの原稿も、明日までに仕上げなくてはならないのに。

マジかよ。

僕は、天井を仰いだ。どう考えても、キャパオーバーだ。静まり返った、オフィス。いつもなら夜シフトの連中があと数人いて、キーを叩く音と、マシン音があちこちから聞こえてくるのだが、今夜は、僕一人のようだった。それが寂しいとか怖いとかいうのではもちろんないが、しかし、どこか、やる気が萎えてくる。

「どう、食べる?」

うまい棒が、にょきっと、僕の視界にフレームインしてきた。

三好さんだった。

「悪い悪い、仕事、たまっているでしょう?」

三好さんは、ポロシャツにジーンズというラフな格好で現れた。っていうか、IDカードは……?

「どうしたんですか?」僕は、反らせた背骨を元に戻した。別の角度から確認してみたけど、やっぱりカードはない。

「いやいや、家でいろいろあってね」三好さんは、眼鏡の奥の目をしょぼつかせた。

「でも、無断欠勤って」カードがなくても、大丈夫なのかな？

「あれ？　ちゃんと連絡したよ？」

「でも、課長が騒いでたって」でも、確かに、他には人はいないし、カードがなくても、咎めるやつはいないだろう。……でも、どうやって入ってきたんだろう？

「課長が騒いでた？　それは、ないでしょう。ああ……、そうか、部長が伝えてなかったんだ、部長に電話しておいたんだよ。あのエロおやじ、自分では『ほうれんそう（報告、連絡、相談）の徹底』とかうるさいくせに、自分では全然情報流さないんだよな」三好さんは、どっこらしょと、アヒル口女の椅子に、腰を落とした。

「あの部長さ、自分が納得したら、それで終わり。あのエロのせいで、ずいぶん、いろんな人が泣いているよ。セクハラもひどいし、好き嫌いも激しいし。派遣の女の子も、顔で選んでいるしね。中里さん、あんなにミスが多いのに、どうして辞めさせないかっていうと、美人だからだよ」

ああ、なるほど。確かに、ま、美人だ。今風ではないけれど、昭和の美人って感じ？

「まったく、事が万事、この調子なんだから。ぼく、中途採用の契約でこの会社に入ったんだけどね、あのエロ、入社一日目になんていったと思う？」

さあ。

「ひどいんだよ。『我が社は、新卒のかわいいバージンが欲しくて大きく門戸を開いていたわけですが、門戸を開けば開くほど、蚊や蝿が入ってくるのは仕方のないことです』。だって」

うっはー、バージン？ いうな、あのエロおやじ。

「蚊だよ？ 蝿だよ？ 新卒をバージンに喩えるのも、どうかと思うけど。本人、気のきいたジョークのつもりでいったらしいんだけど、シャレになんない」

まったくだ。

「管理職にはまったく向いていないタイプ。そのせいで、親会社を追い出されて、新規部門のこの子会社に出向してるらしいんだけどね、それでも、役員待遇なんだから。いい大学出ているんだってさ、あのおやじ。あの学歴がある限り、あのおやじは安泰ってわけなんだよな。ま、確かに、そうなんだよな、結局は学歴なんだよ、今も昔も」

三好さんは、眼鏡のブリッジをくいくいと、持ち上げた。でも、それはいつものことながら追いつかなくて、持ち上げた先から、重々しいフレームは、三好さんの鼻の上を滑り落ちる。

「それがさ、うちの息子にはまだ分かんないんだよね、十代のうちに人生の基礎を作り上げておかないと、もう、手遅れだって、あれほどいっているのに。こっちはさ、子どもには苦労させたくないから、なんとかして、今のうちから基礎を作ってやろうって、あれこれ考えているのにさ。そりゃ、ある特定の方面でものすごい才能があったり、天才だったりするんなら、それでいいよ。でも、ぼくに似てただの凡人だからさ、それなら、勉強しかないじゃない？　勉強しなくてのほほんと過ごしていたら、あっというまに大人になって、気がついたらフリーター人生かニートですよ」

そういう話になると、僕は耳が痛い。

「本人はね、フリーターになるからいい、なんて強がってるけど、フリーターの実態が分かってないから、そんなことというんだよな。その辺のこと、分からないんだよね、ま、まだまだ子どもだから、仕方ないかもしれないけど。でも、このままじゃ、やっぱり不安なんだよね、ぼくみたいになったら、敗者復活なんていうのはもうないからね、SVなんてカッコいい役職名つけてもらっているけど、他の会社でいえば、ただの契約主任クラス、体を壊して使えなくなったら、使い捨て。いつ捨てられるかびくびくしながら、それでも、この仕事にしがみついているしかないんだから。世間では景気は回復しているなんていっているけど、それって、どこの世界の話？　そんなの、実感したことある？　ま、実際、回復してんだろうけどね、でも、ぼくたちが所属するこの世界の話でないことは確かだよね。だって、年々、苦しくなるんだもん。だからって、なにも、世間が悪いとか、政治が悪いとか、そんな幼稚なことはいわないよ。結局は、ぼく自身の責任だよ。だから、日々、へたりそうな心を奮い立たせて、せめて子どもだけは成功してほしいって頑張ってんだ。でも、時々思うよ。せめて、家族がいなければ、もっと自由なんだけどな……なんてね」

三好さんは、頬杖をついて、はぁぁと長い長いため息をついた。

「でも、家族を養わなくちゃっていうのがあるから、なんとかやっていっているのかもしれないな。マンションのローンもあるしね。ぼく、一人だったら、たぶん、危ない人になっているよ。ご覧のとおり、形《なり》も充分怪しいしね。今でいうアキバ系ってやつ？　ぼくが隣にいると、女子高生なんて、『キモい』とかいって、逃げるわけよ。これでも、随分、身なりは気をつけるようになったんだけどさ。ぼくさ、実はさ、漫画家になりたかったんだよね……」

三好さんは、照れを隠すように、ブリッジを持ち上げた。

「同人誌とかも作ってさ、それなりに頑張っていたんだけどさ。サークルの仲間が、自殺しちゃって。それを機に、ぼくも辞めたんだ、漫画家の道。彼女に子どもができたっていうのもあるんだけど。あれ？　今、変な顔したね？　おたくでも彼女なんかできるのかって？　そりゃ、できるよ。こう見えて、ぼく、女の子には優しいんだぜ。電車の中で酔っ払いにからまれているのを助けたのが縁で結婚したんだ。え？　どっかで聞いた話だって？　まあ、いいじゃない、そういうことにしておいてよ」三好さんは、にやにやとブリッジを持ち上げて、そして、再びため息をついた。

「でも、なんかね、やっぱり、最近、重荷なんだよね、カミさんもいろいろ口うるさいし、家計が大変だとかなんとか。カミさん、なんか、ぼくに黙って、複数の消費者ローンから借りてるみたいなんだよね。でも、責められないじゃない。生活費のために借りたんだっていわれたら。なんか、情けないいね。ぼくも頑張ってんだけどね、でも、稼げる金って高が知れてるじゃない。それなら、この会社に集まってくる個人情報を名簿屋に売っちゃおうかな……なんてね。嘘だよ、やらないよ。ああ……もうこんな時間だね。ごめん、ごめん、長話に付き合ってもらって。久保さんはもう帰っていいよ。あとは、ぼくがやるから」

「え、でも」三好さんの突然の親切に、僕は少しばかりの不安を感じた。

「いいよ、いいよ、帰りなよ。久保さん、フリーの仕事もあるんでしょう？　そっちも大変そうじゃない」

「いや、しかし」

「寝てないんじゃない？　顔色、日に日に悪くなっているよ」

そうなんだろうか。そういえば、最近、まともに自分の顔を見ていない。

「色男が台無しだからさ、無精髭ぐらい、剃《そ》ってきなよ」

いわれて、僕は手を顎にやってみた。情けないショボ髭が、まだらに生えている。

「だから、今日は帰りなよ。お疲れ」

そして、僕は、追い出されるような格好で、ビルを出た。時計はまだ九時。本来の僕が退社すべき時間なのだが、やけに早く感じる。助かった。それが本音だ。これなら、なんとか、明日までに原稿を仕上げることができる。徹夜すればの話だが。


テレビをつけると、ニュース番組がはじまろうとしているところだった。僕は、一週間前に作り置きしていたギョーザを、冷凍室からひっぱりだした。冷凍室には、だし汁、ボイル野菜、肉団子が、その出番をおとなしく待っている。一週間前、僕は肉団子の甘酢あんかけを作ろうとしていた。でも、吉沢さんから電話があって、今の仕事に突入して、そのままにしてある。

一週間前、僕の生活は、どんなだっただろう？

思い出そうとしても、もやがかかって定かじゃない、それほど遠い過去になってしまった。でも、少なくとも、こうやって自分で食事を作り、余ったらひとつひとつラップに包み保管しておくぐらい、余裕はあったのだろう。料理は好きだ。掃除も苦手ではない。それどころか、家計簿だってつけていた。牛乳パックだって無駄にはしない、鍋敷きも作ったし、小さいテーブルだって作った。余った油で石鹸も作ったことがある。ゴミの分別も完璧だ。ペットボトルのラベルと蓋をちゃんと分けて捨てている。でも、そのうちに、自分で作っておいたほうがいいじゃないか。ペットボトルそのものにいやけがさしてきた。分別する労力と時間を考えたら、自分で作っておいたほうがいいじゃないか。お徳用烏龍茶葉のパックを底値を狙って大量に購入し、夜寝る前にそれを煮出し、二リットル容器に移し、冷蔵庫に入れ、しっかり冷やす。朝の目覚めの一杯がたまらないんだ。ゴミも減るし、お金も浮くし、一石二鳥。その延長で、コンビニ弁当も買わなくなった。あれは、分別が面倒だ。燃やせるゴミとプラスチックゴミと燃やせないゴミと生ゴミが、ぐちゃぐちゃに混在している。これを分別し、ひとつひとつ洗うのは、料理するより面倒だ。なら、自分で作ったほうがいい。そのほうが、結局は、経済的でもある。そうやっているうちに、食事はほとんど手作りになった。

それが、今はどうだろう？　台所には、コンビニ弁当と菓子パンのビニール袋が、食べたそのままの状態で放置してある。床には大小のペットボトルが、ラベルもそのままに投げ捨ててある。人間の習慣というのは、たった一週間でここまで変わってしまうものなのだ。

いや、実際には、僕の生活が急展開で変わったのは、ここ三ヵ月だ。三ヵ月前、吉沢さんから、連絡があった。

　吉沢さんは、とあるコンピュータ雑誌に僕の名前を見つけて、そして連絡してきたのだといった。僕はそういわれてすぐには見当がつかなかったが、ああ、そういえば、二年前に、半年だけ、コラムの連載を持っていたんだったと、思い当たった。でも、そのコラムのコーナーを手がけていた編集プロダクションはつぶれ社長は夜逃げ、僕は半年分の原稿料を払ってもらえないまま、捨てられた。不幸の連鎖というのはあるもんで、担当が異動になったり、雑誌そのものがなくなったり、企画が立ち消えになったり、単純に切られたり、というのが続き、僕は、持っていた仕事をすべてなくした。にわかの就職探しがはじまり、派遣会社に数社、登録した。それから二年、僕の収入源は派遣会社のみとなり、この二年、確定申告に行く必要もなくなった。派遣会社がすべてやってくれる。社会保険だって、万全だ。これが、僕の人生の行き着くところだったのかもしれない。物を書くのが少しばかり好きだという理由で、ホームページを立ち上げ、それを読んでくれた編集プロダクションの編集者から連絡があり、「ＨＴＭＬが分かる人を探してんですよ、ホームページを作るためのノウハウ……みたいなお題で書いてみませんか？」と誘われ、雑誌にコラムを書かせてもらって、挙句の果て、本を一冊出してもらって。ちょっといい気になっていた。今思えば、ＩＴバブルがもたらした、瞬間最大風速だったのかもしれない。

　そんな僕を、三ヵ月前、吉沢さんが訪ねてきた。吉沢さんは、直接、僕の部屋を訪ねてきた。そのとき僕は、派遣の紹介が途切れ、少し焦っていた。吉沢さんは名刺を見せ、マニュアル制作会社の営業だと伝えた。会社はそれほど大きくないが、大企業のクライアントをいくつも持ち、創業三十年の安定した会社だと説明、そして、僕に仕事をもちかけた。マニュアルなんて、やったことがない。そりゃ、雑誌の仕事で、発売済みのソフトやマシンを比較したような記事ならいくつか経験したことがあるけれど、しかし、記事と製品に添付されるマニュアルとは性格が違うってことぐらい、分かる。

「だからこそ、いかにもマニュアルという既成概念に囚われていない、自由に発想できるライターがほしいんです。今度の新しいクライアントは、実際、そういうまったく新しい、読み物としても機能する、雑誌感覚のマニュアルを希望しているんです」

吉沢さんは、いった。でも、マニュアルに関してはど素人《しろうと》ですよと渋る僕に、大丈夫、大丈夫、コラム感覚で書いてください、と吉沢さんはいい、しかし、こんなど素人、クライアントは納得しますかね？　となおも弱気な僕に、なら、マニュアルのテクニカルライターをやって十年、最初に勤めた会社がコピー機メーカーで、そこで仕様書の整理をしていたのだが、ついでにマニュアルも書くようになって、そのあと、そのメーカーに出入りしていた制作プロダクションの社員になって、そのあとは、フリー……とでも、説明しておきましょう。と吉沢さんはケロッといった。え、でも、詐称じゃないですか？　大丈夫よ、嘘も方便、要はいいものが出来上がれば、いいんです。久保さんの記事は拝見しました、きっといいものが出来上がると信じています。結果オーライです。

果たして。そのときに依頼された仕事は、クライアントを大いに喜ばせた。吉沢さんのいう、結果オーライだった。でも、それに反して、僕の家計は傾きはじめた。なにしろ、いまだにそのときのギャラは入金されていない。いわれるがままの金額を書いて請求書は出したが、マニュアルが刷り本になった月から数えて三ヵ月後の入金だということを、先月、はじめて聞かされた。ということは、刷り本になったのは今月だから、あと三ヵ月。しかも、仕上がりページ単価が驚くほど安く、それでなくてもはじめての仕事だからと頑張りすぎた僕は、自費で何度も取材に赴《おもむ》き、新しいソフトまで購入して、マニュアル執筆の環境を整えたのだ。

しゃれになんないよ。

こちこちに凍ったギョーザをフライパンに並べながら、僕は吐き捨てた。

この三ヵ月、マニュアルの仕事を優先していた僕は、派遣の仕事もストップしていたんだ。

ギョーザがひたひたになるまで水を注ぎ、フライパンに蓋をする。……つまり、今月は、どこからも入金がない。銀行の残高は、確か、五万円ちょっと。光熱費が引き落とされるのが今頃だから、実際には四万円足らず。今やっている派遣の入金が、来月中旬。それまで、ぎりぎりだ。下手な出費が生じたら、アウトだ。ああ、気が重い。

フライパン内の水分がなくなる頃だ。僕は蓋を取り除き、ゴマ油を注ぎ入れた。ぱちぱちと、いい感じでギョーザが踊る。踊っている間に僕は、片栗粉を水で溶かす。よし、もう、いいかな？　いい感じかな？　よし、いいぞ、いいぞ。円を描くように、僕は溶き片栗粉を静かに、しかし手早く、流し入れた。そして、再び、蓋。あと数分もすれば、素晴らしい羽のついた、香ばしいギョーザが出来上がるだろう。ギョーザの具には、干し海老《えび》と干し椎茸を入れておいた。そして、隠し味に豆板醬《トウバンジャン》と赤味噌。これが、いい味になるんだ。

ニュース番組は、急ぎ足で、今日の出来事を伝えていた。今日も誰か死んだらしい。埼玉県に住む会社員が、家族と無理心中。中高年に蔓延《まんえん》する鬱病が原因か？　それとも、多重債務による借金地獄が原因か？　……おっと、フライパンの音が変わった。この音の感じでいくと、今日はすこぶる上出来のギョーザにありつけそうだ。あ、そうだ、ポン酢は大丈夫か？　ポン酢、ポン酢。よし、あと一回分はありそうだ。これを、皿に盛ったギョーザにぶっかける。これが、一番美味《おい》しい食べ方だ。譲れない。

さくっ。ああ、旨い！　僕のギョーザは、世界一だね。誰も、この歯ごたえ、味は真似できないよ。これなら、いくつでもいけそうだ。でも、六個しか焼かなかった。冷凍室には、あと、六個。あれも焼いちゃおうかな？　どうしようかな？

僕が至福の選択に酔いしれている間に、ニュース番組は、特集に移ったようだった。久しぶりだな、この特集コーナーは。一週間振りだ。今日木曜日は、確か、『悪徳業者怒りのトラブル』シリーズだ。全国で起こった悪徳業者トラブルを、おもしろおかしく伝えるこのコーナーはなかなかのお気に入りだ。被害者に成り代わって電話攻撃で粘り強く悪徳業者を追いつめる記者の姿は、感動的ですらある。歯切れのいい偉そうな悪役が、気の弱そうな歯切れの悪い正義の味方に、徐々に陥《お》とされていく、……なんて、すがすがしいんだろう。これこそ、勧善懲悪の王道だね！

……しかし、違った。出てきたテロップは、『西池袋事件、再考』。またか。また、この事件か。寝不足のせいか、妙にハイテンションだった脳に、冷水を浴びせられた気分だ。でも、このぐらいが丁度いいのかもしれない。ちょっと、オーバーヒート気味だった。このまま予定通り『悪徳業者怒りのトラブル』が放送されたら、僕の脳は、焼き切れていたに違いない。そして、訳の分からない奇声を上げて騒ぎまくり、そのまま泥のように寝てしまったに違いない。ギョーザも、この六個で終わりにしよう。食べ過ぎは、やっぱり、よくない。

私は、昭和四十八年に熊本から上京し、川崎のキャバレーでホステスとして働いていました。そして、昭和四十九年、Aの父親Iと出会ったのです。私が二十一歳のときです。

Iはまだ二十代半ばでしたが、とても羽振りがよく、聞くとビルを持っているとのことでした。若き成功者、青年実業家という風貌でした。金払いも良く、ツケで飲むことはありませんでした。他の客のツケが集金できず困っている私のため、お金を工面してくれたことも数回ありました。

Iと私はすぐに打ち解け、交際がはじまり、そして、妊娠しました。私にとっては、三度目の妊娠です。十五歳のときと十七歳のとき私は妊娠し、そして堕ろしていました。そして、三度目。私は赤ちゃんを産みたいと、Iにいいました。Iは少し困った顔をし、しばらくはお店にも来なくなり、私はまた捨てられたのかと堕胎を決意しました。まさに病院に行こうとしたその日、Iから連絡があり、私たちは川崎のステーキ屋で会い、そしてそこでプロポーズされました。あのときのハンバーグの味は、今も忘れられません。私は泣きながら、ナイフでハンバーグを小さく小さく刻み続けました。

お義母《かあ》さんに紹介されたのは、その日でした。Ｉは私との結婚をお義母さんに告げ、しかし、お義母さんは、ひとことも言葉を発しませんでした。お義母さんは仇《かたき》を見るような目で、じっと私を睨みつけるだけでした。私は緊張と脂汗で、何度もつけ睫《まつげ》を落としそうになりました。そんな私をお義母さんはなおも睨みつけ、それでもお義母さんにとってＩは掛け替えのない大切な一人息子、Ｉの決心を受け入れたのでした。

すぐに店を辞め、入籍も済ませ、翌月からＩの家に入ったのですが、それからが地獄でした。お義母さんはことあるごとに私のことを「あばずれ」と呼び、「そのおなかの子どもも誰の子か分からない」と詰《なじ》りました。ホステス仲間とのいざこざで、いじめに対してはある程度の免疫はあったほうですが、しかし、逃げ場のない状態で日常的にいたぶられるというのは、言葉では言い表せないほどの苦しみであり、屈辱でした。それでも、私はいい嫁になろうと、努力しました。しかし、お義母さんには通じず、それどころか、お義母さんの暴言はますますひどくなりました。でも、子どもが生まれれば状況は変わるだろう、そう自分に言い聞かせて、私は母になる日を待ち侘びていました。

そして、昭和五十一年十月十四日、三千百グラムのＡが生まれました。

しかし、お義母さんの態度は変わりませんでした。Iにも相談しましたが、無駄でした。Iは母親を盲目的に信用し、母親のいうことはすべて正しいのだと思っていたようでした。Iは、お義母さんから私の悪口をいろいろ吹き込まれていたようで、私が相談すると、私が至らないからだ、そもそも、子どもは本当に俺の子か？　と詰め寄る始末でした。

限界に達した私は家を出ました。Iは、その供述で、私がAを置き去りにしたなどといっているようですが、それは違います。私は、一歳になったばかりのAを連れて家を出たのです。そして数日、ホステス仲間のアパートに泊めてもらっていました。しかしお義母さんにみつかり、お義母さんはおっぱいを飲むAを私からむりやり奪い取り、そのままAだけを連れて、帰って行きました。私には、離婚届だけが残されました。そしてホステス稼業に戻り、それから数年後、他の人と結婚し、その人との間に娘を儲け、ようやく人並みの家庭を持つに至りました。

しかし、Aのことを忘れたことはありません。テレビの企画で、十年ぶりにAに会えると知ったとき、私は心から喜びました。しかし、私にはすでに守るべき家庭と子どもがあったことも確かで、諸手を上げてAを受け入れることができなかったのも確かでした。

裁判の証言や週刊誌などでは、私がAを捨て、なおかつ再会のとき冷たい態度をとったのがAを傷つけ、その果てに家庭内暴力に及んだというようなことがいわれていますが、それは真実ではありません。再会を果たした後、テレビに関係なく、Aは私に会いに来ましたし、手紙もくれました。Aは「気詰まりだ」と漏らし、家ではひとりぼっちだともいい、また、おばあちゃんが「おまえはお父さんの子どもではない」と昔から自分を責める、と悩みを打ち明けてくれました。私には想像がつきました。Aがいい子にしているときは「おまえはお父さんに似ていい子だ」と褒め、Aに何か非があると「やっぱり、他の男の血が流れているんだ」と、Aを責めていたのでしょう。そんな母親の暴言を目の当たりにしても、あのＩは、きっと何もいわないでいたのでしょう。私のときがそうだったように。

Aの家庭内暴力は、特に、祖母に向けられたと聞いております。もしかしたら、それは、長年の言葉の暴力に対する復讐だったのかもしれません。

しかし、Aは殺されてしまいました。しかも、十月十四日、誕生日に。私には、真犯人が誰なのか、どうでもいいことです。ただ、あの三千百グラムで生まれたAが、その十三年後自分の誕生日に死んでいった。それだけが、私の真実です。

（「少年Aを産んで、殺されて」週刊フリーダム九〇年七月十二日号より）

でも、やっぱり、あと六個、ギョーザを焼いてしまった。だって、ニュースの特集があんまりつまらないから。でも、一度に十二個も食ったら、食いすぎかな？　仕方ない、こんな夜もあるよ。急性ギョーザ中毒。これで、ぱらっと美味しいチャーハンがあれば最高なのだけど。そういえば、冷凍室の奥に、いつかの残り飯が……、さすがに、やめておこう。原稿、原稿、原稿をやらなくちゃ。昨日は仕様書の変更点を抽出しただけで、原稿のほうは一ページも修正が進んでいない。

明日まで。明日の午前中までには、仕上げなくちゃ。でも、一時間、一時間だけ眠らせてくれないか。一時間だけでいいんだ。

十二

え？　もしかして、眠っていた？

恐る恐る体を起こしてみると、おなかの上には、花柄のタオルケット。白衣のようなエプロンをしたぐりぐり頭のおばさんが、おにぎりを四つ、テーブルに置いているところだった。目が合ったけど、おばさんはすぐに逸らして、部屋を出て行った。

汗はすっかりひいている。蒸し器の中にぶち込まれたような不快指数百パーセントの午後の池袋をいつものようにぶらついて、僕たちはようやくこの部屋に辿りついた。そよぐエアコンの風と冷たいハーブティーで、僕の熱気は眠気に変換され、今の今まで、寝入ってしまったようだ。

今日で、何回目の土曜日だろう。はじめは遠慮がちだった僕も、今ではすっかり図々しいやつになってしまった。上がりこんだとたん、リュックを投げ出して、大の字で寝っ転がる。それだけならまだしも、今日みたく、そのまま寝てしまうこともしばしばだ。だって、なんだか、居心地がいいんだ、ここ。でも。

「ねえ、あんたのおばさん、本当になんとも思ってないのかな？」

僕はさすがに心配になって、聞いてみた。

「うん？」

あんたは、ＣＤデッキを操作するのに忙しいようで、生返事。

「もう！　説明書ないのかな？　これ？」その上、今にも爆発しそうなので、質問は後回しにして、トラブルの原因を聞いてみた。

「何？　何をやりたいわけ？」

「ＣＤをセットしたいの、でも、これ、よく分かんない」と、デッキをばしっと強く叩く。おいおい、機械に当たるなよ。それ、買ったら高いんだぜ？　ビックカメラで見たことあるよ、音もよくてさ、これ欲しいな……と思ったんだけど、手が出ないから、聞いたことのないようなメーカーの、一番安いＣＤラジカセで我慢した。それでも、お年玉を全部つぎ込んだんだ。去年の正月。

「じゃ、その、エジェクトボタンを押してみれば？」僕は［EJECT］と刻印されたボタンを押した。するするっとトレーが飛び出す。

「何？　なんで？」

「『取り出し』ボタンだよ」

「じゃ、日本語でちゃんとそう書いておけばいいのに」

って、あんた、イギリス帰りじゃないのかよ？　EJECTぐらい、日本を出たことない小学生の僕にも分かるよ。

「えっと、ＣＤをトレーに置いて、もう一回［EJECT］ボタン」あんたは、いつのまにか、取扱説明書を引っ張り出していた。「……セットするのに、もう一度［EJECT］を押すって、なんかおかしくない？　だって、取り出しなのに」そして、説明書を膝に載せながら、操作を続ける。

「……と、次に［PLAY］ボタン。……あれ？」

うんともすんともいわない。

「ＣＤ、ちゃんと置いた？」

「置いたよ」

「タイトルとか印刷されているほうが、上だよ」

「うそ」

あんたは、焦りながら［EJECT］ボタンを押した。飛び出したトレーに載っかっているのは、てっかてっかに光る面。

「やだ、だって、説明書にはそんなこと、ひとことも書いてないよ」

「常識なんだよ」僕は、トレー上のＣＤをひっくり返した。タイトルは、『ＡＦＴＥＲＭＡＴＨ』。

「嘘だよ、そんなの、はじめから知っている人なんて、いないよ。説明書に、ちゃんと書いておくべきだよ、わたしなら、そうする」

「もしかして、CD、はじめて？」

「……だって、うち、レコードプレイヤーしかない。あとは、ラジカセ。だって、パパが、CDなんかいつなくなるか分からないんだから、買うのは待てって」

「CDはなくならないよ。っていうか、すでに主流じゃん。レコード屋だって、もう半分以上がCDだろう？　レコードのほうが、近いうちに生産打ち切りになるよ」

「そうなの？」

「きっと、あんたのお父さん、せっかく買ったレコードがかわいくて、そんな強がりをいってんだ」

「うん、強がりかもしんない」

「あんたは、お父さんに似たんだ」そして、僕は、［PLAY］ボタンを押した。

「どういう意味よ？」

しかし、あんたの声は、すぐに掻き消された。あんたの唇は、とたんに綻ぶ。

「なに？　これ？」僕がそう聞くのを待っているようだったので、ご期待に応えて、僕は質問してみた。

「これが、ストーンズだよ」少女マンガのヒロインのように、あんたの目がきらきら輝く。

「先週、買ったやつ？」

「そう、他にもたくさん買ったけど。でも、うちにはＣＤデッキないから、今日まで我慢していたんだ」

「ＣＤをそんなに買えるくらいお金持ちなら、デッキだって……」

「うちはそんなに金持ちじゃないよ。ＣＤもね、伯母さんにもらったお小遣いで買ったの。ここの伯母さん、気前いいんだ。毎週毎週、お小遣いをくれる。ママには内緒ねって。きっと、自分の子どもにもこんな感じで甘かったんだろうね」

それは、僕にも想像できた。この小さな部屋には、一通りの家具が揃っている上に、ミニ冷蔵庫、そして、無理やりくっつけたようなミニキッチン、……洋式トイレつきのユニットバスまである。真新しいエアコンだって、ついている。これのおかげで、今はこんなに快適だ。外は、たぶん、蒸すような夜。昼間上がった気温が下がるのを渋っている。ここに上がりこむまで、僕たちは汗だくだった。そして、ビデオが二台、これはたぶん、ダビング用だな、そして、ＣＤデッキ、ＬＤ、……ワープロまであるんだよ！　すごいよ、Ｔ社の90シリーズ、40字×20行表示液晶だ。この部屋に入ってきてすぐに見つけて、気になっていたけど、あんたはあまり興味がないみたいで、それを触ろうともしない。あんたの興味は、今まで、ビデオにばかり向いていたから。

「へー、レコードより、音がいいね。ちりちりというノイズもなくて、クリアだし」

あんたは、やっぱりワープロには興味がないようで、はじめてのCDに、心を奪われっぱなしだ。

僕は僕で、ワープロのほうが気になる。

へー、すごいな、大きな画面！　電源入れてみてもいいかな？　……ああ、明るいな！　こりゃ、文字が見やすいよ！　なんか、打ってみてもいいかな？　ええと。「ぬふあ」。なんじゃ、こりゃ。「123」って打ったつもりなのに。えー、数字打つには、どうしたらいいんだ？　説明書ないのかな？　説明書。あれ？　これはなんだろう？　大学ノートだ。日記かな？　日記みたいだ。……留学中のいとこのものかな？　中、見てみていいかな？　駄目かな？　ちょっと、だけ。ちょっとだけだよ。

気詰まり気詰より気詰まり気詰まり気詰まり気詰まり気詰まり気詰まり
僕は、ノートを閉じた。

なんか、見ちゃいけないものを見た気がする。

えっと。…………。

うん？　これは何かな？　ああ、リボンか。きっと、これを使って、印刷するんだ。でも、使用済みっぽい。黒いリボンテープには、何か、文字の残骸のようなものが見える。印刷した文字が、反転しているんだ。何を印刷したんだろう？　うーんと、えーと。

殺

僕は、思わず、それを投げ捨てた。

「どうしたの？」

ううん、なんでもない。

いつのまにか、部屋は英語の曲が充満していた。

「黒くぬれ！　……っていう曲。なかなかいいでしょう？」

うん、そうだね、なかなかいいね。……でも、少し、でかくないか？　下のおばさんに怒られないか？

「大丈夫だよ」

「ね、ここのおばさん、僕のこと、なんかいってた？」

僕は、ずっと保留にしていた質問を、引っ張り出してみた。

「別に」あんたは、テーブルに放置されていたおにぎりに、ようやく手を伸ばした。

それを待っていた僕も、すかさず、摑み取る。

「でも、こんなに頻繁に上がりこんで、普通、変だと思うよね？」海苔《のり》のいい香りがする。中身はなんだろう？　タラコだったらいいな、それも、かりかりに焼いたやつ、でも、中身はしっとり半生。

「心の中じゃね、きっと、変だと思っているよ。でも、前にもいったと思うけど、伯母さん、思ったことといえないタイプなんだ。人に嫌われることを一番怖がっているから、いつでもいい顔してんの。でも、きっと、心の中はぐちゃぐちゃだよ」

「ひどいこというじゃん」あ、タラコじゃなかった。……でも、美味しい。なんだろう？　おかかのような気もするんだけど、それだけではないような気もする。なにやら、とってもクリーミーで濃厚だ。

「言葉にしていったほうが、まだかわいいよ。だから、わたし、伯母さんにもちゃんと、本音いっているよ」

「おばさん、なんて？」あ、チーズだ、チーズと鰹節をまぜて、醬油をまぶしてあるんだ。へー、鰹節とチーズね、相性いいんだ。

「にこにこ笑っているだけ。でも、心ん中じゃ、すっごく傷ついていると思う」

「やっぱり、ひどいよ。おばさん、かわいそう」そうだよ、こんなに美味しいおにぎりを作ってくれるんだよ、もっと大切にしなよ。

「だって、いらいらすんだ」

「ま、それも分かるけど」あまりに美味しくて、一気食いした僕は、残りのおにぎりの中身が何か、想像を巡らした。あとふたつ。ところで、あんたのおにぎりの中身は、なんだった？

「伯母さんのことは、好きだよ。だから、いらいらするんだ。見ているとかわいそうで、心がざわざわする。だから、ちょっと意地悪してみたくなる。そのあと、後悔するんだけどね」

いうと、あんたは、口から種を取り出した。そうか、梅干か。ラッキー。あたらなくて、よかった。梅干は、苦手だ。じゃ、残りは、きっとタラコかシャケだな。うーん、どっちがタラコだろう？　なんか、印はないかな？　タラコのかけらが海苔にへばりついているとか。

「残りのふたつ、君が食べなよ」

「え？　いいの？」

「うん、君が寝ている間に、カップラーメン、食べたんだ」

なんだ。そういえば、なんか、いい匂いしてんだよな、さっきから。これは、カップラーメンの匂いか。

違う。

僕の鼻に、いつもの香りが忍んできた。

僕は、この部屋に……ううん、この家全体に染み付いた香りに、気がつきはじめていた。その香りは、あんたにも染み付いていて、もしかしたら僕にも染み付いているかもしれない。とてもいい香りだけど、でも、何か暗くて湿ったメッセージを含んでいるようにも思える。

ＣＤは、いつのまにか、終了してしまったようだ。「次、何聴く？」と質問しておきながらあんたは僕の答えを待たずに、次のＣＤをセットする。

「ねえ、先々週の宿題」僕は、どっちを先に食べるかを二分ほど悩んで、ちょっといびつな三角のほうを選んだ。

「何？」

「気詰まりについて」あっ、ツナマヨネーズだっ。やられた、ツナマヨは、この世で一番好きな食べ物だ。最後にとっておくんだった。

「気詰まりについて？」

「そう、気詰まり」なら、最後のひとつはなんだろう？　ツナマヨを上回るものなんて考えられない、きっと、大好きなタラコだったとしても、ツナマヨの後には、その魅力は半減してしまう。

「気詰まり？　なんだっけ、それ？」

やっぱり、あんたは、忘れていた。僕は、リュックの奥でまだかまだかと出番を待つ、待ちぼうけな無印のノートに、こっそり同情した。

僕の腕時計が、ピィッと小さく鳴った。時報を伝えるアラームだ。

あ……、もうこんな時間なんだ。終電がなくなる。

「泊っていけば？」

「いいよ、帰る」

「なんで？　おにぎりも、まだ残っているじゃん、食べなよ」

「うん……」

どうしようかな。食べちゃおうかな。でも、僕の口の中に広がるツナマヨの名残りを消してしまうのは、ちょっともったいない。とはいえ、もしかして、ツナマヨを上回る、未知な世界が、そこにはあるかもしれない。

ああ、マジで、終電がなくなる。迷っている場合じゃない、僕は、欲望と好奇心に従った。

でも、やっぱり、欲望と好奇心の果てには、絶望があるもんなんだ。僕の口の中は、酸っぱさで、充たされた。それを少しも予想していなかった僕の口の中と喉は大パニック、脳神経もどう反応していいか咄嗟《とっさ》に判断できなかったらしく、僕は、梅干の種を飲み込んでしまった。

十三

喉に向かって、何かが逆流してくる。僕は、飛び起きた。

やっぱり、食べ過ぎたかもしれない。ギョーザ十二個。苦い胃液が、舌先をいたぶる。

外が、やけに明るい。カーテン越しに、陽が燦々《さんさん》と降り注ぐ。朝か。

朝？

え？　朝でよかったんだっけ？　眠ったまま、朝を迎えてよかったんだっけ？

えっと。今日は、四月二十二日、金曜日。朝。

金曜日、朝。

いいわけないよ、原稿、原稿、原稿！

時計は、六時……って、ほとんど七時だ。えーと、吉沢さんのメールでは、締め切りは金曜日っていっていた。金曜日っていうことは、金曜日中ってことでいいんだよな？　金曜日中ってことは、二十三時五十九分ってことだよな？　本当か？　都合のいいように解釈してないか、自分。今までのことから考えたら、金曜日ねっていわれたら、午後一《いち》ってことだ。本当か？　午前中ってことのほうが多くなかったか？　いいんだよ、どうせ、あっちも保険持ってんだからさ、半日ぐらいの遅れ、大目に見てくれるよ、そうだよな、そうだよな、だいたい、金曜日っていったって、実際にクライアントが本腰入れて見はじめるのは、週明けだよな。でも、やっぱり、金曜っていわれたんだから、少なくとも、夕方までには入れたいよな、夕方って、何時までだろう？　やっぱり、クライアントの就業時間だよな。それは、何時だろう？　よし、五時としよう。五時までにサーバーにアップするとして、今から十時間。六十ページの物件だから、一時間六ページ、なんだ、一時間六ページか、それなら、なんとかなりそうだよ、あれ？　そしたら、派遣のほうは？　休むしかないよな。胃の具合が悪いとかなんとかいって。そう、それは真実なんだから、仮病ではない。よし、そうしよう、持病の胃痛が激しくて、今日は……、

「ですから、突然の欠勤とか遅刻とか早退とかは、困るんです」

女課長の銀色のチョーカーが、瞼の奥で、キラッと光った。しかも、僕は、「持病はないです」ときっぱりといい、「ライターの仕事とは切り分けできます」とまで豪語した。今日、休んだら、切られるかな？　切られてもいいか、この際。あの、アヒル口女にはうんざりしていたんだ。……だめだよ、派遣の収入源は、重要だ。今やめ

たら、この二ヵ月、どうやって暮らしていけばいいんだよ？　あと、四万円もないんだぜ？　全財産。キャッシングするか？　だめだよ、クレジットカードだって持つのが難しい立場のやつは、テレビでCMしているようなところは、なかなか審査に通らない。僕のような立場の人間を相手にしてくれるのは、怪しい雑誌の怪しい広告ページに『無審査、すぐに融資します！』なんて甘い罠《わな》をしかけている高利貸しだよ。そんなところで借りてみろよ、それこそ、多重債務者の道一直線、ジ・エンドだよ。ゆくゆくは、ホームレスだ。ホームレスも悪くないかな。いや、でも、ホームレスの世界も、派閥とか人間関係とかヒエラルキーとか、いろいろ大変だっていっていたな、僕には無理だともいわれたよ。自分でもそう思うよ。石にかじりついても、こっちの世界にいろって。

ああ、ヤバい。もう、七時を過ぎちゃったよ。とにかく、マシンを立ち上げよう、話はそれからだ。

って、早速メールだよ、吉沢さんからだ。

〈本日提出予定の原稿、午後の会議に挙げるようなので、午前中にはアップしてください。お願いします〉

万事休す。

いや、大丈夫だよ、なんとかなる、午前中ってことは、十一時五十九分までだよな？　だとしたら、あと、約五時間ある。一時間十二ページ、三十分に六ページやっつければいいんだよ。大丈夫、まったく不可能って数字じゃないよ、きっと、大丈夫。

今日のビリは乙女座のあなた。焦らず、急がず、確実にやるべきことをやりましょう。ラッキーカラーは赤。

なのに、朝のテレビは、なんでこうも癇に障るのだろう。勝手に人の運勢をランキングするなよ。こういう日は、下手に信じちゃうじゃないか。

……って、また、『西池袋事件』の特集かよ。どうして、こう連日、このことばかりなんだよ、どの局も、どの新聞も、どの週刊誌も！　他に話題はないのかよ、増税のこととかさ、年金のこととかさ、少子化のこととかさ、ニート激増のこととかさ、フリーター残酷物語とかさ、先週まで、あんなに深刻ぶって報道してたじゃない、そのあとは、例の芸能人のお家騒動だっけ？　どれもこれも、なにひとつ、解決してないじゃない。昨日だって、どっかで無理心中があったんだろう？

何？　電話？　もう、うるさいな。分かった分かった、用事があるなら、留守電に入れておいてくれよ。あ、そうか、昨日、留守電を解除したままだった。ま、いいか、今は、どのみち、電話に出ている暇はない。

一九八九年十月十四日（土）、父親は、日頃から精神状態が不安定でしばしば暴力を振るう中学一年生の息子Aを自宅において、Aの頸部を手ぬぐいで強く締めつけ、その場で窒息死させた。父親も自首して事実を認めたので事実関係に争いはなく、東京地方裁判所は、種々の情状を考慮して、一九九〇年五月十四日、懲役八年の求刑に対して懲役三年の判決を言い渡した。

その後、父親は無罪を主張、ただちに東京高等裁判所に控訴し、一九九〇年五月二十一日付けで控訴趣意書が関係者に送付された。控訴趣意書に記された控訴理由の要点は、以下の通りである。

「私はAをH市の病院に連れて行こうとしたが、かなわず、Aとともに自宅に戻った。しばらくしてAの暴力がはじまり、私は暴れ狂うAをそのまま自宅に残し、家を出た。衰弱していた私は、タクシーを拾い、とにかく遠くへ行きたいと思った。死ぬことも考えていた。しかし、タクシーの中でいろいろ考えているうちに、Aがこのような状態になったのは、過剰な期待をかけて勉学に追い立てた私の責任ではないかと思い当たり、Aが不憫になり、自宅に戻った。しかし、すでにAは死んでいた。誰がAをこのような姿にしたのか見当もつかなかったが、精神が衰弱しかつ錯乱していた私は、これはすべて自分に原因があるのだ、自分がAを殺したに等しい、いや、自分が殺してしまったのだという強い念に駆られ、警察に自首した。しかし、判決を言い渡され、私の心に取り付いていた憑物《つきもの》が落ち、真実を明白にすることこそがAが望んでいることだと思い、控訴を決意した」

（東都新聞／平成十七年四月二十二日付け「西池袋事件再考」より）

僕は、最後に、［Ctrl］キーと［S］キーを押した。よし、セーブOK。十一時二十六分。

よっしゃー！

よくやった、自分。

我ながら、感動した。六十ページ、やり遂げた。やっぱり、睡眠をとったのがよかったんだな。寝不足のまま夜通しやったとしても、この時間に終わったかどうか分からない。きっと、同じところをぐるぐる回るような、そんな効率悪いことをしていたに違いない。または、必要なデータを削除してしまったり、不必要なデータに固執したり、そんなポカミスを繰り返していたに違いない。

いずれにしても、結果オーライだ。

内容はちょっと自信ないけど。でも、この短時間でよくやったと思う。これを叩き台にして、仕様が固まり次第、本格的に手を入れればいい。所詮、これは、今日の会議の飾り資料として存在すればいいんだ。もしかしたら、その会議も、先日のように、お流れになるかもしれない。

よし。あとは、サーバーにデータを転送、これで、僕の仕事は、完了。よし、次、行ってみよう。おっといけない、留守番電話、ちゃんとセットしておかなくちゃ、吉沢さんから、何か連絡があるかもしれない。

やっぱり、不便だな。

携帯電話、また、入ろうか。ないと、やっぱり不便だ。解約したのは、三年前だっけ。いつでもどこでも何かとつながっている感じがどうしても重荷で、どこに居てもどこにも行っていない感じが窮屈で、何をしていても何もしていないような感じがやるせなくて、そのくせそれを手放せなくなってしまった自分がどうにも情けなくて、待てども待てども鳴らない受信音に苛立ち、そして叩き壊した。この部屋に入るちょっと前の話だ。

この仕事が終わったら、携帯電話、入ろう。さすがに、今の時代に固定電話だけじゃ、心もとない。

午後二時十分前。僕は、新宿三丁目の雑居ビルに到着した。

よし。派遣の仕事も間に合った。今日はなんだか、力が漲《みなぎ》っているな。不可能だと思ったふたつのことを、無事にこなしている。順調だよ。やっぱり、眠ったのがよかったんだ。あと、ギョーザも効いたのかもしれない。充分な睡眠と栄養補給は、生活の礎《いしずえ》だ。

でも、ビル内は、なにか空気が重かった。それは、エレベータを待っているときからはじまり、エレベータに乗っているときも、ロッカーに私物を押し込む間も続き、セキュリティカードを挿入し、オフィスの扉が開かれたときには、その重量感は最大になった。

僕は、その重圧にたえられず、足を少し、ふらつかせた。

「久保さん」飛んできたのは、銀チョーカーの女課長だった。課長は、僕の腕をぐいぐいひっぱり、僕を所定の席に座らせた。

「久保さん、昨日、何があったんですか！」

血走った課長の目が、僕を締め上げる。

「何がですか？」

「あなた、昨日のうちに処理しなくちゃいけないデータをなにひとつ仕上げないで、帰ったでしょう？」

「は？」

「今日の朝中に仕上げなければならなかった名簿も」

「ああ、中里さんの……」

「どうせ暇だから、やっておくっていったじゃないですか、だから、わたし、安心して任せたんですよ？」中里さんが、頬を引きつらせて、介入してきた。「久保さんに任せたら大丈夫だって、信じていたのに」

「中里さんも中里さんです、自分の仕事は、自分で責任をもって仕上げてください」

「でも、久保さんが、久保さんが」

「ええ、確かに、僕がやるっていいました」

どうやら、この喧騒の原因は、僕にありそうだった。

「名簿だけじゃないわよ、Y社のデータも、O社のデータも、H社のデータも、全然やってないじゃない、どういうこと？」

どういうことっていわれても、昨日の仕事は、三好さんが……。

そういえば、三好さんの姿が見えない、今日も無断欠勤か？

「ああ、もう、めちゃくちゃだわ、このユニットは！　いい？　今回のジョブはすべて新規で、これが成功するかどうかは、データの確実な処理と納期厳守にかかっているのよ、なのに、なんなのよ、このユニットは！　ミスは多いわ、席でお菓子を食べる人はいるわ、仕事を放り出して帰る人はいるわ」

「だから、今、こうやって、昨日分をやっつけているところじゃないですか」

銀チョーカー課長のヒステリックに口を挟んだのは、アヒル口女だった。

「名簿だって、午前中にどうにか仕上げて納品したし、昨夜残したデータも、あともう少しで終わりますよ、どうせ、これ、午後三時ぐらいまでに処理すればいいものですよね？」

「そういうことじゃないのよ、信用の問題なのよ」

「結果オーライでいいじゃないですか」

「だから、そういうことじゃなくて」

「だいたい、この会社、もっと臨機応変にやってもいいんじゃないですか？　業務システムに問題があると思うんですよね。こんな、分刻みのスケジュールとノルマとルールでがんじがらめにしたら、効率は下がる一方ですよ。ヒューマンエラーだって、そりゃ、起こりますって。ヒューマンエラーを未然に防ぐのが、管理者の役目じゃないですか？　だいいち、仕事量が人によって全然違うんですけど。ある人なんて、一日で一しかやってませんよ？　私たちが十やっている間に。なのに、時給があっちのほうが高いんですよね」

「それって、わたしのことをいっているの？」

中里さんが、声を上げた。「時給が違うのは、派遣会社が違うんだから、仕方ないじゃない」

「そんなの、分かっているわよ。だから、派遣どうし、時給の話には触れないっていうのが、この業界のルールじゃない。なのに、あなたったら、聞いてもいないのに、時給の自慢したじゃない。だいたい、あなた、仕事もできないくせに、待遇がよすぎるのよ」

「そんなことないわ、わたし、人がやりたがらないこともちゃんとやっているのよ、シュレッダのゴミ、あなた捨てたことある？　コピー機のトナー、交換したことある？」

「そんなことでえばらないでよ、だいたい、こっちは、あなたが保育所だ子育てだっていって早退するたびに、あなたのノルマを押し付けられているんだからね」

「だって、仕方ないじゃない」

「私、知っているんだから、あなた、早退して、パチスロやっているでしょう？」

「な、なによ、それ……」

「私も仕事帰り、よく行っているのよ、何度もあなたを見かけたわよ」

喧騒は、とんでもない方向に転がってしまった。いずれにしても、この騒動のきっかけを作ったのは、僕であるらしかった。昨夜の仕事が、すべて未完のまま放置されていた？

三好さんは？　三好さんが事情をすべて知っているはずだ。やっぱり、三好さんひとりに、仕事を託したのは間違いだったのか。好意に甘えるべきではなかったのだろうか？

僕は、女たちのかしましい諍《いさか》いの間を縫って、いつのまにか僕の隣でぼんやりと立ち尽くしている耳垢部長に聞いてみた。

「あの、三好さんは……」

「え？」

僕より、拳三つ分低い部長の薄毛が、僕を見上げた。

「あれ？　知らなかったの？」

「はい？」

「亡くなったんだよ」

「はい？」

「事件が起きたのは、昨日の昼間だったみたいだね。発見されたのは、夜」

「はい？」

「無理心中だってさ。奥さんと息子さんを刺し殺して、自分は首吊り自殺」部長は、耳の溝を、人差し指でほじりだした。「遺書らしきものはなくてね。原因を究明しているところらしいよ。ニュースなんかじゃ消費者ローンにも手をつけていたらしいっていっていたけど。午前中に警察がきてね、それで、なんかみんな、カリカリしてんの。ぼくもいろいろ聞かれたよ。久保くんは、三好くんから何か、聞いてない？」

いえ、何も。僕は、小さく、答えた。

「そう」

そして、部長は、指に貼りついた耳垢を近くのデスクに擦りつけ、いまだ終わらない女たちの諍いを止めるでもなく、その場を立ち去った。

昨夜、三好さんが突然現れたことは、もちろん、口にしなかった。たぶん、あれは、僕が見た、短い夢か幻覚だったのだろう。昨夜の僕は、とにかく、あまりにも睡眠が不足していた。眠りたいという欲求が高じて脳が暴走し、あんな途方もない映像を、僕に見せたんだ。冷静に考えれば、あんな都合のいいことが、現実に起こるはずがない。

「久保さん！」

女課長の声が、僕を再び締め上げる。

「あなたの派遣会社には連絡入れておきましたから、詳しいことは、会社の営業に聞いてください、今日は、もう帰っていいですから」

はい。……って、え？　帰れってこと？

無数の無言の視線が、僕に投げられた。ギロチン台に上がる晒し者の犯罪人みたいだ。いたたまれない。

僕は、首にぶら下げたＩＤカードと、入室キーを、差し出した。

そして、僕は、僕を取り囲むように集まってきた野次馬を掻き分けて、オフィスを出た。今日の労働時間は、約三十分。稼ぎは七百七十五円か。……もちろん、それはもらえないだろうが。でも、昨日までの分は、もらえるよな？

その答えを持つ人物が、ビルのエントランスで、僕を待っていた。派遣会社の黒崎さんだ。

「久保さん……」

黒崎さんの声は震えていた。泣きなのか、怒りなのか、呆れなのか。たぶん、すべてなのだろう。

「勘弁してくださいよ、どうしちゃったんですか、そりゃ、突然いなくなるスタッフとかいますよ？　仕事の途中でトンズラしたり。でも、久保さんほど実績がある人にこういうことやられたら、信用まるつぶれですよ。自信をもって先方にご紹介したんですからね、ああ、本当にどうしちゃったんですか？」

「給料……」

「え？」

「給料は、どうなりますか？」

「仕事は中途半端で投げ出しても、そういうことは、しっかりしているな」

「給料は？」

「昨日の分までは出ますよ」

「今日は……」

「出るわけないじゃないですか」

「ですよね」

「久保さんとうちの契約は、今日で終了となりますが、もちろん、異論はありませんね？」

「は……」

「今後一切、うちからの紹介はありませんので、ご了承ください」

「今後一切……」

「そうです。では」

「は……、すみません」

僕は謝ってみたが、黒崎さんは、しかし、振り向くこともなく、ビルを出て行った。

それと入れ違いに、ぱたぱたとミュールの音が、僕を追いかけてきた。

「久保さん」

僕を呼び止めたのは、中里さんだった。

「久保さん、さっき、大原さんがいっていたこと、あれ、誤解だから」オレンジ色のチークの上に、涙の軌跡が一本、出来上がっている。

「たまたま、なの、たまたま、息抜きをしたくて。それなのに、あんなふうにみんなの前でいうなんて、ひどい」

そんなこと、もう僕にはどうだっていい、僕は、もうあのオフィスには戻らないのだから、中里さんだって、こんなふうに、わざわざ僕を追いかけてきて、言い繕う必要もないんだ。それに、あのオフィスの連中だって、三好さんの事件の話題で、てんやわんやだろう。中里さんのパチスロ通いなんて、気にする人はいない。

「でも、わたしは大丈夫、悪くいう人がいるのも、この世の定めだと思っている」

この世の定めって、随分と大きく出たな。

「心配なのは、久保さん。なんだかとっても疲れている感じがする。疲れているんでしょう？　昨日から、なんだか変だと思った」

そうですか、そうですか、昨日から気付いていましたか。なら、人に仕事を押し付けて、さっさと帰るなよ。

「今回のことは、災難だったけど、気を落としちゃ駄目だよ。わたしもいろいろあったけど、今は、真実の法と出会ったから、まっすぐ生きていけるんだ。人が何をいおうと、人がいくらわたしを傷つけようと、もう怖くない、気にならない」

少しは、気にしろよ。

「今度の日曜日、説法会があるんだ、こない？　きっと、考え方がころっと変わるよ、芸能人も何人か来て、ミニコンサートもやるの、どの芸能人も一線で活躍している人たちばかり、芸能界にも、信仰者は多いのよ」

ありがとう、でも、僕は、遠慮しておくよ。

「ここでやっているから、今度の日曜日。わたしの連絡先も書いておいたから」中里さんは、僕に無理やり、手作り名刺を押し付けた。

「三好さんも、救ってあげようと思ったんだけど、駄目だった。幹部の方にお願いして、いろいろとお話してもらったんだけど、三好さん、話を聞かない上に、口汚く、わたしたちの信仰を詰った。彼、かなりひどいこと、いった。だから、今回のようなことになったのかもしれない。わたしのせいだわ、わたしがもう少し、頑張って説得して、入信させれば」

ごめん、もう勘弁だ。そうやって、他人の不幸まで餌にして、勧誘しようっていうやり方は、どう考えても、我慢ならない。僕がこの先、不幸に遭う度に、それを耳にする度に、あんたは、人にいうんだろうね。「久保さんが今回のようなことになったのは、わたしのせいかもしれない、わたしがもう少し、頑張って説得しておけば、こんなことには……」そして、僕の不幸は増幅され、あちこちで吹聴され、あんたの功績に大いに役立つのだろうよ。どうぞ、僕を利用してください。

僕は、中里さんを振り切り、外に出た。

相変わらずの、どんより空気。雨が、降りそうで降らない。

そんなことより。給料は、昨日の分まで。つまり、三日分。休憩時間を除いた労働時間は一日六時間、でも、そのうち二日は三時間以上残業しているから……、だいたい、四万円弱？　四万円か、それじゃとても、あと三ヵ月を凌《しの》げない。やっぱり、キャッシングか？　僕は、右手の中のティッシュを見つめた。さっき、横断歩道で信号待ちしているときに握らされたティッシュだ。このティッシュ広告にどれほどの効果があるのか日頃から疑問を持っていたが、なるほどな、こういうときには、効果覿面《てきめん》だよな。今の僕には、何か運命の啓示に思えるよ。いや、でも、もう少し、前向きに考えよう。今までだって、どんなに家計が苦しくても、手を出さずに頑張ってきたじゃないか。返す見込みと返済計画がしっかりあり、なおかつキャッシュローンを賢く使いこなしてやろうって人でなきゃ、ティッシュに頼っちゃ駄目なんだ。たぶん、僕のような立場の人間にも、多少審査は厳しくなるかもしれないけれど、結局は、融資は下りる。問題は、そのあとだ、それを返済するために、泥沼に陥る。

……、もしかして、三好さんもそうだったのかな？　それで、もしかして？

僕は、昨夜見た、幻をなぞってみた。三好さんのポロシャツはところどころほつれ、襟ぐりはくたくたになっていた。あの眼鏡だって、まったく三好さんの現状に合ってなくて、たぶん、度数もその視力に追いついていなかったのだろう。ディスプレイに貼りつくように身を乗り出しながらキーを打っていた三好さんの丸い背中には、どれほどのものが載っていたんだろうか？

あ、なんか、頬に何かが、あたった。雨？

涙だ。どうしよう、涙が止まらない。押しつぶされそうだ。このままじゃ、僕は、路上の真ん中でうずくまってしまう。そしたら、誰か助けに来てくれるだろうか。もちろん、来るはずないね。ここで死んだとしても、そのまま跨《また》がれていくよ。僕だって、そうする。

とにかく、生きなくちゃ。なんのために生きるのか、今もよく分からないけれど、とにかく、生きなくちゃ。

コンビニに寄って、就職情報誌数冊と無料のタウンワークを仕入れ、僕は、部屋に戻った。探せば、週払い、いや日払いの仕事だって、結構あるものだ。とにかく、今月と来月をどうにか凌がなきゃ。あと、リクナビとハローワークにもアクセスしてみよう。

〈原稿、拝見しました。クライアントから連絡あり、今回は見送りということになりました。詳しいことは、メールで〉

部屋の隅々まで轟く、吉沢さんの留守番メッセージ。見送りって？　どういうこと？　スケジュールが、また変更になったってこと？　いや、たぶん、違うと思う。吉沢さんの、やけに早口ででかい声は、そんな単純なことを伝えていない。

上着を脱ぎ捨てると、急いで、マシンを立ち上げる。

〈とても、残念です。クライアントから連絡があり、わたしも原稿を見てみました。あれでは、全然駄目です。クライアントのリクエストに何も応えていませんでした。先方も大変失望しており、先ほど、発注そのものを取り消してほしいと連絡がありました。今から、わたし、先方に会ってこようと思っています。できたら、久保くんも来てください。なんとか、もう一度話し合って、チャンスをもらおうと思っています。わたし、頑張りますから、久保くんも、今度は頑張ってください。今日の夜八時、池袋のMホテルのラウンジで先方と待ち合わせしています。必ず、来てください〉

吉沢さんのメールは、そのあとも、延々と続いていた。でも、僕には、それをすべて読む気力がなかった。

糸が、切れた。

三好さんも、こんな感じだったのだろうか。あの手この手で無理やり自分を奮い立たせ、その場しのぎの目標を捏造し、それをやり遂げることを当面の生き甲斐にして、そうやって、一日一日をツギハギして、どうにか生き続ける。でも、ツギハギしていた糸が何かの拍子で切れたとき、連続していたはずの一日一日は粉々に飛び散り、手に負えないぐらい、僕の部屋を汚す。ぎゅうぎゅうに詰め込んだシュレッダ内の紙片が、もう限界とばかりに溢れ出し、オフィスをデータの残骸で埋め尽くすように。

途方に暮れた三好さんは、そして、家族を殺したんだ。

でも、僕には、殺す相手がいない。僕には、もう、何も残っていない。僕自身以外には。

わたし、頑張りますから、久保くんも、今度は頑張ってください。

頑張ってください？　頑張ってください？　頑張ってください？　今度は頑張ってください？

なら、僕は、今まで頑張ってこなかったってことだな。ああ、そうなのか、そうなのかもしれない。

吉沢さん、あんたの言葉は、いちいちムカつくんだ。なんで、そう、馴れ馴れしい？　まるで、十数年来の友人のような、気さくになんでもいい合える知り合いのような、そんな口調で、ずんずんと、僕のテリトリーの中に入ってくる？　ムカつくんだ、我慢ならない……昨日まではね。ムカつくのは、まだまだ大丈夫だったってことだ。生きる意志がまだそこにあるから、ムカつくんだ。

でも、今は、違うんだよね。不思議なほど、心が澄んでんだよ、細波《さざなみ》ひとつ、立ちやしない。泡ひとつ、できやしない。こんなに深いのに、底に手が届きそうだ。でも、それは底なんかじゃない、どこまでも下に下に続いていて、限界がない。深い、深い、井戸の中。きっと、この中には、苦しみもない、その代わり、悦びもない。でも、僕は、その中に堕ちてしまいたい。君がいる、その底に。

『おいでよ、ここに、おいでよ』

十四

『ここに、おいでよ、わたしの膝の上。そして、今夜は泊まっていきなよ』

喉を詰まらせてむせ返る僕の背中を、あんたは、ぶっきらぼうに、でも、優しく、叩いた。

『雨が降ってきたみたいだし』

あ、本当だ。雨音がする。

「うん」

僕は小さく、うなずいた。

「もうすぐ、夏休みだね」

あんたが、僕の直ぐ隣でいった。

僕たちは、同じタオルケットをおなかに置いて、座布団を枕にして、ごろ寝していた。

そっか。夏休みか。夏休みが過ぎれば、願書頒布。

でも、もう、どうでもいいや。

スピーカーから、繰り返し繰り返し流れる、同じ曲。あんたが、さっき、リピートをセットした。あんたは、もうすっかりCDデッキに慣れてしまったようで、もう僕の助けがなくても、なんでもできる。僕は、お役ごめんだね。

ひとつのタオルケットでつながった、あんたと僕。ずっと、ずっと、同じ曲を聴いている。

「この曲は？」

「ストーン・ローゼズ」

「それも、イギリス？」

「うん。日本では、まだまだマイナーだけど、きっとすごい人気が出るって、パパが……」あんたは、言葉を切った。唇が震えている。あんたのだんまりが何か不安で、僕は適当な質問を口にしてみた。

「日本のは？　日本ので、好きな曲はないの？」

「日本のって、よく分かんないよ。こんなことというと、キドっているとか、イギリスかぶれとか、思う？」

「ちょっと思う」

「そうか。クラスメイトも、そんなことをいうんだよね。彼女たちが話題にしているアイドルのこととか、全然分かんないし。光ＧＥＮＪＩって知ってる？」

「うん、まあね。一応、メンバーの名前、全員いえる。クラスの女子たちが、うるさいんだ。自然に覚えた。えっと、キノッピー、樹生くん、かーくん、ヒロくん、バンジー、晃くん、そして、あっくん」

「すごいね。わたし、よく分かんない。だから、なんか、ちょっと、クラスで浮いちゃうんだ」

「じゃ、日本の曲も好きになればいいじゃん」

「だね。君、何がお勧め？　好きなアーティストとかいる？」

好きな？

好きって感情ってなんだろう？

あんたの瞳に、僕が映っている。僕の瞳にもあんたが映っている。あんたの睫《まつげ》が僕の息で揺れて、僕の睫があんたの息で揺れる。僕は、息苦しくなって、ちょっと咳き込む。さっき飲み込んだ梅干の種が、僕の心臓に蓋をして、行き場がなくなった血流が、とくとくと、小さな心臓の中を暴走している。なのに、あんたは、知らん振りで、ＣＤに合わせて、軽くリズムを刻む。その振動がタオルケットをつたって、僕の体に届く。僕の心臓は、今にも、爆発しそうだ。こういうときは、どうしたらいい？

心臓の爆弾を隠して、何気なく、会話を続けたらいい？

「イギリスに戻りたい？」

「ううん。それは思わない。だって、どこに行っても、同じだもん。あっちにいたときも、なんか、わたし、浮いていたし」

「浮いていると思うから、浮いちゃうんだよ」

「そうかな？」

「……そうだよ。沈まれ、沈まれ、沈まれ……って念じれば、自然と落ち着くよ」

「雨がやまないね」

僕の心臓の音、沈まれ、沈まれ、沈まれ。

「うん」でも、今はやむな。どんどん降って、この心臓の音を隠してくれ。

「でも、しとしと雨だよ。朝にはやんでるよ」

「べつに、やまなくてもいいけれど……」

「雨が好きなの？」

「好き？　好きってなんだろう？」

「好きは、好きでしょう？」

「そっか、なら、雨は好きじゃない」

「変なことというね」

どれが僕の言葉で、どれがあんたの言葉なのか、それとも全部僕の言葉なのか。僕は、だって、いつだって、あんたといるとき、ひとりだったから。こんなふうにさ、タオルケットで繋がっていても、僕、ひとりぼっちだったから。

どうして、なんだろう？　あんたは、ここにいるのにさ？

だって、僕は、きっと、あんたが好きなんだ。あんたに触れてみたいんだ。なのに、あんたは、あの窓硝子を打つ雨の音だけを聞いている。

「ママがね、狂った」

あんたは、教科書を朗読するように、いった。

「でも、それも、仕方ないね。だって、パパが、他の女と寝たんだもん。寝るって分かる？」

……セックス？

「そう、セックスしたの。しかも、かなり本気らしいよ、その相手に。相手はね

——」

あんたの唇が、壊れそうなほど、震えている。

「あの、家庭教師。あいつが、誘惑した。なんとなく、分かっていたけど。でも、ママは、はじめて知ったみたい。一番信頼していた姪に裏切られたってことだね。バカみたい」

それから、あんたは、両手で唇を押さえた。ずいぶん、長い間、あんたは、天井を見詰めたまま、そうしていた。

僕も天井を見詰めた。あのときのプラネタリウムの星座を思い出す。あの染みとあの染みを結んだら、何になる？

ギョーザ。

そんな冗談をいったら、あんたは笑ってくれるだろうか？　それとも、いつものように「バカみたい」って、ツーンと大人ぶってみせるだろうか。

「ね、わたしたちの苦しみの根源って、なんだと思う？」

あんたの目が、突然、僕のほうを見た。それがあまりに大きくて、睫も長くて、僕は、体ごと、あんたから逃げた。

「……苦しみって？」

「いろいろ、あるでしょ？　たとえば、わたしたちの場合だと、眠りたいのに勉強しなくちゃいけないとか、勉強しなくちゃいけないのに、ほかのことを考えてしまうとか」

うん……。

「苦しいことっていっぱいあり過ぎて、もしかしたら、それが人間のすべてのような気がする」

うん……。

「ということは、やっぱり、この肉体なんだろうね、苦しみの根源は。この肉体の中に閉じ込められている限り、苦しみは絶え間なく湧きでるんだろうな。その苦しみにはどんな頑丈な精神だって太刀打ちできないんだ、精神なんて、所詮、肉体に引き摺られっぱなしの間抜けな腰抜けだもん」

うん？　それ、聖書かなにかの引用？

「こんなにヤワで、すぐ傷付いて、すぐ壊れちゃう肉体だよ？　こんな不良品に、なんでわたしたち閉じ込められているんだろう？　だってさ、たとえば、わたしが君の口と鼻を塞《ふさ》いだら、君、あっというまに死んじゃうんだよ？」

うん、……そうだね、あっというまだろうね、そしたら僕の体はカチカチにかたくなって、そのあとぶくぶくに浮腫《むく》んで、それから腐って……、確かに、肉体なんて無様だね、廃車の方がまだカッコいいかもな？

「ね、じゃあさ、その肉体をさらに束縛するのはなんだと思う？」

なんだろう？

「それは、三つあるんだよ」

三つ？

「一つは重力。これがある限り、わたしたちは地上《ここ》にいるしかない」

鳥は？　鳥はとべるじゃない？

「鳥だって、重力の虜《とりこ》だよ。ある程度まではとべるけど、それ以上はとべない」

ふーん。あんなに気持ちよさそうな鳥も、結局は地面と繋がったままとんでいるというわけ？　鵜飼いみたいだね？

「そして、二つめは、引力。地球が太陽の周りをぐるぐるまわるしかないように、わたしたちも、同じ場所をぐるぐるまわり続けるんだ。どんなに遠くに行ったつもりでも、どこにも行っていないと同じなんだ。わたしたちは同じ所を旋回しているだけなんだ」

ぐるぐると？　なんだか、僕たち、地球をひっくるめて、バカまるだしだね？

「で、三つめなんだけど」

何？

「それは教えないよ、君が、考えなよ」

本当は、知らないんだろう？

『それとも、教えてあげようか？』

あんたはいったけど、でも、僕の意識は、すでにどろどろで、今自分がどこにいるのかもよく分からないし、あんたの声もよく聞こえない。床が抜けて、天井が吹っ飛んで、僕は、どこか空間の狭間《はざま》をゆらゆらと漂っている。

いろんな映像が、僕の体を過《よ》ぎっていく。スクラップにされる女の人とか、羽を切られたカラスとか、プールに浮かぶブロンドとか。なんだ、全部、ここで見たり聞いたりしたイメージだね。すごいね、すごいよ、ここには、イメージが、ぎゅうぎゅう詰めだよ。でも、詰め込み過ぎじゃないか？　なんか、苦しいよ、息苦しいよ、心臓が押さえ込まれたようだよ、僕の体になんか崩れてきた、ロンドン塔だ、ロンドン塔が崩れてきたんだ、僕は、瓦礫《がれき》の中、指一本動かない、重いよ、苦しいよ、ね、助けてよ、ここから出してよ、誰？　誰かいるの？　ああ、あんたか。そのキュロットスカート、また着ているの？　うん、似合うよ、とっても似合う。あれ？　なんだか、急に体が軽くなった、すごい、すごい、こんなにスピードが出ている、みんな、僕に追いつけない、よし、もっとスピードを上げよう、もっともっと！

十五

もっと、もっと！

サンシャインシティに続く動く歩道、ただのエスカレータの直線版なのだが、僕は、それに乗っているときだけ、少し、意志を取り戻せる。

ちくしょう、ちくしょう、追い抜いてやる、追い越してやる、見返してやる、自分がここにいることを思い知らせてやる。

でも、そのあとに訪れる脱力感は、僕をますます「意志」から遠ざけてしまう。それでも、その間だけは、僕の、あのムカつきが蘇るんだ。僕を生かす、ムカつき。

僕は、スタート地点に戻ると、もう一度、自分の足をそのゴムの板に載せた。

これで、何往復目だろう？　約束の八時は、とっくに過ぎている。あれから、二時間は過ぎている。

Mホテルには、五分前についた。僕の部屋から歩いて十分、僕のプライベートからこんなに近い場所で、『今度こそ頑張ります』と僕にいわせようとしている吉沢さんは、相当に意地悪だ。モードを切り替える暇もありゃしない。

ラウンジでは、すぐに、吉沢さんとあの大出世の部長様を見つけることができた。新宿からわざわざ僕の近所まで足を運んでいただいて、恐縮でございます。さぞや、僕に呆れ返り、ご立腹なのでしょう。でも、僕は、あなたが何に怒っていて、何に失望しているのかさっぱり分からないんです。そもそも、あなた様は、僕のような無能な人間に対して、何を期待されていたのでしょうか？　吉沢さんも、僕に対して、何を望んでいたのでしょうか？　勝手に期待されて、勝手に望まれて、勝手に失望されて、一方的に否定されて、僕はどんな表情で、あなた方の前に出て行けばいいのでしょうか？　頭《こうべ》を深く垂れて、深刻気に眉を集めて、『今度は、頑張ります』と懇願すればいいのでしょうか？

でも、僕は、何に失敗したのか、さっぱり分からないんです、ですから、これ以上、頑張りようがないのです。

僕は、吉沢さんたちの視界に入るぐらいの距離まで、近づいた。でも、二人は、僕にはまったく気付かず、夢中で話を交わしていた。吉沢さんの声は、いつもより一オクターブ高く、しかも、語尾がいちいち甘ったるかった。仕事を切る切らないの切羽《せっぱ》詰《つ》まった対極にいる二人には、とても思えない。

なるほど、やっぱり、吉沢さんの愛人は、この人だったんだな。で、何？　僕は、こんなスイートな場面で、いきなり『今度は頑張ります』と、土下座でもすればいいの？

ムカつくな、こいつら。

あれ？　ムカついているってことは、僕はまだ、大丈夫ってことなのかな？

でも、駄目だよ、なんかね、心の井戸に、何か投げ込まれた。それは、大きな亀裂音を出しながら、深く深く、僕も知らない底に向かって、加速を続けている。きっとそれはまもなく、破裂してしまうのだろう。そして、この気詰まりなラウンジを木《こ》っ端《ぱ》微《み》塵《じん》にしてしまうんだ。走れ、ここから遠ざかれ、遠く、遠く、なるべく遠く、でなければ、僕も、木っ端微塵だ。

ちくしょう、ちくしょう、追い抜いてやる、追い越してやる、見返してやる、自分がここにいることを思い知らせてやる。ムカつくあいつらを、すべて、木っ端微塵だ。

大丈夫だ、まだ、いける、僕は、まだ、生きて行くエネルギーを持っている。

よし、よし、よし！

でも、僕の足は、よろめく。

僕は、サンシャインシティの中の小さな書店にいた。

『大型新人登場！』

ポップが、あちこちに躍っている、また、大型新人作家様がデビューなさったわけか。今年で何人目だろうな。まだ四月なのに。

駄目だ、喉がひりひりする。

心臓が、はちきれそうだ。

紙の匂いは、やっぱり苦手だ。これが、「気詰まり」の正体なんだろうか？　なんだか、ここにいる人たち全員に見られている気がする。落ち着かない。何かしなくちゃ。でも、僕は、何も持っていない。爆弾も手榴弾も。もちろん檸檬も。あいつらの意識を逸らす術を、僕は何も持たない。

だから、さりげなく、なにげなく、何かしていなくちゃ。でなければ、僕のこの異常な心臓の雑音を、ここにいる全員に聞かれてしまう。

僕は、ワゴン売りされているその本を一冊、手にとってみた。


一九九〇年十一月十九日、『西池袋事件』の二審第一回公判が東京高裁で開かれた。

このとき、少年Aの父親は「Aを自宅にひとり残し、死に場所を求めてタクシーで伊豆方面へと向かった。しかし思いとどまり自宅に戻ったところ、Aは、首を絞められ殺されていた。Aがこのようなことになったのも、自分の教育方針に問題があったからだと思い詰め、動揺していたこともあり、自分が首を絞めたと自首したが、しかし、今となっては、真犯人を探し出すことがAへの誠の供養になるのではないかと、控訴を決意した。

二審では「それなら少年Aは誰に殺されたのか」という点を中心に審理が進められた。

次に挙げるのは、弁護団側の証人として証言台に上がった、Aの元友人の証言である。

――Aくんとは、いつからの付き合いですか。

五年生のときからです。U塾で同じクラスになり、知り合いました。

――どのような付き合いをしていましたか。

Aくんと僕、そして、あと三人でグループを作り、夜食を食べたりテストの点を競い合ったりしていました。塾の帰りも、一緒でした。

――Aくんの成績はどうでしたか。

Aくんは五年生のときはBクラスでしたが、六年生になってDクラスに落とされました。それでもDクラスの中では、成績はよかったほうだと思います。

——Aくんが暴力的だなと思ったことはありますか。

特にありません。Aくんはグループの中でも口数が少なく、みんなの話をにこにこしながら聞いていることが多く、自分から話題を振るようなことはあまりありませんでした。

——Aくんは家族について、何か語っていましたか。

はい。

——どんなことですか。

家は気詰まりだと、いっていました。

——気詰まりとは何を指すか、聞いたことはありますか。

特にありません。

——あなたは「気詰まり」について、どう思いますか。

漠然とした気詰まりは、僕たちのような年齢なら誰でも持っていると思います。家族の何気ないひとことが耳元を飛ぶ蝿のようにうるさく感じられたり、近所の人が何気なく飛ばした視線が煩わしく感じられたり、そういうことだと思います。

——Aくんが変だなと思ったことはありますか。

はい。いつ頃か具体的にはいえないのですが、Aくんの話の内容が、ちょっと難しいなと思うことがありました。新しい友達ができたようでした。

ました。

――なぜ、新しい友達ができたようだと思ったのですか。

具体的には教えてくれなかったのですが、話の合う子がいると、Aくんがいっていました。

――その友人ができて、Aくんは何か変わりましたか。

先ほどもいいましたが、話の内容が難しくなったなと感じました。何か難しい小説を話題に出したりしていましたが、ほとんど理解できませんでした。また、言葉遣いや話し方も少し変わったと思いました。「死」とか「殺人」とか、そういう物騒な単語も多くでてきました。Aくんは、その友達に感化されてしまっているんじゃないかと、思いました。感情の起伏も激しくなったように思いました。突然おしゃべりになったり、無口になったり、涙ぐんだりすることもありました。ただ、受験のクライマックスも迎えていたので、その重圧でナーバスになっていただけかもしれません。

――Aくんは、その友達とどうなったか、話していましたか。

いいえ、聞いていません。ただ、Aくんは、突然、その友人の話をしなくなりました。何か嫌なすれ違いが生じたのかなと、思いました。いつだったか、「とても話の合う友達のところには行かないの？」と聞いたことがあったんですが、Aくんは、激しく怒り出し、そのあとは、泣き出しました。この様子を見て、Aくんとその友達の友情は悪い方向にいってしまったんじゃないかと思いました。

――中学生になって、Aくんとの付き合いはどうなりましたか？

中学生になって、僕は別の私立中学にいってしまったので、X中学にいった彼とは、もうほとんど会うこともなくなりました。ただ、家庭内暴力のことは、風の噂で聞いておりました。

――Aくんの父親は知っていますか。

はい。塾でときどき見かけました。Aくんを励ましたり、叱り付けたり、または褒めたりしていました。

――Aくんの父親をどう思いましたか。

教育熱心な人だなと思いました。でも、嫌な感じはしませんでした。Aくんとともに、一生懸命受験を戦っているんだなと思いました。羨ましく思うこともありました。

（二審第四回公判、弁護側証人尋問より）

この証言では、Aの「新しい友人」が何度も強調されている。これは、暗に、「新しい友人」がAを殺害した可能性があるということを示そうとしたものである。弁護側は、父親の無罪を証明するために、「新しい犯人」の可能性を示す必要があったのだ。

　また、二審では、少年Aが「新しい友人」からもらったとされている手紙が、新たに証拠として提出された。以下は、それの抜粋である。

＊　＊　＊

　父親がその刹那的な欲望を果たすために、母親の赤黒い膣《ちつ》にぶち込んだあの醜い性器。そこから吐き出されたどろどろとおぞましい液体。そんな性交の果てに誕生した私たちは、すでに、罪のかたまりなのです。つまり、この世にこの肉体をもって生まれてきたのは、何かの罰なのです。どこか別の世界で相当ひどいことをやって、その罰として、この世に生まれてしまったのです。この世こそが、牢獄なのです。

　分かりますか？　生きるということは、懲役なのです。

　それを打ち破るのは、『意思』のほかありません。なのに、街に吐き出された愚民どもは、それを自覚することなく、無意味に、漂っている。そんな情けない様子を見ていると、私の中に、『意思』がじわじわと生まれてくる。

　『意思』を簡単に翻訳すると、それはつまり、愚民どもが謂《い》うところの、『殺意』なのです。でも、私は、愚民に同情もしている。

　なぜなら、愚民の一生というのは、気が遠くなるほど、永いからです。ただ種を残して死んでいく他の生物と比べたって、あまりに悲劇だとは思いませんか。

だから、愚民はこんなことを謂うのです。

――こんなに長くて深刻な時間、暇を潰しながら茶化して過ごさないと、気が変になる。例えば、恋愛なんか、いい暇潰しだ。生きるの死ぬのを繰り返しているうちに、有意義な時間が過ぎていく。

しかし、どんなに、真剣ぶったって、結局は、セックスなのですよ。あの手この手で、わざわざ不幸や悲劇を引き寄せて、セックスを演出しているに過ぎない。それに行き詰まったら、次は、結婚です。披露宴やら、新婚旅行やら、新生活やらで、当分は気が紛れる。そして、それに飽きたら子育て。子育ては一番の暇潰しかもしれません。それは、私たちが、身をもって体験していることです。親たちの暇潰しのために、生き甲斐ってやつのために、私たちがどれだけ利用されていることか！

愚民はそうやって、「自分は有意義な時間を生きている」と自分にいいきかせ、ただの暇潰しに、右往左往している。自分は、この世界にとって、何か大切な一部であると信じるために。しかし、それは、大いなる勘違いで、妄想で、愚民のほとんどは、取るに足らない連中で、いてもいなくてもどうでもいいような人間なのです。

『地球よりも重い一人一人の命』という、偽善的大人のお説教を聞く度に、私はムカつきを禁じ得ません。そんなことばかり謂っているから、どうしようもない状況になるんです。

　私たちのような、どうしようもない子どもたちを作ってしまうのです。私たちのような取るに足りない存在を、どうして大人たちは飼い殺しにするのでしょうか。私たちは知っています。私たちは、所詮、何の役にも立たない、愚民に他なりません。上等な人間などにはなり得ないのです。親たちがどれほど私たちに期待をかけても、それは、途方もない妄想なのです。

　私たちというのは、もちろん、君と私です。

　さて、人を殺すには、ナイフが一番です。皮膚を裂き、肉を突き刺し、内臓をえぐる感覚を、その手で実感しなくてはいけません。そして返り血を浴びなくてはならないのです。人を殺すのであれば、自分も汚れなくてはなりません。そうすることで、はじめて、「人殺し」は成立するのです。相手と一体化することができるのです。

　でも、私には、それほどの覚悟はありません。私のような弱虫は、絞殺がせいぜいです。

＊　＊　＊

　手紙は、ワープロで打たれたものだった。

弁護側は、この手紙の中に、「新しい友人」の殺意が感じられると主張したが、しかし、この手紙には宛て名も宛て先もなく、差出人の名前もない。検察側はこの点を突き、これが「新しい友人」が書いたものかどうか定かではなく、あるいはA本人が書いた可能性もあり、まして、その内容がAに対しての殺意であると考えるのは甚だ短絡的であると反論した。

二〇〇二年九月二十四日、東京高裁は、「被告は無罪である」という主張をことごとく斥け、一審を支持する判決を下した。弁護団側はただちに最高裁に上告趣意書を提出。しかし、二〇〇四年四月十四日、最高裁は上告を棄却、弁護側は異議申立書を提出したが、同年五月十二日、異議申立書も棄却され、被告人の刑が確定した。

二〇〇五年四月現在、弁護団は再審を請求中、署名を集めるなど、『西池袋事件』を巡る運動は今も続いている。

（『あの事件の真相を追う』桜葉出版より）

「おじさん、人？」

「おじさん？」頭を上げると、少女の顔があった。ここは？

ああ、ここは、いつもの、あの公園だ、公会堂前の。僕は、花壇の縁に、へたり込んでいた。

「ね、遊ばない？」

「幾つ？」

「十八歳」

「興味ないな」

「あ、今の嘘。本当は、十二歳、先月まで、小学生だった。ロリは興味ない？」

「そうだな……」

「三万円でいいよ」

「三万円？」

「高くないでしょう？　だって、バージンだよ」

「いや。随分、安いと思ってさ」

「安い？」

「安いよ。コストパフォーマンス、悪すぎだよ。三万円なんて、十分で稼ぎ出す人もいるのに」

「たとえば？」

「そうだな……たとえば、何百万部も売っている漫画家とか売れっ子作家とか」

「作家？　もしかして、おじさん、作家さんとか？」

「違うよ」

「じゃ、あれでしょう、ライターさんとか？　もしかして、夜の池袋に佇《たたず》む少女たちとか、そういうの、取材してんでしょう？」

「それも、違うよ」

「いいよ、隠さなくても、取材でしょう？　なら、あたしを取材してよ。いろいろ波乱万丈な人生だよ、きっとネタになるよ」

「十二歳で、波乱万丈なのか」

「性的虐待、いじめ、家庭崩壊、母子家庭……なんでも揃っているよ」

「苦労してんだ」

「なんていうのは嘘で、家はとりあえず、フツーかな。フツーというのが何を指しているか分かんないけど。でも、母子家庭というのはホント」

「じゃ、お母さん、心配しているでしょう？」

「どうだろう。心配していたら、夜あたしが出かけるの、止めると思わない？　特に止めないんだから、心配もしてないんじゃない？」

「心配しているよ、きっと」

「別に、どっちでもいいけど」

「だって、事件とか多いじゃない」

「あたしは、大丈夫だよ」

「切り裂きジャックって知っている？」

「なに、それ」

「大昔、イギリスはロンドンで起きた、連続殺人事件。娼婦ばかりが、五人、惨殺されたんだ。体を切り刻まれ、内臓を引き摺りだされ、最後の被害者なんて、原形をとどめてないほど、切り刻まれていたらしいよ」

「ショーフって？」

「君たちのようなことをしている女の人たちだよ」

「エンコーのこと？」

「昔は、娼婦って呼んでいたんだ」

「なんで、ショーフが殺されたの？」

「さあね。娼婦に何か、恨みがあったのかもね。それとも、その行為そのものに対する嫌悪か」

「犯人は？」

「捕まってない」

「きっと、犯人は、もてないヤツだったんだよ、ショーフにも相手にされないようなキモいおっさんだったんだよ」

「かもしれないね。単純に、女の人が酷い目に遭っているのを見ていると興奮する性質の人だったのかもしれないね。いずれにしても、男はね、体を安売りする女性に対して、ものすごい嫌悪を持っているんだ、軽蔑もしている、だから、人間として扱わないで、道具のように扱うんだよね、だから、殺せるんじゃないかな」

「どういうこと？」

「自分を安売りするなってこと」

「へー、おじさん、意外と、フツーの説教をするんだね。あたし、別に道具にされてもいいよ、人間扱いされなくてもいい、殺されたって、構わないよ。切り刻んで、切り裂いて、それで気が治まるなら、やれば？　って感じ」

「達観してんだな」

「だって、たかが肉だよ？　こんな肉に興奮したり軽蔑したりするのって、バカみたいだと思わない？」

「でも、その肉があるから、いろいろ楽しいこともあるんじゃないの？」

「えー、楽しいことってある？　生きていても、おもしろくなさそうじゃん。おじさんみたいにさ、大人になっても、背中をまるめて、ぼうっと座り込んでいるだけなら、生きていても、仕方ないじゃん」

「なるほど」

「おじさん、だって、死人みたいだもん。だから、声かけたんだけど。ね、一緒に死なない？　一人で死ぬのはちょっと寂しいな、誰か背中を押してくれないかな、それとも一緒に死んでくれないかな、そんなことを思って歩いていたら、おじさんをみつけた」

「そっか」

「確実に死ねる方法、ネットでいろいろ調べてきたよ」

「でも、僕は、遠慮しておくよ」

「なんで？　どうせ、惰性で生きてんでしょう？」

「そうかもしれないけど」

「あたしは、惰性。完全に惰性。毎朝毎朝、目覚めては、今日も一日はじまった、面倒臭いって思う。顔を洗って、歯を磨いて、学校に行って。みんな、惰性。もう、完全に、条件反射」

「確かに、面倒なこと多いよな」

「でしょう？　なんで、生きなきゃいけないんだろう？」

「さあ」

「なんのために、生きてんの？」

「さあ」

「みんな、理由も分からずに、生きてんの？」

「適当な意味をこじつけては、生きる気満々の人だっているよ」

「そうか。生きる気満々の人って、いるんだ」

「そりゃ、いるだろうよ」

「じゃ、あたし、生まれつき、無気力なんだと思うよ。こんな無気力な人間がこのまま生き続けるよりは、スパッと死んで、内臓とか角膜とか、生きる気満々の人に提供してあげたほうがいいじゃん」

「なかなか、優しいところ、あんだね」

「優しいっていうか、もったいないじゃん。再利用できるところは、再利用したほうがいいのかな……って思っただけ」

「でも、十二歳ってドナー登録できないんじゃないかな」

「そうなの？　残念」

「ドナー登録できる日まで、待てば？　どうせ、惰性だろう？　あと数年惰性で生きていても、大差ないよ」

「そうかな？」

「君に、これ、あげる」

そして、僕は、Gパンのポケットの奥に残っていた名刺を、女の子に握らせた。

「なに？　これ？」

「明後日の日曜日、なんか、集会みたいのがあるみたいだよ」

「パーティみたいなもん？」

「芸能人も来るんだって。ここに書かれた名前の人を訪ねていけばいい」

「どんな、パーティ？」

「生きる気満々の人たちが、大勢集まるパーティだよ」

「へー。……もしかして、乱交パーティとか、ドラッグパーティとか、そういう怪しいやつ？」

「違うよ」

「本当に？」

女の子の目が、気弱に萎えた。僕は、あえて、それ以上は応えなかった。

「やっぱ、いい。今日は、死ぬの、やめとく」

君は、まだ大丈夫だ、人を疑うことを知っている。完全に生きることを投げていない。十年後、いや、二十年後、君はまだ生きることをやめていないだろう。僕が、なかなかやめられないように。

「家はどこ？　切符代、ちゃんとある？」

僕は、Ｇパンの後ろポケットを探った。

あ、財布、持ってきてないや。そうか、財布は、上着の内ポケットだった。何をそんなに慌てていたんだろう、僕は着の身着のまま、あのホテルに向かったのか。あ。でも、指にコインがいくつか当たっている。五百円玉、それとも百円玉？　引っ張り出してみると、一円玉が三つと十円玉が四つと……あ。

「いいよ、おじさん、お金なら、持っているから。それとも、あたし、貸してあげようか？」

女の子の目が、同情の眼差しに変わる。

いよいよ、情けないな、自分。

「大丈夫、家は、すぐそこなんだ。歩いて帰れる。それに」

「それに？」

「この十円玉は、実はものすごい十円玉なんだ」

「普通の十円じゃん」

「違うよ、ギザジュウだよ」

「なにそれ？」

「ほら、縁がギザギザになってるでしょう？」

「うん」

「十円玉の縁がギザギザになっているのは、昭和二十六年から昭和三十三年までに製造されたもので、とっても貴重なものなんだ」

「昭和二十六年って、どんな昔よ！」

「一九五一年だから、五十四年前かな」

「うそ、そんな昔に作られた十円玉が、いまだにあるの？」

「あるよ、君の財布の中を探してごらんよ」

「まじ？　……あ、本当だ、昭和ばっかりだよ、あたし、全然、生まれてないじゃん！　昭和四十年……！　ママが生まれた年だ、すごいな、こんな昔のものが、フツーにあたしの財布の中にあるんだ」

「何十年も日本中をぐるぐるまわって、君の財布に辿りついたんだ」

「昭和三十六年なんていうのもある、昭和……あ、でも、ギザジュウはないな」

「じゃ、君の十円と、僕のギザジュウ、交換してあげるよ。これはプレミアもんだから、コイン屋に行けば、いい値段で買い取ってくれるよ」

「ホント？　いくらになんの？」

「えっと。これは、ギザジュウの中でも貴重な昭和三十三年ものだから、……百円ぐらいかな」

「百円？　なーんだ」

「でも、十円が何もしなくて百円に化けるんだから、すごいと思わない？　十倍だよ？　千円分集めれば一万円、一万円分集めれば十万円だよ？」

「千円分って、百枚でしょう？　そんなに、集められんの？」

「ま、難しいけど。でも、これは、幸運のコインでもあるから、持っているだけでも、きっといいことがあるよ」

「いいよ、それ、おじさんが持っていなよ、なんか、おじさんのほうが、不幸そうだし」

また、同情された。重ね重ね、情けないな、自分。

「じゃね、おじさん」

「じゃね」

僕は、手のひらに残されたコインを、眺めてみた。昭和、平成。それ以外のものが紛れ込んではいないか。

まさかね。やっぱり、嘘なんだよ、そんなこと、あるわけない。何千、何万通りも分岐した世界が、あるなんて。

でも、もしかして、そういうことがあるのなら、僕は、何通りの可能性があったのだろう？

いや、何千、何万通りの分岐にそれぞれ僕が進んだとしても、終着点は、この池袋の公園で背中を丸めている、今の僕だ。だって、僕は、何も決断していないし、何も選択していないし、何より、何も、やっていない。

『やってみなよ』

君か？

『ね、触ってみなよ』

駄目だよ、触れない。

『いいから、触ってみなよ、ほら、トクトク、いっているでしょう？』

だって。

十六

『触ってみなよ』

僕の耳に、声が投げ込まれた。

え？

一度閉じた目を、開けてみる。

トクトク。

あんたの首に浮き出た青い血管。

トクトクと、あんたの血が流れる、それに従って、鎖骨近くの小さなほくろも、トクトク、いってる。

『触ってみなよ』

いいの？　本当にいいの？

トクトク、トクトク、それを、僕に聞かせてよ。トクトク、トクトク、あんたの唇のその薄い皮膚、そのすぐ下を流れるその音を、僕の唇で聞かせてよ。

『触ってみなよ』

どうしよう、どうしよう、僕の心臓の暴走が止まらない。梅干の種は、ますます深く、蓋をしてしまった。そのおかげで、変なところに穴があいた。そこの穴から流れ落ちる血流は、激流となって、僕の中心に向かっている。熱いよ、熱いよ、僕のすべての体温が、そこに集中してしまった。

『触ってみなよ』

どうしよう、どうしよう、あんたのその唇を僕の唇で塞いでしまいたい。

そして、あんたの唇を押し広げて、あんたの息をそのまま飲んでしまいたい。

あんたのその桃色の唇が紫色になるまで、あんたの息を飲みこんでしまいたい。

あんたが、そのまま僕の唇の中で、死んでしまうまで。

『だから、触ってみなよ』

でも、できないよ。

『なんで？』

苦しいんだ。このままじゃ、死んでしまうよ。でも、死ぬなら、このまま、あんたといっしょに、タオルケットでつながったまま。

なのに、あんたは目覚めない。

僕のすぐ横にいながら、あんたは目覚めない。僕をこのまま、棄ててしまうの？

にごったえんじ色？　ルビー色？　錆色？

朝焼け。

雨がやんだんだ。

あんたの唇がえんじ色に染まっている。

あんたの短い髪に、朝焼けが滲んでる。

虹だよ、虹。

虹が、沈んだえんじの空気に浮かんでいる。

なんか、すごく、変な色だ。

泣きたくなるぐらい、すごく、変な色だ。

でも、すごく、きれいだ。

あんたのその唇のように、すごく、きれいだ。

ね、あんた、どうして起きないの？

ね、起きてよ、でなきゃ、寂しいよ、あの虹は、僕ひとりじゃ、つらいよ、あの虹を一人で見るのは、すごくいやだよ。

ね、僕といっしょに、あの虹を見るっていって、ね、僕といっしょに、ずっと居るっていって。

その唇で。

そしたら、僕は、いつまでも、あんたのものだよ。

「やだ、なに？」

僕のみじめな、朝の状況、あんたに見られてしまった。こんな姿を見られた僕は、どうすればいい？

僕は、見逃さなかったよ。偶然に触れてしまったその指を、あんたはティッシュで拭った。そのまま、あんたは何もいわず、僕と目も合わさず。そんなに汚い？　そんなに嫌い？

あんたに嫌われるぐらいなら、僕は、こんなもの切ってしまってもいい、捨ててしまってもいい。こんなもの、こんなもの。これがあるからいけないんだ、心が乱されて、心が落ち着かなくて、勉強も手につかない。

そうだ、勉強。

僕は勉強しなくちゃいけないんだ、なんでずっと忘れていたんだろう、勉強だよ、僕にとって一番大切なことは、Aクラスに這い上がって、特訓に勝ち抜いて、あの校章を手に入れることなんだ。

それには、これは邪魔なんだ、これがある以上、僕は落ち着いていられない。

僕は、台所から、ナイフを探し当てると、僕のすべてを邪魔するそれに向かって、つきたてた。

部屋が、みるみる真っ赤に染まる。

僕は、それを、ぼんやり眺める。

あんたの唇が、細かく震える。

どうやら僕の心臓から梅干の種は取り除かれたようだ。僕の体内の血流は正常に戻ったんだ。

これで、大丈夫だ。

これで、僕は、君のことを忘れられるし、本来の自分の姿を取り戻せる。

なのに。

なんで？

なんで、そんな目で僕を見るの？

あんたは、もしかして、僕に怯えているの？　なにもしないよ。だって、あんたのこと、大好きだもん。もうね、何もかもバカに見えるくらい、あんたのことが大好きだもん。でも、きっと、あんたは僕のことがもう嫌いになったね。だって、僕は、バカなことをやりすぎた。ちょっと、ふざけすぎた。あんたを、ちょっと驚かせたかったんだ。あんたに、「バカみたい」って、いってほしかった。そんなに、逃げないでよ、そんなにひかないでよ、僕を、棄てないでよ。でなきゃ、僕、あんたにも悪ふざけをしそうだよ。あんたの白くて細い首、きっと、いい匂いがする。ちょっとだけだよ、ちょっとだけ、触らせてよ。お願い、逃げないでよ、逃げないでよ、でなきゃ、僕、この指に力を込めてしまう。

あんたは、なにも答えない。

だから、僕も黙って、窓の外を見ていた。グリーンのチェックのカーテンが、ゆらゆら。

雨は、すっかり止んでしまった。

長い長い、梅雨だったね。

長い長い、夢。

来週から、夏休み。

十七

「にいさん、にいさん」

肩を揺すられて、僕は、閉じかけていた瞼を半分だけ開いた。このアンモニア臭には、覚えがある。

「こんなところで眠ったら、風邪ひくよ」

時空を超えてあっちの世界から来たという、ここの住人だ。

僕は、瞼を完全に開け、男を見上げた。朝焼けが、目に痛い。濁った赤色が、男の顔を歪める。

「えっと。今日は、何曜日でしたっけ？」

「今日は、四月二十三日、土曜日。時間も知りたい？　ほら」住人は、コンビニのおにぎりを、僕の膝に置いた。

「賞味期限、4/23AM5:00ってなってんでしょう？　さっき拾ってきたばかりだから、……五時を十五分ぐらい過ぎた頃かな？　あそこのバイト、妙に時間に正確だから、間違いないよ」

「四月二十三日。そうか、夏休みはまだまだなんだ」

「にいさん、寝ぼけている？」

「ちょっと、短い夢を見ていました。朝焼けに浮かぶ虹」

「朝に、虹？」

「見たことあります？」

「いや、ないね」

「僕も、一度きりです。でも、今となっては、ちょっと自信がないんです。本当に僕が見たものかどうか。あなたの言葉を借りれば、もしかしたら、あっちの世界の、別の道を選んだ僕が経験したもので、僕は、それを自分の経験だと錯覚しているだけかもしれません」

「どういうこと？」

「前に見せてくれたじゃないですか、十円玉」

「ああ……」

「僕、ときどき、ふと、意識が軽くなるときがあるんです、周囲がとても小さく見えて、現実感がなくなって、目の前のとっても近くで起きている現象も遠くの出来事のように感じて、自分の肉体すら実感がなくなって、感情も他人事のような感じがして」

「ああ、ガキんときは、そういうの、よく体験したな、なんでも、小さいときは脳神経がしっかりしてなくて、暴走してしまうときがあるんだってさ。おれもさ、大人になってずっとその感覚を忘れていたんだけど、あるとき、ふと、仕事中に、そんな状態になって。気がついたら、ここにいた」

「それが、もしかして、時空が歪んだ……」

「にいさん、もしかして、あのときの話、真に受けちゃった？」

「え？」

「あのときさ、実はカメラが回ってたんだよね、だから、にいさんに話しかけて、あんなことをいったのだけど。だって、ただのホームレスじゃ、おもしろくないでしょう？　ちょっと電波なほうが食いつきがいいかなって、話、でっちあげていたの、あのコインも、ただのおもちゃ。拾ったんだけど、おもしろいから、ちょっと加工してみた。……あれ？　にいさん、本当に信じていたの？　そんなこと、あるわけないじゃない。でも、そこまで信じてくれて、ちょっと嬉しいな。おれもまんざらじゃないってことかな？　でも、仕事中に、いきなり世界が現実味を失ったっていうのは、ほんと。おれ、役者だったんだよね、売れない役者。アクションシーンを撮影中に、見物人を怪我させちゃった、そのとき、世界が遠ざかっていったの、そして、ここにいたの。おれが出るドキュメンタリー番組ね、今日放送だって、朝のニュースの特集枠。チャンネルは……、あれ？　どこだったっけかな？　あれ？　雨？」

朝焼けの中、水しぶきのような雨が、辺りを覆った。

また、君か。白いスニーカーが、僕の視界の隅をうろつく。

分かっている。僕は君を忘れたわけじゃない。ちゃんと覚えている。僕がたとえ、すべての記憶をなくしても、君の記憶だけは消えないから、この指に残った君の皮膚の感触だけは消えないから、安心して。

他の事を忘れてしまっても、僕が、どれほど歳をとっても。

十八

「あ、ギザジュウ」

僕は、こっそりつぶやいた。でも、それに応えるヤツは一人もいなくて、僕たちは、とろとろと池袋駅に向かう。

夏休みはとっくに終わり、すでに進路も決定させられた僕たちは、あとは、ひたすら、来年の二月に向かって、突っ走るしかない。

「でも、結局、X中学を受験するのはおまえだけか」

「だな。Dクラス止まりのオレたちには、高嶺《たかね》の花だな」

「それにしても、すごいよな。夏休みに入ったとたん、ごぼう抜きだぜ！　いっきに、Aクラス！」

「一時は、どん詰まりのEクラスまで落ち込んだのにさ、すごい、ウルトラ大逆転だよ、劇的だよ！」

「でも、おまえ、夏休み前まで、何やってたの？　塾も休みがちで、オレたちのことも無視して」

僕も、よく覚えていない。とても長い夢を見ていたような気がする。手には、確かな感触が残っているんだけれど、それが何かは分からない。目が覚めたら、僕は病院で包帯を巻かれているところだった。家族が僕を取り囲み、泣いていた。僕は、ぼんやりとその光景を眺めていた。ただ、はっきりしていたことは、僕は、必ずAクラスに這い上がって、あの校章を手に入れなくちゃ、ということだった。

「でもさ、さすがに夏休みを境に、塾に通うヤツも、絞られてきたよな」

「夏休み前、特にゴールデンウィークあたりまでは、ミーハーがわんさか押しかけてきて、正直、ウザかった」

「あんな中途半端な連中とやっていると、気が散るよな」

「あのミーハー連中は、受験どうすんだろう?」

「受験なんかしないよ、公立に行くだけだよ」

「あ、そうか」

「でも、今年も、なんか企画されてるらしいじゃん」

「テレビ?」

「うん、今度も、結構長い間ターゲットを追いかけて、取材するらしいよ」

「なんで、知ってんの?」

「だって、テレビの人に声かけられたもん」

「おまえ、ターゲットになるの？」

「まさか！　そんなものになったら、勉強に集中できないよ。だって、家とかでもカメラ回すみたいだぜ」

「うぜー」

「だろう？　それに、おれはX中学受けないから、どのみち、取材対象外」

「やっぱ、X中学か」

「この秋の学校説明会と願書頒布から来年の合格発表まで追いかけるらしい」

「やっぱ、ラストは、胴上げか？」

「じゃなきゃ、絵にならないだろう？」

「それは、プレッシャーだな。合格間違いないヤツが、ターゲットになるんだろうな」

「でも、合格圏ど真ん中のヤツよりも、ギリギリのヤツのほうがいいんだろうな、テレビ側としては。ギリギリから合格。そのほうが、盛り上がるだろうし。山あり谷あり序破急ありで、ラスト一発大逆転の展開がなきゃ、見ているほうだっておもしろくないもんな」

「一発逆転に弱いもんな、そこらの大人って。で、生ぬるい感動もんに仕上げるんだろうな」

「でも、ギリギリのヤツが、こんな取材受けるかね？」

「ま、どっちみち、おれらには、関係ないか」

「な？　腹、へらね？」

「モスに寄ってく？　期間限定テリヤキチキンバーガー、やってるぜ」

「おまえ、チキンバーガー好きだろう？　特訓がはじまる前に、いっつも食ってたじゃん」

「あ、やっぱり、コンビニにしようぜ。肉まん、食いたい」

「じゃ、オレはおでん！」

そうだな、おでん。おでん、食べたいな。チキンバーガーより、おでんのほうがいいに決まっている。卵は容器の奥に沈み込んでいる茶色くなったやつがいいな。はんぺんももちろん茶色でとろけそうなほどくたくたに煮詰まっていたほうがいいな。でも、つみれはいいや、パス、その代わりちくわ、ちくわは二本。

あれ？　あの子。

「どうした？　ちくわから、汁がたれてんぜ」

あそこに、女の子がいる。ほら、あの看板の横。髪の短い、女の子。僕たちをじっと見ている。

「これ、見てみろよ、今日の夕刊、今、買ったんだけど」

「なんだよ、いきなり大声だして、びっくりするじゃんかよ！」

「ヤバいよ！」

「まじで、見えてんの？　それ、ヤバくね？」

いて、白いスニーカーをはいている。

「な、その女の子、ちゃんと、足ある？」

ある。ちゃんとあるよ。短い薄水色のキュロットから、まっすぐな細い足が伸びて

「そういうの、苦手なんだよ」

「怖がりだな」

「だから、やめろよ」

「池袋はね、割とオカルトスポット多いんだぜ」

「そういうの、やめろよ！」

「もしかして、幽霊とか？」

「今も、まだいる？」

「先週もそんなこと、いってなかったか？」

「オレも見えない」

「いないよ、そんなヤツ」

「ええ！　マジ？」

「何、何、どうした？」

「X中学の生徒が、父親に殺されたって」

「うそっ」

「殺されたヤツ、U塾生だったって」

「ああ、この人、覚えているよ、この春に、ドキュメンタリー番組に出てた」

「あの番組では、前途洋々のハッピーエンドだったのに」

「おれ、結構、励みにしたんだぜ、あの、一発大逆転」

「おれも」

「うん、感動した」

「あんなに頑張って、X中学に入ったのに」

「なんで、父親に殺されたんだ？」

「家庭内暴力だって」

「あのお父さんが？」

「違う、子どものほうが」

「うっそー、全然そんなふうには見えなかった」

みんなが、騒いでいる。誰かが殺されたって？　誰が殺されたの？

……君が殺されたの？　薄水色のキュロットスカートの女の子、でも、もう見えない。

「多分、取材とか来んだろうな、塾に」

「インタビューされるかな？」

「この大切な時期に」

「本当だよ、この大切な時期に」

「もう、帰ろうよ、なんだか、気が滅入っちゃったよ」

「うん、帰ろう、帰ろう」

いつ頃からだろう。あいつらと別れたあとは、僕は、駅の西口を出て、立教大辺りまで遠回りして、細い路地を適当に折れて、ごちゃごちゃとした住宅街を、ぶらぶらと歩いて、そして、また駅に戻る。塾帰り、この奇妙な散策を、僕はいつのまにか習慣にしていた。『必勝』鉢巻で蒸れた頭を冷やすには、ちょうどいいブラブラだけれど。でも、僕の足は、秩序を持って、そこを目指す。

そして、いつも、足を止める小さい美容院。ここに、何があるんだろう？　そう考えはじめるたびに、風景は、僕の足元から猛スピードで逃げていく。置き去りにされた僕は、体の感覚までなくなって、感情まで希薄になってしまう。そんなとき、僕の顔をのぞきこむ、ガラス越しのおばさんの顔。おばさん、誰でしたっけ？　とっても懐かしい感じがする。

でも、今日は、おばさんはいなかった。シャッターは閉まっていて、看板のネオンサインも消えている。そりゃそうだろうな、もう十一時だもん、普通、閉店だよ。今日は、村井たちとハメをはずしすぎた。だって、おでんが、予想以上に美味しかったから。つい、コンビニ前で、話し込んでしまった。

あれ？　シャッターに、何か貼ってある。

『売り店舗』

そうか、ここ、売っちゃうんだ。じゃ、もう、ここには誰もいないんだ。

でも、何か音がする。なんの音だろう？

いいよ、そんなの無視して早く帰ろうよ、終電なくなるよ。

『じゃ、泊っていけば？』

え？　誰？　何かいった？

美容院をぐるりと囲う植え込み、そこにうっすら浮かぶ、白いスニーカーの女の子。君、いったい、誰なの？　ここの子なの？　何？　来いっていうの？　駄目だよ、帰るよ、帰って、今日の復習をしなくちゃ。受験を控えているんだ。

でも、僕は、女の子の手招きに勝てなくて、植え込み横の細い道を辿って、美容院の裏に回った。

誰？

十九

吉沢さん？

家に戻ると、朝もやの中、吉沢さんが立っていた。昨夜と同じ服。お気に入りのスカーレットレッドのスカート。なるほどね、あいつとあのままホテルにしけこんだか。

「昨日、どうして、来なかったの？」

僕は、返事をしなかった。

「部屋に、上がっていい？」

吉沢さんは、三ヵ月前にはじめてここを訪れたときと同じように、僕の目を探るように、いった。

三ヵ月前は、「掃除をしてないもんで」と、立教大近くの喫茶店で打ち合わせをした。しかし、今日は、こんな中途半端な時間だ。駅まで行けば時間に関係なく営業している店もあるだろうが、僕はもうへとへとで、あそこまで歩くのは、もう、無理なように思われた。

女を部屋に上げるのは、はじめてだった。そのはじめての人が吉沢さんとは、まったく予想していなかった。

僕は、いつもの癖で、留守番メッセージの録音状況を確認した。三件のメッセージが入っている。

「それ、わたし」

吉沢さんは、つま先の破れたストッキングを隠すように、スカーレットレッドのフレアを畳に広げて、座った。裾のほつれは相変わらずだ。その色も褪せ、絹の光沢も、くたびれていた。そういえば、あの男と会うときは、いつもそのスカートだったね。買ってもらったんだ。

ブラウスのボタンが、ひとつ、外れかかっている。それに気付いたのか、吉沢さんは、それを指で、そっと隠した。その指先も、自慢のネイルカラーが、ところどころ、剝がれている。しかし、薬指のリングだけは変わらず、吉沢さんの肉に食い込んでいた。

吉沢さんは、一点をみつめたまま、何もしゃべらなかった。

僕は、いつもの習慣に従って、テレビのリモコンを探し、[電源]ボタンを押した。

朝のニュースの喧騒が、当然のように流れる。

あれ？　あの公園のホームレスたち。ああ、そうか、これか。へー、あの十円玉の人、割といい感じで映っているんじゃん。ははは、相変わらず、社長だったって言い張っている、ＩＴバブルがはじけて、会社をどっかにのっとられて、社員に追い出された……と。なかなかいいシナリオだよ、ありがちだ。あ？　あのスーツのおじさんじゃん。最近見ないと思ったら、家に戻ったんだ。ま、よかったんじゃないかな？その笑顔は、まんざらじゃないって感じだもの。奥さんだって、子どもたちだって、いい感じじゃん。テレビ的にはハッピーエンドだね。でも、おじさんの笑顔の口元にうっすらと陰が集まっている。

「ここ……、いつから住んでいるの？」

吉沢さんが、ようやく口を開いた。核心に行く前に、何気ない世間話でもするつもり？　いいよ、それなら、付き合うよ。

「三年ぐらいになりますかね。実はここ、子どもの頃の思い出の場所で。で、懐かしいなあって久しぶりに来てみたら、貸し出しのチラシが貼ってあって。駅にも近いし、家賃もそこそこだし、借りちゃいました」

「そう」

いったきり、吉沢さんは、また口を結んだ。

なんだ、それで終わり？　いつもの饒舌はどうしたの？　こういうときは、僕のことを責めて責めて、責めまくるんじゃないの？　いつもの、ちょっと回りくどい詞《ことば》で、ときどき自分語りを織り交ぜながら、自分の善意だけを前面に押し出して、僕をとことん、疲れさすんじゃないの？　そして、あんたは、しおれた僕を見下ろして、優越感に浸るんだ。

でも、分かっているよ。あんたはその根本で弱者なんだ。往来でのろのろ歩く老人に、往来で泣き叫ぶ幼子に、つい手を貸してしまう者のほうを弱者と呼ぶように。飢えや病いや寂しさに苦しんでいる不幸な姿に、まんまと誘《おび》き寄せられるお節介焼きを弱者と呼ぶように。うろつく似たような虚ろ顔を憎みながら、センチメンタルやロマンチシズムに鬱《うっ》を抜かす腑抜けな者たちを嘲笑《あざわら》いながら、仲間同士のべったりとした絆をずたずたにするのを望みながら、それでもなお、それに関わっていなければいられない寂しがり屋を弱者と呼ぶように。

だから、あんたは、僕につきまとうんだ。

「久保くん、あのラウンジに来たでしょう？」吉沢さんが、再び口を開いた。「そして、わたしのことを、汚いものを見るような目で見た。バカな女だなって目で見た。確かに、そうね。バカみたい」

吉沢さんは、いつもの調子を取り戻したようだ。よし、そうでなくちゃ。

「わたし、捨てられたのよ。あの仕事を切られたのも、そのせいよ、あの人、あなたの原稿なんて、一ページも読んでない。口実が欲しかっただけ。この一年の腐れ縁を切るための。そうよ、わたしたち、一年前からなのよ」

吉沢さんの箍《たが》が、はずれたようだ。言葉が次から次へと、この部屋に溢れていく。

「女っていうのは、誰もがキスを欲しがって、裸の触れ合いを求めて、愛、愛って喘《あえ》いでいる下等な動物だと思っているでしょう？　淋しくて、構ってほしくて、分かってほしくて、だから、ちょっと優しくしてくれそうな男にふらふらとついていって、その人に慰めてもらって。そうね、そうよ、確かに、わたしの場合、そうよ。だから、誘われて、ふらふらとついていった。でも、誰でもよかったわけじゃない、手当たり次第ってわけじゃない。わたし、そういうつもりで、あの人と付き合っていたわけじゃないから。わたしだって、本気で、あの人のことが好きだった。でも、あの人は、もう、わたしのこと、いらないって。あの人は、わたしの顔も見たくないくらい、わたしに飽きてしまったのよ。それを分かってて、わたしは、知らない振りをして、あの人につきまとった。だって、あの人と一緒にいるときは楽しかったのよ、だからもっと愛してほしかった。でも、わたしがそう思うだけで、あの人は、うんざりしてしまうのよ。分かっている。人はあまり同じ人間と一緒にいられないものだから。べったりとくっついていると、その部分が床擦《とこず》れのようになってしまうの。わたしだってね、骨が見えてしまうぐらい皮膚が壊疽《えそ》してしまうのは御免よ。でも、わたしがそう思う前に、あの人のほうが先にもうたくさんだという顔をしてみせた」

　バカだな。なら、あんたが先にその人を捨ててしまえばよかったのに。そうすれば、今のようにそんな情けない表情にならずに済んだのに。そんな顔をしてみせるから、相手も哀れみながらあんたを見下ろすんだよ。あんたは、そうやって、捨てられ続け、そして、哀れみだけを欲しがり続けるの？

「そうね、そうかもしれない」

　吉沢さんは、フレアスカートの裾のほつれに、ようやく気付いたようだった。それを指にからめ、一気に、引きちぎった。

「一度だけ、わたしのほうが、一瞬先に飽きてしまったときがある。ああいう瞬間って、突然やってくるのね。それまでは好きだったのに、突然、誰かにパチンと指を鳴らされたような感覚になって。……わたしもね、捨てたことがあるのよ。この部屋で」

二十

何を、捨ててるの？

でも、僕の言葉は、夜に掻き消された。美容院の裏、小さな小さな懐中電灯の光の点だけが、その人の断片を映し出す。

おばさん、ここの人でしょう？

なんだか、覚えている。おかかとチーズ、ツナマヨ、そして、……梅干。なんだろう、心臓が、苦しい、何か、刺さってしまったようだよ。

『忘れちゃいなさい、今日のことは全部忘れちゃいなさい、いい、全部よ、忘れるの、なにからなにまで、あの子のことも、ここにいたことも』

朝焼けに浮かぶ虹、首筋に浮く青い血管、畳に染み込む真っ赤な血。

薄水色のキュロットスカート。

ああ！

僕は、両手を見た。

この感触。洗っても洗っても消えない、この感触。

『忘れるのよ。いい？　なにもかも』

おばさんが、暗示をかける。

でも。

『駄目、忘れないで、わたしが百歳になっても、わたしのことを覚えていて』

君だ、君なんだね、薄水色のキュロットスカートが似合う、短い髪の君。

『忘れるのよ、いい？　なにもかも』

おばさんが、さらに暗示をかける。

駄目だよ、おばさん、思い出しちゃったよ。

それ、あの子だね。おばさんが、土の中に捨てようとしているのは、あの子だね。

僕が殺したんだ。僕のこの手が、あの子の柔らかい首を、シメタンダ。

あの子の首が、朝焼けに照らされて、えんじ色に染まっていって、とても、きれいだった。

大丈夫、僕は、忘れない。きっと、そこから、君を助け出す。深い深い土の中から、必ず君を。

だから、僕が大人になるまで、待っていて。

二十一

「とても、きれいだったね、あのときの朝焼けは」

どうしちゃったんだろう？　吉沢さん。壊れちゃったのかな？

「虹が、出てた。朝焼けに浮かぶ、虹」

吉沢さん？　なんだか、いっている意味が支離滅裂で、よく分からないよ。

「ね、ここにいつから、住んでいるの？」

だから、三年前からだっていっているじゃない。

「どうして、ここに住んでいるの？」

だから、僕は。

ここをずっと見てきたんだ、そして、あの子を救い出してあげたかったんだ、もう、十六年も！

――そういえば、はじめてここを訪ねてきたときも、吉沢さんは、そんなことを聞いたね。そして、僕の名前を聞いて、しばらく考え込んでいたかと思ったら、はっと視線を上げて、僕に名刺を差し出した。それが、三ヵ月前。まだまだ寒い、一月の夜だった。

『おなか、すいたね』

ああ、そうだね、もう、こんな時間だ。

僕は、台所に向かった。朝食、朝食を作らなきゃ。冷凍室に、残りご飯があるはずだ。それをチャーハンに。具は、卵とソーセージぐらいしかないけど、あ、ギョーザに使った干し海老が残っていたはずだ。でも、ネギがないな。

「わたし、本当は。……パソコン雑誌であなたの名前を見つけて連絡したっていったけど、あれ、嘘」

へー、そうなんだ。でも、なんとなく、分かってたよ。だって、いかにも、白々しい口実だもんな。あんなマイナーな雑誌、しかも、マイナーなコーナー、そんなところ、偶然読んだとしても、それを書いたライターを覚えているヤツなんか、いないよ。僕だって、忘れてたんだ。

ほら、チャーハン、出来上がったよ。ネギ抜きだから、ちょっと自信ないんだけど。

『おいしそう』

ほんと？　よかった。

ギョーザもあればもっといいんだけど。だって、ほら、初めてここに僕が来たとき、チャーハンとギョーザだったじゃない。でも、ギョーザは、一昨日、僕がひとりで食べちゃったよ。ごめんな。

「……久保くん」

なに、吉沢さん、まだいたの？

「久保くん！」

ああ、うるさい女だな、とっとと帰れよ。

「久保くん！」

だから、うるさい。これから、朝食なんだ、あの子とふたりで。

「あの子って誰？」

「あの子だよ」

「だから、だから、誰？」

「えっちゃんだよ」

「えっちゃんて……」

「あの子は恥ずかしがりやだから、押入れに隠れているんだ」

「久保くん……」

「僕が、冷たい土の中から救い上げて、ここに連れてきたんだ」

「ね、わたしの話を聞いて、お願い、聞いて」

まだ、聞いて欲しいことがあるの？　散々聞いてあげたじゃない、この三ヵ月、うんざりするようなあんたの話を。

「お願い、大切なことなの、ね、聞いて」

うるさいな、少しは黙れよ、それか、帰ってくれよ。

「わたしのこと、まだ分からないの？」

あんたは、古沢さんだよ、それ以外の何者でもないよ。

「わたしは、すぐに分かったよ」

何が？　あんたに、何が分かるんだよ？

「君は、今も昔も変わらない、わたしの話を一から十まで聞いてくれる、優しい人」

だから、僕はちっとも優しくなんかない。勝手にキャラを押し付けるな。

「ね、だから、目を覚まして、わたしは、ここなんだから」

なにいってんだよ、目を覚ませって、僕は、ちゃんと起きているよ。確かに、ここんところちょっと寝不足だったけど、一昨日はしっかり寝たんだ。頭も目もしっかりしているよ。

「久保くん……わたし」

なに、泣いているの？　どうして泣くんだよ、あんたが帰ってくれればそれでいいんだよ。僕とあの子とふたりきりにさせてくれれば、それでいいんだよ。

「どんなに惨めなときでも、あの頃のことを思い出して、自分を慰めていた。まるで世界中のものが自分の手の中にあるような、そんな、尊大で幸せな錯覚の中で過ごしていた、あの頃の思い出。短い間だったけど、とても楽しかった」

うちの包丁でなにする気？

「でも、もう駄目よ、わたし。せめて、君には分かってほしかったのに」

それ、あんまりよく切れないよ。ソーセージを切ったときも、うまく切れなくて、力を入れたら、指切っちゃった。ほら、見てよ、僕の指、こんなに深く切っちゃったよ。

へー、吉沢さんの首、ほくろがあるんだ。あの子と同じだね。ちょっと触らせてくれない？

「君のこと――」

え？　何か、いった？　何？　小さくて聞こえないよ。もう少し、大きな声でいってよ。

――君のこと忘れたこと、なかったよ、これから先も、百歳になっても。

エピローグ、あるいは真相

三つの白骨遺体、深まる謎／東京・池袋

豊島区西池袋の貸し店舗二階住居部分で、男女の白骨化した遺体が三つ見つかり、電子メールの送受信記録などから、男女は半年前に死亡したと見られることが、十四日警視庁池袋署の調べで分かった。

調べでは、遺体が見つかった東京都豊島区西池袋の貸し店舗は、三棟続きのメゾネット式で一階が店舗、二階が住居スペースになっており、一九七五年に新築され分譲されたがいずれも売却、一九八九年に渋谷の不動産会社が買い取り管理していたが、不動産会社が倒産したため、三棟とも空家のまま約十三年放置されていた。二〇〇二年、池袋の不動産会社に転売されたが、その不動産会社も直後に倒産したため、遺体が発見されるまで部屋は放置されたままだった。不動産会社の関係者によると、「二〇〇二年、貸し店舗として居住者を募集したが集まらず、結局、三棟中、一棟しか埋まらなかった。その後会社は倒産したため、住民がどうなったかまでフォローしていなかったが、まさか、こんなかたちで発見されるとは思わなかった」と驚いている。

同署の調べでは、男性は貸し店舗を借りていたフリーライター久保誠《まこと》人さん（当時二十八）、女性は都内制作会社に勤める会社員吉沢絵里《えりこ》子さん（当時二十九）である

ことが分かった。遺体の状況から無理心中の可能性が高く、ふたりの関係など調べを進めている。女性には夫がいたが、会社も家族も捜索願は出していなかった。

ハサミがふいにずれ、最後の部分が、途中で切れた。渡辺早苗《わたなべさなえ》は、ひとつ深呼吸をすると指に力を込め、切り損じた部分に再びハサミをいれた。それから切り抜きをひっくり返し、スティック糊を滑らせ、いつものスクラップブックに、それらを慎重に貼り付ける。

しかし、やはり、いびつになってしまった。最後の三行が、哀れに歪んでいる。貼り直そうと紙端を爪で少し剝してみたが、紙の表面だけが醜く裂けてしまった。

「しかたないわね」

そして、そのまま、指の腹で台紙に擦り付けた。

同部屋の押入れからは、もうひとつ白骨化した遺体が発見され、十歳から十五歳ぐらいの女児ではないかとしているが、身元は分かっていない。

そして、最後に、切抜きの横にキャプションを書き込んだ。

（東都新聞　平成十七年十月十四日付け）

サインペンを台紙から浮かせ、スクラップブックを閉じたとき、とうとう涙が流れた。

「えっちゃん」

この名前を口にしなくなって、もう、何年が経つだろう、早苗は心の中で指を折ってみた。……十五、十六年。

その記事を見つけたのは先週だった。小さな小さな、記事、いつもだったら見逃してしまうほどの。ふいに手にとった新聞で記事を見つけたとき、早苗は息を詰まらせた。あの二階で死んでいた女性は、絵里子。たった一人の、姪。知り合いのつてを頼って、絵里子の実家に連絡を入れてみたが、通夜も葬式もすでに済んでいた。身内だけで、ひっそりと終わらせたのだという。それでは、私は身内ではないのだろうか？早苗は自問し、そうだ、私はもう身内ではないのだと、自答した。絵里子の両親が離婚し、絵里子が母親に引き取られたあのときから、道ですれ違っただけの人よりも縁の薄い、他人なのかもしれない。

しかし、一度だけ、絵里子から葉書が来た。今年の冬だった。『寒中お見舞い』と印刷された紙面の隅には、

「特に用事もなく、懐かしさだけでぶらぶらと、西池袋のあの家を訪ねてみました。驚いたことに、あの家に、とても懐かしい人が住んでいました。しかし、あの人はすっかり私のことを忘れているようでした。話を聞くと、私と似たような仕事をしているとのことなので、できたら一緒に仕事をし、徐々に思い出してくれたら、と思っています」

と、書かれていた。絵里子の、後先を考えない天真爛漫な笑顔が思い出された。昔から大人びた口調で周囲を困らせてはいたが、しかし、あの子は昔も今も、変わらず、幼くて、危うい。誰もが自分の悲しみと喜びを共有してくれ、共感してくれると信じ込んでいた。しかし、人はそれぞれ秘密を持ち、柵をめぐらすものだ。それを、

あの子は、少しは理解していただろうか。

いずれにしても、あの西池袋の家が、捨ててきたあの家が、こんな形で、古い縁《えにし》を呼び覚ましてしまった。

早苗は、カラーボックスの本棚にスクラップブックを挿した。棚にはスクラップブックは六冊あり、これが七冊目だ。十六年の記録。たぶん、これが、最後になるであろうと、早苗は思った。

座卓に散らばった紙くずを片付けていると、電話が鳴った。三つ違いの弟からだった。

今年で五十五歳になる弟だったが、しかし、まるで幼児のように、ねえちゃん、ねえちゃんと泣きじゃくる。弟も、娘の訃報を知ったようだった。そういえば、今朝、ニュースの特集で小さく取り上げられていた。都会の片隅に忘れられた、三つの命。

「結婚して、幸せにやっているものとばかり思っていたのに、こんなことになるなんて。俺のせいだ、俺のせいだ」

弟は、あの過去を、いまだに悔やんでいるようだった。時々電話をしてきては、こうやって、自分を責める。

「あなただけのせいじゃないわよ、あなただけのせいじゃ」

ひとりの人間の死には、いったいどれだけの縁がからんでいるのだろうと、早苗は思った。その縁のひとつひとつが、正常に結ばれることなく、もつれてからみ、そして十六年かけて、ゆっくりと、絵里子を死に至らしめたのかもしれない。

「しかし、なんだって、半年間も、放置されていたんだ？　あれでは、絵里子がかわいそうだ。夫は何をしていたんだ？」

「きっと、夫婦仲がうまくいってなくて、絵里子が家出したとでも思っていたんでしょう」

早苗は意識してさりげなくいったつもりだったが、『夫婦仲がうまくいってなくて』のところで、弟の小さな嗚咽《おえつ》が響いた。しばらくの沈黙が続いたあと、弟は、弱々しくいった。

「あいつは……母親は、何をやっていたんだ？」

「あちらはあちらで、絵里子が結婚して幸せに暮らしているって、安心してたんでしょう。結婚したら、半年ぐらい、連絡がないなんてこと、あるわよ。それに」

しかし、早苗はここで言葉を切った。夫の裏切りが許せず、絵里子の母親は長年神経を衰弱させていた。入退院を繰り返しているとも聞く。彼女の時計の針は、夫が裏切ったあの十六年前にいつでも向いていて、現在や未来を指す針を持たないのだ。

絵里子もまた、そうだったのかもしれない。

そして、あの、男の子もまた。

「一緒に死んでいた、あの男は誰なのかな？」

早苗は答えなかった。

「ねえちゃんが住んでいたあの家で、どうして、あの二人が？　そして、もうひとつの白骨遺体は？」

やはり、早苗は、答えなかった。

その答えを知るのは、あのスクラップブックだけだ。

そろそろ、あの人に、手紙を書こう。しかし、今日はまだ決心がつかない、明日はどうだろうか？　明後日は？

いや、今夜、今夜、書いてしまおう。

しかし、その前に。

「今から、淑子《よしこ》さんのところに行ってこようかと思っているの」

「あいつのところへ？」弟の声が、ゆらぐ。

「えっちゃんの遺骨ね、淑子さんのところにあるの。えっちゃんの旦那さんが引き取りを拒否したから、淑子さんのところにあるのよ。だから、せめて、お焼香でもと思って。あなたも、行く？」

「いや、俺は」

「そうね、遠慮しておいたほうがいいわね。淑子さん、ますます神経をすり減らしてしまうわ。……美貴《みき》さんは、元気？　うまくいっている？」

「まぁ、……なんとか」

「あんなかたちで、いろんな人に迷惑かけて、いろんな人を傷つけたんだから、何でも、別れちゃ駄目よ、悔やんじゃ駄目よ、逃げちゃ駄目よ、それが、あなたの償《つぐな》いなんだから」

「分かっているよ」弟の声が、また、ゆらぐ。

過ちの果ての再婚がうまくいっていないことを、弟の声は告げていた。この弟もまた、誰もが自分の悲しみと喜びを共有してくれ、共感してくれると信じ込んでいるところがあった。絵里子の、あの天真爛漫な笑顔は、父親譲りだ、知らず知らずのうちに周囲を深く傷つけ、人生をも狂わす。そして、それはまた、自分自身にも当てはまる特性なのだということを、早苗は理解していた。自分もまた、若い感情と幼い楽観主義だけで家を出、自立という名の幻に挑み、店を持ち、父親のいない子どもを産み、……そして失敗した。

喪服ワンピースのファスナーを上げ終ったところで、玄関のベニヤ戸が、鈍く鳴った。ここのところの長雨が、ベニヤをさらに腐らせてしまったようだ。

「鈴木《すずき》さん？　どうぞ。開いています」

戸を開けたのは、下の部屋に住む、老女だった。老女といっても、早苗と十は違わないだろう、しかし、歳より折れ曲がった背中が、女を老けさせていた。長年の重労働がもたらした、疲労のせいだろうか。老女は、朝昼夜、黙々とビルを掃除し続けていた。

「今日、お休みだとおっしゃってましたから。髪をね、ちょっとね」

老女は、上目遣いで、手に持った市販の白髪染めを照れ臭そうに、差し出した。しかし、早苗の喪服に視線を留めるとそれを、すぐにひっこめた。

「もしかして、ご不幸でも？」

「ええ、姪がね、ちょっとね」

「あ……、なら、いいんですよ、いいんですよ」

「白髪染め？　なら、今夜……、そう、今夜いらしてくださいよ。ついでに、カットもしてしまいましょう、随分、伸びましたもんね」

「いや、でも、いいんですよ」

「ぜひ、いらしてください、今夜。綺麗になりましょう」

「いつも、いつも、ありがとうございます。実はね、明日、古いお友達と会うんですよ、中学校のお友達」

「そう！　同窓会？」

「そんなようなものです」

「そうですか、明日は日曜日ですもんね、なら、うんと、綺麗にしてあげましょうね、必ず、いらしてくださいね」

「本当に、いつもすみませんね」

老女は、張子の虎のように、何度も何度も頭を下げた。頭を下げ続けながら今まで生きてきたのだろう、その動作には、微塵《みじん》の迷いもない。

自分はどうだろうか。早苗は、三面鏡の前に座ると、自分の髪に櫛《くし》を入れた。私のほうこそ、随分、髪が伸びた。白髪の割合も増えた。しかし、私には、まだまだ迷いがある、早苗は思った。その顔には、まだ、何かを取り繕おうとしている企みが滲み出ている。早苗は、右目下の傷に、そっと触れてみた。とっくに完治しているはずが、ときどき痛む。たとえば、今日のような日は。

早苗は髪をふたつに割ると、それをそれぞれ編み込み、後ろでひとつにまとめた。そして、この喪服と合わせて買った黒パンプスを、箱から出す。

時計を見てみる。十時にはまだなっていないが、余裕があるともいえない。化粧を簡単に済ませると、早苗は、ウールショールを持って行こうかどうか少し迷ったあと、やはり持って行こうと、それをバッグに押し込んだ。窓に、枯葉が二枚、へばりついている。風が思いのほか、強そうだ。

武蔵境駅《むさしさかい》までは、徒歩で十分。それから中央線の快速に乗って新宿まで約三十分、三鷹《みたか》で特別快速を捕まえることができれば、もう少し早く着くかしら？　小田急線はどのぐらいの間隔で走っているものかしら？　目的の駅に急行は停まるのかしら？　その駅からさらにＪＲに乗り換えて。……一時前には着くかしら？

昨日、電話で「お昼過ぎ……一時頃にお伺いしますので、どうぞ、お焼香だけでも」と伝えていた。電話の相手はなんとも答えず、そのまま一方的に電話を切った。もしかしたら、いないかもしれない。いてもいなくても、約束の一時には、その玄関ドアをノックしていたい。早苗は、急いだ。

急ぎながら、早苗は、淑子とはじめて会った日のことを思った。昭和五十年、大信《おおし》田礼子《だれいこ》似のかわいい子だよと弟から聞かされていたその女性は、確かに、目がくりっと大きな美人だった。しかし、短大を卒業したばかりの二十歳だと知ったとき、早苗は結婚にはまだ早いと、反対した。弟はそのとき二十五歳で、名のある会社で働いていたとはいえ、その経済力には不安要素しかなかった。それでも若い二人は同棲をはじめ、子どもを作り、入籍した。若い二人を突き動かしていた甘い情熱は、しかし、長くは続かなかった。その結末はあまりに寒々しく、近寄っただけでもこちらが凍り付いてしまうような、酷い有様だった。

ＪＲ成瀬《なるせ》駅には、十二時前に到着した。駅前に蕎麦屋を見つけると、そこでお昼を済ませることにした。腹はそれほどへってはいなかったが、思えば、朝も食べていない、何かを取り入れておかなければ、頭が空腹に耐えかねて、突然暴走をはじめるかもしれない。感情だってそうだ。

お昼前だからなのか、店内には、まだ客はいなかった。店員は座敷を勧めたが、一人なのでと、カウンター席に腰を落ち着かせた。「きつねそばをひとつ」

「おにぎりはつけますか？　セットですと、お得ですよ」

壁に貼られたメニューを見ると、ランチセットとある。各種そばとおにぎり二つのセット、八百五十円。

「いいえ、そばだけでお願いします」

そばはすぐに来て、早苗もそれをすぐに食べ終えた。なかなか美味しかった。

十二時十分。客は、まだ、いない。その代わり、電話がひっきりなしに鳴っている。きっと、出前が専門の店なのだろう。まだ、時間はある。

「この辺で、フルーツの詰め合わせなどを売っているところ、ありますか」

「ご仏前ですか？」店員は、早苗の喪服を見ながら、いった。「駅の向こう側にショッピングセンターがありますよ」

「駅の向こう側……、あ、この住所は、こっち側でいいのでしょうか？」

早苗は、バッグから古い年賀状を取り出した。

「えっと……、ええ、この住所は、こっち側ですよ。でも、こっち側は、ほとんどお店ありませんから、買い物はショッピングセンターで済ませておいたほうがいいと思いますよ、でも、この住所、分かりますか？　ちょっと、分かりにくいですよ？」

「はい、昔……、とても昔に、一度、来たことがあるんです。ですから、歩いているうちに、思い出すだろうと。でも、この辺も、変わりましたね、ちょっと心配です」

「そうですね……、えっと、じゃ、きつねそばひとつで、六百円になります」

駅に戻って向こう側に回り、ショッピングセンターでご仏前用のフルーツを買い終えると、時計はすでに、十二時四十分を回っていた。急がなくちゃ。しかし、フルーツの詰め合わせは思いのほか重く、記憶を紐解きながら歩いていくことに、少し、不安を感じた。早苗はタクシー乗り場へと、足を進めた。額に汗が滲む。路地脇の彼岸《ひがん》花《ばな》はとっくに朽ち、コスモスもその役目を終えようとしていた。なのに、真昼の太陽は、残暑を思わせる。タクシーを捕まえると、早苗は、大きく息を吐いた。汗は、なかなか引きそうにない。

タクシーは、一時四分前に、その団地に到着した。はじめてここに弟夫婦を訪ねたとき、そこは夢のように美しく広々とした集合住宅《ニュータウン》だった。しかし、今や、その面影といったら、中央広場のシンボルツリーだけだった。タクシーは、その前で、早苗を下ろした。

記憶では、このシンボルツリーから北方向に数えて五棟目に淑子の住まいはある。

早苗は、再び、年賀状を取り出した。古い古い、年賀状。兎の絵がちりばめられ、中央には家族の写真が焼きこまれている。その余白を縫うように「イギリスから戻ってまいりました。今年から、また宜しくお願いします。」の文字が走っている。淑子さんの字だわ、それを受け取ったとき、ひどく嬉しかったことを早苗は覚えている。結婚には反対したけれど、いい家庭を作ってくれている、この年賀状にはそんな温かみがあった。

早苗は、右目の下の疼きを止めようとハンカチで何度もそこを強く押さえた。しかし、止まらず、涙が唇を濡らす。右手に持ったフルーツの詰め合わせをアスファルトの地面に下ろすと、早苗は、両手を使って、頬を叩いた。

駄目、まだ、やらなくちゃいけないことがある、ここで弱気になってはだめ。

シンボルツリーから北方向に五棟目、三〇六号室のドアホーンを押すと、ドアはすぐに開いた。

「相変わらず、時間には正確ですね」

はじめは、部屋を間違ったのかと思った。あの可愛らしかった面影はどこにもなく、辛うじて、大きな目だけがぎょろぎょろと、過去の名残りを留めている。

「あ……」早苗は、咄嗟に言葉を捜す。「何年振りかしら？」

「十六年振りです。お義姉《ねえ》さんの家に、あの子を迎えにいったときが最後ですから」

お義姉さんと呼ばれ、早苗の頬が自然と緩む。いまだにそう呼んでくれることが、素直に嬉しい。

「お義姉さんは今、どこに住んでいるんです？」

「武蔵境ってところなの。中央線の」

「ああ、知っているわ、吉祥寺の近くね。吉祥寺、学生時代、よく、行ったわ。……なら、ここまで八王子を回って来たの？」

「ううん、新宿から小田急線で」

「八王子経由のほうが早かったのに」

「そうなの？　電車のこと、よく分からなくて」

「ああ……、ごめんなさい、こんなところで長々と。上がります？」

フルーツの詰め合わせを左手に持ち替えたところで、淑子はようやく早苗を部屋に促した。パンプスを脱いだ途端、つま先がじんじんと痛み出す。見ると、血が滲んでいる。思えば、このパンプスは久しぶりだ。型も古く、買ったのは、そう、十六年前だ。あのとき、この喪服と一緒に新調した。早苗は、ハンカチで患部をそっと押した。血は止まっているようだったが、小指の爪が割れてしまった。気持ちがいよいよ深く沈み込む。

しかし、部屋に上がると、そこは明るく清潔で、早苗は、ほっと息をついた。

「もっと荒れた生活をしていると思いました？」

焼香を済ませ、リビングのソファに腰を下ろしたところで、淑子がお茶を出しながら、いった。

「お義姉さん、全然変わってませんね。今も、美容院をやっているんですか？」

「いいえ、あれっきり、美容師はやってないのよ」

「そうなんですか。……じゃ、今は何を？」

「ビルの清掃をね、やらせてもらっているの」

「ビルの清掃……」淑子の唇は何か聞きたそうだったが、しかし、それは一度閉じられ、数秒後に再び開いた。「私、随分、変わったでしょう？　この十六年で、四十キロ、太ったのよ。四十キロ、全部、脂肪」

「ううん、そんなこと……」数珠《じゅず》を揉みながら、早苗は笑いを作った。

「お義姉さん、本当に変わってませんね」

「え？」手の中の数珠が、ぎこちなく、鳴る。

「顔ではニコニコしていて優しげで、腹の中じゃ何を考えているのかまったく分からない。私は、その人のよさそうな顔にすっかり騙されて、そしてあるとき突然、裏切られるんだわ。あの人とおんなじ」

「淑子さん……」早苗は、首を振った、だが、淑子は止めなかった。

「あの人が出て行ったこの部屋で、どんな思いをして、あの子を育てたと思います？　世間はね、出て行った人より、残されたほうを悪くいうのよ。陰口を叩かれ、屈辱的な憐れみを受け、それでも、私がここにしがみついていたのは、あの子をちゃんと育てるためだったの。慰謝料として、あの人はここを私たちにくれた、たぶん、今でもあの人はひぃひぃいいながら、ここのローンを払い続けているわね、養育費だって、まるで借金取りのように、毎月毎月、取り立てた、世間はね、私の実家の親戚ですら、出て行ったあの人たちじゃなくて、私のほうを悪くいった、鬼だ般若だと、罵《ののし》った。世間の人、私のことなんて呼んでいるか知っている？　ブタ鬼畜って呼んでいるのよ。まったく、容赦ないわよね。でも、なんでもいい、どんなことといわれても、どんな顔をされても、あの人から毎月毎月養育費をもらわないことには、私一人の稼ぎでは、あの子を大学まで上げることなんかできなかった。そこまでして育てたというのに、なんで、こんな結果になってしまったんでしょうね？　どうして、あの子は、あの家で、あんな形で」

「それは……」数珠が、大きく鳴った。

「お義姉さん、きっとあなたは、宿業《しゅくごう》とかなんとか、また宗教を持ち出すんでしょう？　でも、私は入信なんて絶対しませんから、絶対に」

淑子の目から、涙が零れ落ちた。この十六年、この人もまた、耐え難い苦しみに苛《さいな》まれながら生きてきたのだ。その苦しみの果てにどれほど脂肪を蓄えようとどれほどの般若になろうと、それを誰が責められるだろうか。

「ええ、そうね。宗教では救われないことのほうが、この世には多いのよね。それは、私も分かっているわ」いいながら、早苗は、数珠を袋に仕舞い込んだ。

「お義姉さん？」淑子の頬が、チリチリ震えた。

「でもね、拠りどころがなければ生きていけない人もまた、多いのよ。そういう弱い人たちを責めることはできないわ」

「お義姉さん？」淑子の目が、さらに大きく開かれる。

数珠袋をバッグに戻すと、その代わりに、早苗は袱紗《ふくさ》を手にした。

「これね、お香典、とっておいてちょうだい」

淑子は、その包みを半信半疑で自分のほうに引き寄せた。そして、その中身を確認したとき、小さく、唸った。

「こんなに、たくさん」

「池袋の家を売ったときのお金がね、まだいくらか残っているの。あの頃はバブルで、それはそれは途方もない金額で買ってくれたのよ。だから、どうか、受け取ってちょうだい、そして、これからは、自分のために生きてちょうだいね」

しかし、淑子は、その包みをそのまま早苗につき返した。今度は、早苗の頬が驚きでチリチリ震えた。

「お義姉さんは、やっぱり、何も変わっていない。昔からこうやって、人に施しをしては、自分が救われると思い込んでいる。言い換えれば、自分が救われたいから、負担を軽くしたいから、こうして、無駄になんでも人に与えるんだわ。それで、自分は楽になるかもしれないけど、与えられたほうはどうなのかしら？　たとえば、その一番の犠牲者は、友香《ゆか》ちゃんじゃなかったのかしら？」

友香。その名前を聞いたとき、割れた足の小指が、再びじくじくと痛み出した。

「友香ちゃんは、結局、あれきり」

じくじくは、心臓をつたって、唇まで辿り着いた。早苗の歪んだその唇は淑子を恐怖させたようで、淑子はそれきり、話を打ち切った。

風が、サッシ窓を叩いた。細く開いた隙間から、獣の遠吠えのような風音が、聞こえてくる。

「風が、また出てきましたね」

淑子が、立った。早苗は、視線だけでそれを追った。真昼の太陽はもうすでになく、どんよりと寒々しい秋の風が、ベランダのマリーゴールドを散らしていた。

夜になると、気温はさらに下がった。武蔵境駅に降りると、早苗は、ウールショールを体に巻きつけた。

「タイムサービスですよ、どれでも半額」

惣菜屋の明るい声に誘われて、その前で、しばし、立ち止まる。

「お夕飯、何にしようかしら」

言葉にしてみたけれど、食欲はない。

「じゃ、その太巻きと、和風サラダと、……肉じゃがもおいしそうね」

買ってはみたけれど、無駄にしないか心配だ。

アパートに戻って一時間が経った頃、下に住む鈴木さんが白髪染めを持ってやってきた。

「窓からね、レジ袋を提《さ》げたお姿が見えたから。お夕飯、まだでしょう？　これ、よかったら、どうぞ、てんぷら、多く作りすぎてしまったから」

「ああ、ちょうど、よかった。太巻きがあるのよ、それと、サラダと肉じゃがと」

いいながら、早苗は仏壇からレジ袋を下ろした。

「お供え、なんじゃないの？」

「ううん、いいのよ、形式だから」

「いつみても、かわいい娘さん」

　鈴木さんは、手を合わせながら、写真を覗き込んだ。「短い髪が、とってても似合う。この薄い水色のスカートも、とってもかわいい。……何歳で亡くなったの？」

「え？　……そうね、十四、十五歳だったかしら」

「あたしもね、娘が十五歳のときですよ、家を出たのは。男ができてその男に夢中になって、家族を棄てた。それ以来、会ってないんですよ」

「そうなの」

「テレビで、ご対面番組とか見ると、あたしも応募しようかしら、なんて思うんだけど、でもね、きっと、娘のほうは迷惑だと思うんですよね、こんな母親が突然現れたら」

「そんなことないと思うわ」

「ううん、娘はきっと、あたしのこと、とても憎んでいると思うから。なら、そのまま憎んでもらったほうが、いいんですよ。会いたいなんていうのは、あたしの自己満足」

　それから二人で夕飯をとり、それが済むと座卓を畳んで、ビニールシートを敷き、押入れから丸椅子を引きずり出して、そこに鈴木さんを座らせた。

「今まで、白髪染めすら、したことないんですよ。だって、美容院でやると高いし、自分でやると、ほら、手がうまく上がらないし」

鈴木さんは、両腕を上げて見せた。しかし、それは数センチのところで止まった。

「今度、時間があるときに、マッサージもしてあげましょう。さあ、これを巻いてください」

そして、早苗は、白髪染めに添付されていた使い捨てのケープで鈴木さんの小さな体を覆った。

「渡辺さんは、店を開いたりはしないんですか？　店を開いたら、きっと、繁盛しますよ。あたしも、仕事仲間を何人も紹介しますよ。本当はね、紹介したいんですよ、その髪型、素敵ね、とよくいわれるんですよ。でも、しゃべってしまったら、私も私もって、渡辺さんにご迷惑がかかると、我慢しているんですよ」

「迷惑なんかじゃありません、どうぞ、お声をかけてください」

「でも、御代は……」

「もちろん、いりませんよ」

「そりゃ、駄目だよ、取るものは取らなくちゃ、人はね、人の善意に付け込んで、どんどん図々しくなるんですよ、……これって、あたしのことですね。いっつも悪いと思っているんですよ」

「どんどん、付け込んでください。どのみち、善意でやっているわけではないのですから」

「どういうことです？」

「自分のためにやっているんですよ、自分を慰めるため、何か人の役に立っているって思うことで、過去のいろいろなものが清算できるだろうと、心のどこかで思っているんでしょうね。気休めです」

二時間後、ハニーブラウンに生まれ変わった髪に満足しながら、鈴木さんは、自分の部屋に戻っていった。

ビニールシートに散らばった髪を捨て、部屋に掃除機をかけ、軽く水拭きをすると、早苗は、窓を大きく開けた。秋の夜風が、部屋に充満した薬品臭をあっというまに連れ去っていく。

今夜こそ。今夜こそ、手紙を書こう。そして、明日、あの人に会いに行こう。

駅前のスーパーで購入した便箋と封筒をレジ袋から取り出すと、早苗はそれを座卓に置いた。

右目が痛む。すでに視力は落ちるところまで落ち、すべての輪郭は翳《かす》み色は滲み、早苗から現実感を奪っていた。それでも、蛍光灯の光だけを頼りに、文字を埋めていく。途中、何度も吐き気と頭痛に悩まされたが、ペンを止めるわけにはいかなかった。

今夜書き上げなければ、真実は、ついに光に照らされることなく、土の中、奥に奥に、投げ込まれたままなのだろう。土を掘り、それを投げ込み、それに土をかけたのは、紛れもなく自分なのだ。掘り返すのは、自分のこの手でなくてはならない。

翌日、手紙を携えて、早苗は南武線鹿島田駅に降り立った。

目的の場所は、すぐに分かった。駅から五分ほど歩いたところで、一面にポスターが貼られた塀が現れた。表札横には、「清水雅代《しみずまさよ》後援会事務所」というステッカーと、「西池袋事件を考える友の会」という札が掲げられていた。

早苗は、バッグからハンカチを探し当てると、それで口元を拭った。

ブザーを鳴らすと、短い髪をしっかりとセットし、ピンクのスーツをきっちりと着こなしたポスターと同じ女性が両手を広げて迎えに来てくれた。

「まあ、まあ、渡辺さん、お久しぶりですよ、どうしたんですか、今朝、お電話をもらって、びっくりしましたよ。さあさあ、お上がりになって」

確か、今年で七十歳を迎えたはずだが、そうは思えないほど若々しくはつらつとしたその身振り手振りに、早苗は、瞬間、たじろいだ。

しかし、すぐに肩をつかまれ、早苗の体は家へと誘われた。

「何年振りかしらね」

「十六年振りです」

「ああ、そうだったわね。隆司《たかし》くんの葬儀以来だわね」

通されたリビングは事務所になっているようで、壁には『必勝』という垂れ幕を中心に、例のポスターが一面に貼られ、大きなデスクの上には、デスクに負けないぐらい大きなだるまが置かれていた。片目にはまだ墨は入っていない。

黒革のソファに促されて腰を下ろすと、早苗は早速、お決まりの質問にあった。

「どう、頑張っている？」

「いえ」

イエスともノーともつかない曖昧な微笑みで、早苗はそれをやり過ごした。雅代の表情が固くなる。早苗は、握り締めていたハンカチで、口の周りを覆った。それを見て雅代の表情がますます固くなったように思った。手が、震えだす。それを救ったのは、若い女性で、女性はコーヒーカップを二客、もてなしのマニュアル通りの順番で、それをテーブルに並べた。

「孫なんですよ。私の秘書をやってもらっているんです」

雅代の表情は崩れ、孫の紹介がはじまった。

「今年、大学を出たばかりの、まだまだひよっこですけれど。なかなか役に立つんですよ」

「おきれいですね」

早苗は、当てていたハンカチをそっとはずし、唇を無理やり緩めてみた。しかし、うまくいかず、たぶん、その微笑は、奇妙な苦笑になってしまったのかもしれない。孫娘は、小首を傾げながら「ごゆっくり」と告げただけで、その場を立ち去った。自慢の孫娘が出て行くのを確認すると、雅代は質問を続けた。

「確か、当時は、地域婦人部長だったわよね」

「はい」

「今は？」

「いえ」

「あなた、本当に頑張ってた。どんな人にでも親切で、河合《かわい》さんが池袋に引っ越したときも、あなたが真っ先に駆けつけてくれて、いろいろと面倒をみてくれて」

「いえ」

「なにしろ、河合さんは、私がはじめて入信をお世話した方だから、とても思い入れがあるの。だから、池袋に引越しするといわれたときは、とても心配したんだけど、でも、渡辺さんが、ほんとうによく面倒をみてくれた」

「いえ」

「なのに、あんな事件に巻き込まれてしまって。でもね、大丈夫よ、絶対に無罪を勝ち取るわ。再審請求がね、通りそうなのよ。マスコミにいろいろ働きかけた甲斐があったわ。今度こそ、今度こそ、勝利するわよ」

「清水さん……、実は……」再審請求という言葉が出たところで、早苗は、今しかないと、引き気味だった体を改めて雅代のほうに向けた。「本日は、河合さんにこれを渡して欲しくて、参りました」そして、バッグの中に潜ませていた手紙を、リビングテーブルに置いた。

「手紙？」雅代は、コーヒーで唇を濡らすと、早苗が置いた封書を拾い上げた。

「はい。私個人の力では、どうやってこれを河合さんにお渡しすればいいのか皆目見当もつきませんので、こうやって、お力をお借りしようと」

「分かりました」雅代は、ポスターと同じ笑みを作ると、封書の表と裏を何度もひっくり返した。「これは、弁護士を通じて、必ず、河合さんにお渡ししますね。でも、その前に、私が読んでもいいかしら？　一応、『考える会』の代表を務めさせてもらっているものですから、お手紙や差し入れは、私も確認させてもらっているんです」

「はい、どうぞ」

「じゃ、しばらく、そこでお待ちになっていてください」ソファから立ち上がると、雅代は、部屋の隅のデスクへと身を移動させた。そして、眼鏡をかけると、封を開け、手紙を引き抜いた。

「まぁ、随分とたくさん」

そして、相変わらずの笑みを湛《たた》えそれを読みはじめた。

＊　＊　＊

河合勇《いさむ》様

前略ごめん下さい。大変ご無沙汰しております。突然のお手紙、あなた様の驚く顔が目に浮かぶようでございます。覚えておいででしょうか。池袋支部でご一緒だった、渡辺早苗でございます。

思えば、河合さんと初めてお会いしたのは、昭和六十一年の暮れでございました。川崎支部で幹部をなさっていた清水さんから、池袋に転居なさる河合さんをくれぐれもよろしくお願いしますと連絡があった翌日、娘を連れてあなた方一家を訪ねました。ちっちゃな隆司くんはまだ四年生で、でも、大変しっかりした明るい口調で、「よろしくお願いします」と挨拶してくれました。とても、行儀のいい、可愛らしい息子さんをお持ちだと、私は羨ましく思いました。聞けば、名門X中学を目指しているとのこと、その準備で引越しもされたとのことで、私は、微力ながら、精一杯のお手伝いをして差し上げようと決意したものです。

私にも娘がございました。隆司くんより三つ上の娘でしたが、中学受験に失敗し、心を閉ざしておりました。それまでは、うまくやっていたと思っておりました。受験に失敗したときも、明るく振舞っておりました。「公立に行くから、心配しないで」と。

しかし、娘は、私の知らないところで、徐々に変わっていきました。情けないことに、私はそれに気づくことはございませんでした。仕事と地域活動で私は手一杯で、あの子の苦悩や変化に気付かないまま、手遅れな状態まで放置してしまったのです。

あの子が学校に行っていないと連絡があったとき、私はあの子を叱り付けました。しかし、もう、手遅れだったのです。あの子の心は、私の手が届かないところに行ってしまっていたのです。いいえ、それでも、懸命に追いかければ、まだまにあったのかもしれません。しかし、私は端《はな》から逃げ腰でした。私が信心深くありさえすれば、事態はいい方に向かうだろうと、勝手に判断していたのです。ですから、私は、ます、地域活動とご奉仕に力を注ぎました。あの子を二階の部屋に放ったまま。

あの子は、すでに学校には行かず、二階の部屋にすべてのものを持ち込み、閉じこもっていました。あの子が望むものを無制限に買い与えたのは、私です。いつかあの子が目覚め、「お母さん、ごめんなさい」と二階から降りてくることを信じ、私は、あの子に、望むものをすべて与えました。そうすることで、親としての義務を果たしているのだと、そう自分を安心させていました。しかし、私は、二階にあの子がいることを忘れることがたびたびございました。いいえ、もしかしたら、心のどこかでいなくなってほしいと願っていたのかもしれません。階段下に置かれたメモだけが、あの子の存在を思い出させてくれました。あの子が、その日に欲しいものを書いたメモです。そのメモには、高価な、歳不相応なものも含まれておりましたが、私はすべて買い与えておりました。でなければ、あの子は、何時間も泣き騒ぎ、部屋をめちゃくちゃにしてしまうからです。

あの子と隆司くんがどうやって知り合ったのかは、今となっては分かりません。ただ、あの子は週に一回、朝早い時間に散歩に出かけていたので、そのときに、偶然再会したのでしょう。そして、幼い、短い、交際がはじまったのでしょう。交際の方法は、主に、交換日記だったようです。時折、二階に遊びに来ていたようですが、日記でのやりとりのほうが多かったように思います。二人のやりとりを残したノートは、あの子の部屋にありました。日記の最後の日付は、隆司くんがX中学に合格したその日でした。その日を最後に、日記は、あの子の手元に残されました。

あの子が日記をどうしてそのまま終わりにしてしまったのか、私には分かりません。寂しかったのかもしれません。隆司くんが遠くにいってしまうと思ったのかもしれません。自分が取り残されたのだと思ったのかもしれません。

あの子の心は、春になって、ますます乱れました。私は、途方に暮れました。病院に行くことも考えました。

しかし、その前に、あの子は、遠くに行ってしまいました。

私は、あの子を救えなかった。その思いから、私は、隆司くんだけは救わなければと、思いました。ですから、病院に行くことも勧めたのです。早くしなければ、私の娘と同じ道に進んでしまう、隆司くんは、助けなければ。

しかし、事態は最悪な着地をみてしまいました。

あの日、病院に隆司くんを連れて行ったあの日、電車の中で暴れた隆司くんは、もっていたカッターナイフを振り回しました。それは私の右目に落ちました。あのときの隆司くんの顔は忘れられません。隆司くんは、泣いていました。泣きながら、私に謝っていました。私はそのとき、娘もまた、反抗しながら、暴れながら、私に対して謝っていたのではないかと、ようやく気付いたのでございます。

私は、胸が張り裂けそうでした。だから、隆司くんだけは、この子だけは、救いたい。でも、その日、隆司くんは死んでしまいました。その日が隆司くんの誕生日だと知ったのは、裁判のときです。誕生日に、私は隆司くんを病院に連れて行こうとしたのですね。なんという、罪深き、偶然だったのでしょう。

私は、あなたの裁判を、ずっと傍聴席から見ておりました。柵の向こう側で、あなたは苦しみ、悩み、悲しんでおられました。ご自分が犯した罪を最も理解していたのは、検事さんでも、裁判官でもなく、あなた自身でした。

しかし、あなたは、無罪を主張なさいました。そして、十六年も、自由を奪われたままです。

十六年です。

あのまま判決を受け入れれば、三年で、たった三年で、あなたは赦《ゆる》されたのです。なのに、あなたは、十六年の長い月日をお選びになりました。

あなたが、そこまでして無罪を主張なさるのは、一審で下された判決が、あまりにも軽いものだったからなのでしょう。その判決を聞くあなたの姿を傍聴席から見ていた私は、あなたが深く失望していることを察しました。

そしてあなたは、無罪を主張することで、結局、十六年という長い時間、拘束されることとなりました。あなたが望んでいたことは、まさに、それなのです。司法が下した判決に、あなたは納得いかず、自ら、自分が犯した罪に判決を言い渡したのでしょう。

なぜなら、あなたは、間違いなく、隆司くんをその手で、殺《あや》めてしまったからです。それを一部始終、目撃していたのは、私です。あなたは、それをご存知のはずです。

私もまた、同じ罪に苦しみ、それを背負って、今まで来てしまいました。なのに、誰も私を裁こうとしません。

私の娘もまた、突然反抗的になり、部屋に閉じこもり、私はその理由が分からず、理解しようとせず、ただ戸惑い、恐れ、二階のあの部屋に、娘を放置いたしました。

私は、ときどき、夢を見ます。夢の中の私は、突然、小鳥を飼っていたことを思い出します。あの小鳥はどうなったのか、餌も水も与えていないあの小鳥は。そして、私は、部屋の襖に手をかけます。この部屋の中に、小鳥がいる。でも、私は、襖をなかなか開けることができません。

隆司くんは、私に、手紙をよこしました。隆司くんは、私が犯した罪を、薄々感じ取っていたのかもしれません。

一行目、

「昨日、友香ちゃんの夢を見た。友香ちゃんは、すべてを話してくれた。それは、罪についての話だった。」

という文章を目にしたとき、私は、震えました。長い、手紙でした。とりとめのない、しかし、隆司くんの苦しみが伝わる、痛々しい手紙でした。これは、明らかに、遺書でした。隆司くんは、自ら、死のうとしたのです。

この手紙を、私がずっと自分のスクラップブックに仕舞い込んでいたのは、それは、私自身への罰としたかったからです。

私は、娘を殺しました。

十六年前の早春、隆司くんが死ぬ七ヵ月前、娘は、自分の部屋で首を吊りました。娘が死のうと首を吊るその現場を見ていながら、それを助けず、苦しむ娘を眺めていました。そればかりか、苦しむ娘が哀れで、楽にしてやろうと、その体にしがみつき、娘の死期を早めました。そのとき、私は、「私は衰弱していた」と、娘を助けなかった自分に、言い訳を与えました。そればかりか、私は、保身を考えました。当時の私の立場からいって、このようなことが公になれば、組織そのものが非難を浴びる。それだけは、どうしても避けたかった。私は、苦しんで死んでいった娘より、組織を選んでいました。

翌日、私は捜索願を出しました。娘が家出したことにしたのです。しかし、死んだのです。娘の遺体は、衣装箱に詰め、一階の仏壇の横に安置しました。三百六十五日、二十四時間お香を焚き、供養に勤めました。

娘が住んでいたあの二階は、姪と、彼女が連れてきた男の子に、隠れ家として与えました。姪には、娘は留学に行ったのだと嘘をつきました。そのときの子どもたちが、今回、白骨遺体で発見されました。新聞で、男性の顔写真を見たとき、私はすぐに分かりました。あの男性は、間違いなく、あの男の子です。

あの二人がどんな経緯で死に至ったのかは存じませんが、あの二人は、十六年前、あの部屋を棲み処としていました。しかし、遊びの時間はいつかは終わるものです。二人の幼い喧嘩はちょっとした騒ぎになり、自分で自分の胸を刺した少年はそのまま病院に運ばれ、もう二階に来ることはありませんでした。姪のほうも、そのまま自分の家に戻り、その後、池袋に来ることすらなくなりました。

一方、私は、心のどこかで待っていました。自分の罪が暴かれる機会を。地上げで家を売却することになったとき、私は娘の遺体を庭に移すことにしました。ここは、じきに更地になり、マンションになる。その工事の途中で遺骨は見つかり、自ずと私の犯罪が明らかになる。

しかし、待てども待てども、その機会は訪れず、とうとう、十六年が過ぎてしまいました。

行方不明の人々は、日本中に溢れているといいます。待っているだけでは、見つかるはずもないのです。家族が、親族が、熱心に働きかけない限り、行方不明の人々は、見つかることもないのです。娘にとって、私だけが家族でした。その家族に棄てられた子どもは、いったい誰が、熱心に捜すというのでしょう。家族だけが、いなくなった子どもを捜し、子どもの無念を晴らそうと、躍起になるものです。

しかし、隆司くんも友香も、この世で唯一の頼りである親に、殺されてしまいました。だから、あなたは自分自身で自分を罰することを決め、この十六年を生きてきたのでしょう。それでは、私は？

十七年目。私の娘は、予想もしなかったかたちで、その存在を明らかにしました。娘は、あの二階で、あのかつての少年少女たちとともに、見つかったのです。白骨遺体として。

この手紙を清水さんに託したその足で、私は、友香の遺体を警察に引き取りに行こうと思います。そして、すべてをお話しします。

長い手紙になってしまいました。ここまで読んでいただいて、本当にありがとうございます。

最後に、隆司くんが私に宛てた手紙を同封いたします。

草々

それを読み終わった雅代の喉が、小さく鳴った。雅代はちらっと早苗のほうを見たが、しかしすぐに逸らし、眼鏡をとり、目頭を押さえ込んだ。

それから、長い長い、沈黙が続いた。

「どうか、隆司くんの手紙も、読んでやってください」

早苗はいったが、しかし雅代は、額を抱え込んだまま、手紙を二度と拾い上げることはなかった。

＊　＊　＊

昨日、友香ちゃんの夢を見た。お気に入りのキュロットスカートを穿いて、友香ちゃんは、すべてを話してくれた。それは、罪についての話だった。

罪を犯してはじめて知る真理というものもある。それは、犯罪者こそが知る、真の善意だ。

昨日、こんなこともあった。馴染みの古本屋にいったときのことだ。ぼくは、コリン・ウィルソンを探していた。

「もう、閉店ですよ」

古本屋のおばさんは謂った。

「ああ……」ぼくは小さな呻き声をあげた。

「探している本、まだ、見つからないんですか？」

おばさんは、面倒くさそうに、語尾を必要以上に伸ばして、謂った。ぼくは、うつむいたままだった。

見ると、店番のおばさんは二人で、カウンターの向こう側で、いつものように本をビニールで包んでいた。二人は僕を、まるで桟敷《さじき》から見物するように見ていた。

あんたたちはいつでもそうだ。ぼくの腹を少しだけ抉《えぐ》り、そしてその中から腸の先っちょを引っ張り出して、たとえばそのカウンターの端にくくりつけ、この店内を何周も歩かせるんだよね。歩くたびに、僕の腹の穴から腸がするするっと引っ張り出されるんだ。店内には、足跡の代わりに僕の腸が波うっていて、ぼくはその痛みに耐えられなくていつでも顔を歪めている。それをあんたたちはおもしろおかしく見学していたんだろう？　大人は、みんな、そうだ。

あんたたらはそこから一歩も動こうとせずに、その吐き気がするくらい居心地が良さそうなカウンターの中でぬくぬくと、しかもそのシワシワにふやけた皮膚を悲しむこともなく、そのダラダラと弛《たる》んだ脂肪を気にすることもなく、それぱかりか自分たちを特別仕様の上等な生き物だという悪魔も恥じて消滅してしまいそうな勘違いを毎日毎日平気で産み落として、もしかしたら何でも出来ると自惚《うぬぼ》れて、なのに嫌いなものは一切見ようとしないで、根拠もなく不必要なものを決定し、不必要なものはとことん排斥して、自分の汚物すら誰かのせいにして、自分たちが蒐集《しゅうしゅう》したお気に入りだけを並べて、張りぼての表面だけを絶賛して、その中身は知らないくせに、それでも何でも承知しているような顔をして、その醜い顔で口汚く罵り、なのに世界一の被害者を気取り、なのに世界一の預言者を気取り、その偉業にうっとりとしている。

そうなんだよ。それはぼく自身だ。

だから、ぼくは、自分を殺してしまいたい。おばあちゃんを痛めつけたあと、お父さんを罵ったあと、部屋をめちゃくちゃにしたあと、そのあと訪れる、あの、なんともいえない、虚しさ。苦しくて、息もできない、耐えられない、助けて欲しい。なのに、ぼくは、今日も明日も、家族を苦しめ続けるんだ。もう、止められない。止めようとすると、さらに、もうひとりのぼくが暴れだす。

だから、ぼくは、死んでしまいたい。

でも、死ねない。こんな弱虫のぼくを、どうか笑ってください。

そして、ぼくの代わりに、お父さんとおばあちゃんにいってください。

ごめんなさい。と。

いや、やっぱり、いわないでほしい。それは、おばさんの心の中にしまっておいてください。

おばさんが犯した罪と一緒に。

ぼくは、おばさんを責めたりしない。
子どもを殺す親を責めたりしない。
なぜなら、罪を犯してはじめて知る善意というものがあるからだ。
ぼくは、近いうちに、友香ちゃんに会いにいこうと思う。
そして、朝の池袋をぶらぶらしながら、いろいろと話したいんだ。
肉体を束縛するもの。その三つ目の答えを聞きたいんだ。

（Wさんに宛てた少年Aの手紙より）

【参考資料】

『涙が流れるままに　ローリング・ストーンズと60年代の死』
　A・E・ホッチナー著／川本三郎・実川元子訳（角川書店）
『アウトサイダー』コリン・ウィルソン著／中村保男訳（集英社文庫）
『プー横丁にたった家』A・A・ミルン著／石井桃子訳（岩波少年文庫）
『檸檬』梶井基次郎著（新潮文庫）
『完訳アンデルセン童話集6』「プシケ」大畑末吉訳（岩波文庫）
ギザジュウ倶楽部　http://www.geocities.co.jp/HeartLand-Icho/7932/

解説

千街晶之（書評家）

このたび文庫化される本書『えんじ色心中』は、二〇〇五年十一月、講談社から書き下ろしで刊行された、真梨幸子の第二作である。——と記すと、読者の中には意外に思う向きもおられるのではないか。

二〇〇五年、『孤虫症《こちゅうしょう》』で第三十二回メフィスト賞を受賞してデビューした著者は、やがて人間のダークな側面を鋭く抉《えぐ》る「イヤミス」作家としてブレイクし、中でも『殺人鬼フジコの衝動』（二〇〇八年）はベストセラーとなった。現時点での最新作『人生相談。』（二〇一四年）も好評で版を重ねている。人呼んで「イヤミスの女王」。

そんな人気作家であるにもかかわらず、デビューから二〇一〇年までに発表した八冊の小説のうち、何故か第二作である本書だけが文庫化されることなく取り残されていた。意外に思うであろう読者がいるのではと記した所以《ゆえん》だが、今になって本書を読み返してみると、その理由はよくわかる。著者の小説群の中で、本書だけが、一見「イヤミス」のような顔をしているにもかかわらず、作品の狙いが些《いささ》か異なっているのだ。本書を読む際は、「イヤミスの女王」という著者のパブリック・イメージをいったん忘れたほうがいいかも知れない。

この物語の起点となるのは、作中で「西池袋事件」と呼ばれている出来事である。事件発生は一九八九年に設定されている。昭和という年号が終わり、平成が始まった年。手塚治虫や美空ひばりや松田優作がこの世を去った年。そして、当時ソ連の衛星国家だった東欧の共産主義国の民主化が雪崩《なだれ》を打ってスタートし、中国では天安門事件が起きるなど、世界が誰の目にも明らかな勢いで激変した年である。そんな年に、西池袋でひとりの少年が殺害され、その犯人として実の父親が自首してきた。少年の母親は義母（少年の祖母）と折り合いが悪く家を出ており、「いい大学に入って、国家公務員か弁護士か、とにかく世間や景気に惑《まど》わされない確固たる地位についてもらいたい」と願う祖母、さまざまな失敗を繰り返した自分と同じ轍《てつ》を踏んでほしくないと考える父親の方針により、名門X中学校合格率ナンバーワンのU塾に通わせ、家までU塾のある池袋近くに引っ越すなど、徹底した英才教育を少年に叩き込んだ。だが、X中学に入学後しばらくして、少年の様子に異変が生じる。部屋で暴れ出し、祖母に対して暴力を振るい、ついに小動物を惨殺するに至ったのだ。少年のこの残虐性が、もし他人に向けられたら……我が子が本当に人を殺す前に、この子を殺して自分も死のう。そう思いつめた父親は息子を絞殺し、死に場所を求めて出奔《しゅっぽん》したものの死に切れず、警察に出頭した――これが西池袋事件の表向きの経緯である。

現実の一九八九年には、未成年者グループによる女子高生コンクリート詰め殺人事件や宮崎勤による幼女連続殺害事件など、犯罪史に残る陰惨な殺人事件が発覚して世間を騒がせていた。本書の西池袋事件が一九八九年の出来事として設定されているのは、息子が犯罪者になる前に自ら殺害するという父親の発想に説得力を持たせるためだろう。しかし、事件はやがて意外な経緯を辿《たど》る。自首した父親が、一審の判決が出たあと、実は犯人は自分ではないと主張しはじめたのだ。そのため、西池袋事件は謎を秘めた事件としてその後も話題に上り続けることになる。

さて、本書のメインとなる「二〇〇五年あるいはその十六年前」と題された章は、この西池袋事件が起きる前と、事件から十六年が経《た》った二〇〇五年の二つのパートがパラレルに描かれる構成である。現在のパートの語り手「僕」こと久保《くぼ》はフリーライターだが、それだけでは生活がままならないため派遣の仕事もしている。そんな彼に、マニュアル制作会社に勤務する吉沢《よしざわ》という女性から、マニュアル作成の仕事が入った。しかし、派遣会社から新たに紹介された職場は拘束時間が長く、迅速な作業を求められるマニュアル作成との両立は難しくなり、久保の生活は次第に荒れてゆく。

一方、過去のパートの語り手は、やはり「僕」という一人称の、小学六年生の少年である。有名進学塾に通っているが成績は良くない彼は、ある時、同じクラスでひとりの女の子と知り合う。彼女は、週末は塾に通うために伯母の家に泊まっていた。やがて、「僕」は週末はその家に入り浸《びた》るようになってゆく……。

ところで、本書の文章自体は文庫化に際して殆《ほとん》ど手が入れられておらず、単行本とほぼ同じと言っていいのだが、実は今回の文庫版で「二〇〇五年、あるいはその十六年前」となっている部分が単行本では「1章」であり、「エピローグ、あるいは真相」となっている部分が単行本では「2章」だったのだ。何故《なぜ》このように変更されたかという問題については、冒頭で触れた、本書が著者の他の作品群と異なる部分は何かという問題と関連しているのではないかと私は考える。

その前に、そもそも「イヤミス」とは何かという問題に触れておく必要がある。この言葉の用例は、ミステリ評論家の霜月蒼《しもつきあおい》が雑誌《本の雑誌》に二〇〇七年一月号から翌年十二月号まで連載したコラム「このイヤミスに震えろ！」が初出だが、一般的によく使われるようになったのは、二〇〇八年、湊《みなと》かなえのデビュー作『告白』が話題になって以降である。それまでの数年間、エンタテインメント界では「癒し」という言葉がブームとなり、人間のダークサイドを描いた作品は不遇な傾向があった。しかし、『告白』がヒットし、真梨幸子や沼田《ぬまた》まほかるといった作家たちの小説が改めて注目を集めるようになると、その作風を形容するために重宝されるようになった言葉が「イヤミス」だった。海外で言えば、ルース・レンデルやパトリシア・ハイスミス、ジャック・ケッチャムらの作品がこのカテゴリーに含み得るだろう。

ただ個人的には、単に読後感が悪い程度の作品は「イヤミス」と呼ぶべきではなく、あまりにダークすぎて、かえって突き抜けたカタルシスすら感じさせるくらいでなくてはこの呼び名に値しないのではないかと考えている。『告白』がそうだし、著者の『殺人鬼ノジコの衝動』や『みんな邪魔』（二〇一〇年。『更年期少女』を改題）などもそうだ。本書の前に発表されたデビュー作の『孤虫症』も、陰湿な人間関係の描写に寄生虫の生理的な気持ち悪さまでプラスした徹底性において立派な「イヤミス」である。

しかし、本書はそうではない。ダークな小説として中途半端な出来だ、という意味ではない。どこかに突き抜けるのではなく、敢《あ》えて突き抜けずに読者をどんよりした気分で包む、それが本書の狙いだったのではないかと思えるのだ。

先ほど記したように、本書の単行本ではメインパートが1章、謎が解き明かされる短い部分が2章となっていた。この2章が文庫版でエピローグに変えられたのは、事件の解明自体が本書ではメインとなっていないことの表れかも知れない。いや、そう言い切っては語弊《ごへい》があろう。メインパートの過去と現在のつながりや、西池袋事件の真相などの謎がすべて説明されるこの部分は、「そうか、この出来事とこの出来事がつながっていたのか」という意外性とカタルシスを感じさせる。しかしそれでも、私は本書を読み返して感じたのだ——この小説は、エンタテインメントを求める読者のためにミステリのスタイルをとっているけれども、メインパートで繰り広げられる登場人物たちのダウナーな心象風景こそが、著者の最も書きたかったことなのではないかと。

現在のパートにおいて特に顕著だけれども、語り手の思いは内心の鬱屈《うっくつ》として表現されており、それが言葉として表に出されることは少ない。では誰が言葉を発するのかといえば、語り手である久保を取り巻く人々だ。冒頭に登場する打ち合わせの相手、派遣会社の営業担当の黒崎《くろさき》、池袋の公園で知り合ったホームレス、派遣で働くことになった会社の上司の三好《みよし》、そして吉沢……彼らは一ページや二ページをびっしり埋めつくすほどの勢いで、自分の思いを言葉として口にする。だがそれは一方通行の言葉の奔流であり、会話としては成立していない。

語り手の発言を敢えて鉤括弧《かぎかっこ》で括《くく》らないという実験的な文章も、言いようのない不安さを掻き立てる。その言葉が実際に主人公の口から発せられたのか、心の中にとどまっているのかが判断しにくいのだ。

こういった特異な語りが、作品の暗鬱な空気をより増幅する効果を上げているのである。過去のパートの「僕」を取り巻く環境も閉塞感《へいそく》に溢《あふ》れているけれども、現在のパートにおけるそれは桁違いである。過去のパートの「僕」が夢想していたノストラダムスの大予言のような世界滅亡の華々しいカタストロフィは訪れず、代わりに延々と続く灰色の日常が拡がっているのが現在なのだ。仕事に追われ、睡眠時間を削ってゆくうちに、吉沢から仕事を依頼されるまでは自分で料理も作り、家計簿もつけていた彼は、いつしかコンビニ弁当中心の食生活となり、きちんと分別して捨てていたゴミさえ室内に放置された生活を送るようになってしまう。そんな彼がやがて追い込まれてゆく運命もまた陰鬱そのものであり（彼のみならず、周囲の人々も次々と心が折れるような目に遭う）、それを辿る読者もまた逃げ道を断たれたような気分に陥るだろう。「イヤミス」の読後感もまたミステリ的なカタルシスの一種であるとするならば、本書はむしろカタルシスを徹底的に排することで、閉塞的な心理小説としての面を強調した作品なのではないだろうか。

本書は著者の作品中、最も好き嫌いが分かれる小説かも知れないが、著者の筆力が暗鬱な心理描写の方向に向けられた時、どれほど逃げ場のない作品空間を創造し得るかが最も顕著に窺《うかが》える力作でもあるのだ。

本書は二〇〇五年十一月、小社より単行本として刊行されました。

|著者|真梨幸子　1964年宮崎県生まれ。多摩芸術学園映画科（現・多摩美術大学映像演劇科）卒業。2005年『孤虫症《こちゅうしょう》』（講談社文庫）で第32回メフィスト賞を受賞し、作家デビュー。女性の業《ごう》や執念を潜《ひそ》ませたホラータッチのミステリーを精力的に執筆し、着実にファンを増やす。2011年に文庫化された『殺人鬼フジコの衝動』（徳間文庫）がベストセラーに。他の著書に『深く深く、砂に埋めて』『女ともだち』『クロク、ヌレ！』（すべて講談社文庫）、『聖地巡礼』『プライベートフィクション』『人生相談。』（すべて講談社）、『四〇一二号室』（幻冬舎）、『インタビュー・イン・セル 殺人鬼フジコの真実』（徳間文庫）、『鸚鵡楼の惨劇』（小学館）などがある。

えんじ色心中《いろしんじゅう》

真梨幸子《まりゆきこ》

講談社文庫
定価はカバーに
表示してあります

2014年９月12日第１刷発行

発行者──鈴木　哲
発行所──株式会社　講談社
東京都文京区音羽2-12-21　〒112-8001
電話　出版部（03）5395-3510
　　　販売部（03）5395-5817
　　　業務部（03）5395-3615

Printed in Japan

デザイン─菊地信義
本文データ制作─講談社デジタル製作部
印刷───豊国印刷株式会社
製本───株式会社大進堂

ISBN978-4-06-277915-9

講談社文庫刊行の辞

二十一世紀の到来を目睫に望みながら、われわれはいま、人類史上かつて例を見ない巨大な転換期をむかえようとしている。

世界も、日本も、激動の予兆に対する期待とおののきを内に蔵して、未知の時代に歩み入ろうとしている。このときにあたり、創業の人野間清治の「ナショナル・エデュケイター」への志を現代に甦らせようと意図して、われわれはここに古今の文芸作品はいうまでもなく、ひろく人文・社会・自然の諸科学から東西の名著を網羅する、新しい綜合文庫の発刊を決意した。

激動の転換期はまた断絶の時代である。われわれは戦後二十五年間の出版文化のありかたへの深い反省をこめて、この断絶の時代にあえて人間的な持続を求めようとする。いたずらに浮薄な商業主義のあだ花を追い求めることなく、長期にわたって良書に生命をあたえようとつとめるところにしか、今後の出版文化の真の繁栄はあり得ないと信じるからである。

同時にわれわれはこの綜合文庫の刊行を通じて、人文・社会・自然の諸科学が、結局人間の学にほかならないことを立証しようと願っている。かつて知識とは、「汝自身を知る」ことにつきていた。現代社会の瑣末な情報の氾濫のなかから、力強い知識の源泉を掘り起し、技術文明のただなかに、生きた人間の姿を復活させること。それこそわれわれの切なる希求である。

われわれは権威に盲従せず、俗流に媚びることなく、渾然一体となって日本の「草の根」をかたちづくる若く新しい世代の人々に、心をこめてこの新しい綜合文庫をおくり届けたい。それは知識の泉であるとともに感受性のふるさとであり、もっとも有機的に組織され、社会に開かれた万人のための大学をめざしている。大方の支援と協力を衷心より切望してやまない。

一九七一年七月

野間省一